# 驻村第一书记

滕贞甫 主编
辽宁省作家协会 编

北方联合出版传媒（集团）股份有限公司
春风文艺出版社
·沈阳·

图书在版编目（CIP）数据

驻村第一书记/滕贞甫主编；辽宁省作家协会编
．—沈阳：春风文艺出版社，2019.12（2021.1重印）
ISBN 978－7－5313－5711－7

Ⅰ．①驻… Ⅱ．①滕… ②辽… Ⅲ．①报告文学—中国—当代 Ⅳ．①I25

中国版本图书馆CIP数据核字（2019）第244657号

北方联合出版传媒（集团）股份有限公司
春风文艺出版社出版发行
http://www.chunfengwenyi.com
沈阳市和平区十一纬路25号　邮编：110003
永清县晔盛亚胶印有限公司印刷

| 责任编辑：张玉虹 | 责任校对：于文慧 |
|---|---|
| 封面设计：杨光玉 | 幅面尺寸：155mm × 230mm |
| 字　　数：273千字 | 印　　张：19 |
| 版　　次：2019年12月第1版 | 印　　次：2021年1月第2次 |
| 书　　号：ISBN 978-7-5313-5711-7 | |
| 定　　价：66.00元 | |

版权专有　侵权必究　举报电话：024-23284391
如有质量问题，请拨打电话：024-23284384

# 前　言

习近平总书记指出，"脱贫攻坚是一项历史性工程，是中国共产党对人民作出的庄严承诺。我们党最讲认真，言必行、行必果，说到做到"。习近平总书记强调，"帮钱帮物，不如帮助建个好支部"。选派第一书记驻村帮扶抓党建促脱贫，是贯彻落实习近平总书记重要讲话精神和党中央扶贫开发决策部署的一个重要举措，是解决三农问题和培养锻炼优秀干部的一种制度创新。驻村第一书记为农村发展建设注入了活力，在解决一些村"软、散、乱、穷"等长期未能很好解决的突出问题，强化党对农村社会的领导、推动富民强村、促进农村改革发展和谐稳定以及培养锻炼干部等方面都起到了积极的作用。

2017年以来，辽宁省委、省政府高度重视乡村振兴战略的实施，把派驻驻村第一书记当成重要工作来抓，选派了1.2万名优秀干部驻村，任第一书记。两年多来，他们扎实工作，以党建为抓手，通过"传帮带"引领农村基层组织建设，改善个别基层组织薄弱、涣散局面，夯实党的基层组织基础，提高农村党员队伍的思想政治素质，把村党组织建设成为坚强战斗堡垒；他们勤勉服务，以精准扶贫为突破口，扶贫济困，发展经济，努力改变农村贫困面貌，助力完成脱贫攻坚任务，带领村两委搞好农村的各项事业；他们奉献聪明才智，把扶贫攻坚与基层党组织建设、全面从严治党结合起来，依靠民主决策处理村里的大事小情，让权力在阳光下运行，有效调动了群众监督、参与村工作的积极性。

驻村第一书记在突出政治引领、增强"四个意识"、坚定"四个自信"、做到"两个维护",夯实基层组织堡垒,发挥"两个作用"等方面做了大量工作,成为村级基层组织建设的指导者、引领者、好帮手和坚强后盾。为了充分宣传他们的先进事迹,用他们感人的事迹鼓舞和激励更多的人,我们在1.2万名驻村干部中精选出30名杰出的代表,省作协派出30名作家,深入驻村第一书记的工作,体验生活,创作作品。

驻村第一书记的事迹深深地感染了采访者,作家们不辞辛苦,深入一线,进行了大量采访,塑造出了一批驻村第一书记感人的形象。这些作品颂扬了他们敢于担当、无私奉献、吃苦耐劳的精神;表现了他们紧紧依靠村党组织,从实际出发,抓住主要矛盾,解决突出问题,把为老百姓办实事当成头等大事,提升治理水平,推动精准扶贫,加快美丽乡村建设的感人事迹;写出了他们的艰辛与汗水,他们的聪明才智,他们的使命担当。这些充满正能量的"辽宁故事",向世人展示了辽宁形象,抒写了"新时代辽宁精神",同时也向读者展示了辽宁作家报告文学创作的实力。

最后,对春风文艺出版社的全体编辑表示感谢,他们和驻村第一书记、创作作品的作家一样,辛勤耕耘,在很短的时间内,将这部精彩纷呈的作品奉献给了读者。

辽宁省作家协会<br>2019年12月

# 目 录

满 天 星
——记沈阳市辽中区黄东村第一书记刘浩 —— 韩　光 / 1
红色堡垒
——记沈阳市康平县刘家窝堡村第一书记宋楠楠 —— 吴尚真 / 11
方伟的日记与"蓝图"
——记沈阳市法库县祝家堡村第一书记方伟 —— 孙焱莉 / 21
充满希望的村庄
——记大连市甘井子区后牧城驿村第一书记葛占东 —— 黄　瑞 / 30
美丽乡村奏鸣曲
——记大连市旅顺口区台山西村第一书记纪强 —— 于永铎 / 39
在山村里放歌
——记大连市金普新区二十里村第一书记王海军 —— 格　格 / 47
人民的儿子
——记鞍山市岫岩满族自治县穆家岭村第一书记刘涛
　　　　　　　　　　　　　　　　　　　　 张国增 / 57
牧牛时间
——记鞍山市岫岩满族自治县牧牛镇第一副书记常亮
　　　　　　　　　　　　　　　　　　　　 孔庆武 / 68

我愿青山常绿水长流
　　——记抚顺市新宾满族自治县大四平镇第一书记李实
　　　　　　　　　　　　　　　　　　　　　　王　开 / 80

咬定青山不放松
　　——记抚顺市清原镇第一副书记周殿宏 ———— 张笃德 / 90

花岭村　汪洋心中的诗与远方
　　——记本溪市本溪满族自治县花岭村第一书记汪洋 —— 冯金彦 / 99

我们是大地的儿女
　　——记本溪市本溪满族自治县马城子村第一书记杨松涛
　　　　　　　　　　　　　　　　　　　　　　聂　与 / 108

一片丹心立口碑
　　——记丹东凤城市通远堡村第一书记陈林 ———— 孙成文 / 118

写在高岭地的成就感
　　——记丹东市宽甸满族自治县高岭地村第一书记肖玉生
　　　　　　　　　　　　　　　　　　　　　　唐振海 / 128

在田野上描绘蓝图的人
　　——记锦州凌海市新庄子镇第一副书记王力岩 ——— 张　力 / 139

一个人，一座村
　　——记锦州北镇市富有村第一书记涂破 ———— 杨家强 / 149

将驻村日记写在百姓心上
　　——记营口盖州市杨运村第一书记滕卓 ———— 翟营文 / 156

月染春水
　　——记营口大石桥市铜匠峪村第一书记孙涛 ———— 常　君 / 167

脱贫致富百年梦　青春热血谱诗篇
　　——记阜新市阜新蒙古族自治县扎兰波罗村第一书记钱妍
　　　　　　　　　　　　　　　　　　　　　　赵　颖 / 176

鹊落谷川喜歌飞
——记阜新市阜新蒙古族自治县化石戈镇第一副书记刘廷喜
 蓝 歌 / 186
破 土
——记辽阳市辽阳县鸡鸣寺村第一书记栾世禄 —— 李大葆 / 196
他乡亦故乡
——记辽阳灯塔市前二台子村第一书记刘其威 —— 钟素艳 / 207
消冰拂暖
——记铁岭市铁岭县马圈子村第一书记肖冰 —— 肖显志 / 217
脱贫致富路上的领头雁
——记铁岭市昌图县丁家村工作队队长关利群 —— 刘学飞 / 228
干实事的单葆成
——记朝阳市龙城区北台子村第一书记单葆成 —— 魏泽先 / 237
使 命
——记朝阳市建平县建平镇党委书记孙宇 —— 邱玉超 / 248
"稻蟹小镇"的数字书记
——记盘锦市盘山县胡家镇第一书记冯大庆 —— 李 箪 / 257
此后余生,那儿将是我的"娘家"
——记盘锦市盘山县陈家镇第一书记吕春玲 —— 杨春风 / 266
警徽映亮乡村振兴路
——记葫芦岛市南票区石灰窑村第一书记张剑夷 —— 郭宏文 / 276
让"阳光"照进大山深处
——记葫芦岛市建昌县蟒挡坝村第一书记张振贺 —— 韩文鑫 / 286

# 满 天 星
——记沈阳市辽中区黄东村第一书记刘浩

韩 光

军旅路上才走过了九个春夏秋冬,因部队进行结构性调整,正想甩开膀子大干一场的干部刘浩,不得不脱掉心爱的军装。在告别军旗那一刻,泪水模糊了他的双眼,部队首长的话却让他吃了颗"定心丸":"凡是经过部队这个大熔炉炼冶过的军人,个个都是钢铁汉,脱下军装不管在哪儿,也不论从事什么工作,都会为军旗增光添彩的。"也就是在那一刻,刘浩的心里仿佛注入了一股无坚不摧的力量。

2008年,刘浩成为沈阳市商业局的一名公务员。隔行如隔山,刚开始时他感到无从下手,好在他有股不服输的劲,在干中学,在学中干,很快便胜任了工作,不久就脱颖而出,成为行家里手。2018年3月底,他又作为沈阳市优秀选派干部,被派驻到辽中区冷子堡镇黄东村任党支部第一书记。

在建强村党支部的过程中,在带领村民致富的路上,刘浩的身后留下了一串串闪光的足迹……

一

"他张婶,今天上午一个穿迷彩服的年轻人与我唠了小半天,啥都问,问得可细啦,也不知他要干啥,但瞅他说得很在行,不像是不三不四的人。"一天中午,一个中年妇女在回村的路上,跟另一个中年妇女打唠。

"昨天,我在鱼塘喂鱼时,他跟我也唠个没完,什么家里有几口人哪,对将来的生活有什么盼望啊。他还不时地在小本本上记下几笔,起初我很警惕,就审问他说:'你是警察呀,管得这么宽?我还干活呢,没有闲工夫搭理你!'可他却不急不恼,笑着对我说:'大婶,你别起疑心,我是名党员,想了解一下村民的生活情况。'我心想铁路警察各管一段,就算他是党员,要是不管咱们的事,跟他不是白磨牙吗?况且我要是嘴上没有把门的,瞎唠唠,要是被他抓住了什么把柄,我不是平白无故地惹祸了吗?我就只顾干自己的活,不再说什么了。谁知他还不走,竟然跟我一起干了起来。瞧他那一招一式还挺顺眼,人家学雷锋,再怎么着也不能太冷落人家,越唠越投缘,我把掏心窝子的话也跟他说了。"

"可不是咋的,起初我也对他很警惕,谁知他说的都是咱们关心的事,也不知不觉地跟他讲起来就没个完。"

"他真要是来调查什么的,咱们是不是给他提供口实了,会不会当作什么证言呢?"

"咱又没昧着良心瞎放炮,说的都是大实话,他就算真的是来找证据的,也不怕,况且他要是有能耐帮咱们解决问题,备不住咱们的日子会越来越好呢!"

"可也是,人家是党员,有纪律,不会为难咱们平头老百姓的。"

刘浩被选派到黄东村任党支部第一书记,与村民正式见面的日子是2018年3月1日。然而,在之前两周里,他几乎天天泡在村里。等知道了他的身份后,村民很快就接纳了他,并在他的身上有了各自的寄托。

精准地掌握了第一手情况后,刘浩经过一番深思熟虑,工作思路逐渐清晰了。先是召开全村党员大会,领着党员学习了党章,重温入党誓词,提出以"强村富民强党建"为目标,优化"党建引领、集体主导、强村富民"的发展路径,得到大多数党员的支持。

不久,在镇党委领导下,刘浩进一步强化村干部考核和村级后备干部选拔培养工作,鼓励在外党员回乡参政、创业兴业,先后选拔十余名有思想、有能力、有影响、有责任心的青壮年后备干部。这些人意志坚定,精力充沛,有担当,敢于作为,他们被纳入后备干部队伍后,给村党支部建设注入了一股新鲜血液。

村里的党员队伍已形成一个坚强的集体,刘浩还不满足,他的目光看得更为长远。如果保持这个势头,自己在当村党支部第一书记的三年时间里也能交出一份合格的答卷,然而往长远看还不够,要想村子在今后能够一直走在致富的康庄大道上,还必须培养一个好的接班人。他把这个想法跟镇党委书记做了汇报,书记对他的想法大加赞赏。

这个合适的人选是辽中区政协委员、知名企业家金维刚。刘浩在与金维刚多次接触中,觉得他有眼光,有责任心,年富力强。经过一段时间培养,金维刚成为预备党员,成了村委会成员。金维刚刚走马上任就不负众望,很快就开足马力投入工作。在谈起刘浩狠抓党员队伍建设这段经历时,村里党龄最长的党员郑大妈动情地告诉笔者:"别看刘书记年纪不大,但原则性强,有思路有办法,以前党员多半各顾各的,现在拧成了一股绳,村里人都说现在的党员个个都是好样的。"

## 二

黄东村有500多户人家,在附近算得上一个大村子了。村里有3000亩水面,村民主要靠养鲫鱼生活。这里产的鲫鱼很有名气,被誉为"辽中鲫鱼"。每年年初育鱼苗,经过一年精养,年底全部卖给鱼商。由于养殖的鱼不错,几乎是养多少卖多少。这样看来,村民的收入很稳定。然而刘浩发现由于处在市场销售链的最底端,村民的辛苦劳动与收入不成正比。

如果不改变现状,就会拖村民致富的后腿。经过了解市场行情,与党员开"诸葛亮会",刘浩决定包装村里出售的鲫鱼。如果用"辽中鲫鱼"作为商标名称,指的范围比较大,很难为"黄东村"做广告,他就想用"黄东鲫鱼"代替,接着他考虑到直接用"鲫鱼"不能满足人们图个吉利的心理,他就把"鲫鱼"换成"吉鱼"。最后在他的倡议下,村里成立了黄东村集体公司,注册了"黄东吉鱼"品牌。

品牌是注册了,但人们认还是不认,还得两说着。刘浩深知要想占领市场,质量是保证,质量不过关,一切等于零。为此,他号召村民献计献策,一言不发地将众人的意见一一记下,几天下来他在本子上记下上百条建议,经过梳理最终留下近十条。在支委会会议上,他说:"村民们对咱这个公司寄予了很高的希望,说了很多很好的建议,我们选出最好的,一抓到底,不能让大家的希望落空。否则,咱们就没有号召力了。"不久,设计出了村民认可的真空包装袋,上面印着的"黄东吉鱼"的商标格外醒目。

经过反复商量和试验,最终决定以半公斤左右的鲫鱼为主要出售品,两条装进一个袋里。设立了质量检验员,过了质量检验关才放通行证。鲫鱼打上来后,他跟村里责任心极强的人挨个称,只留下够分量的,再用净水反复清洗,一丁点脏东西都不留,最后装进真空包装袋里密封。

酒香也怕巷子深。货好还得有畅通的销售渠道。为此,刘浩先是成功地进驻了三家电商平台,利用线上线下多渠道全方位地宣传,还自筹资金开发了"乡村小卖部"微信小程序,和黄东村党建平台微信公众号等渠道进行朋友圈销售。同时与百家乐超市签订了合作协议,以其旗下51家超市作为第一书记线下销售实体店,以扶贫共建的模式,让第一书记推荐的农产品零成本地摆上超市货架。仅两个月,销售额就累计达到8万元,打破了黄东村近三年集体经济零收入的局面。

"黄东鲫鱼是吉鱼，常吃鲫鱼总吉祥。黄东吉鱼质量好，吃着放心身体好。"这是一个专买"黄东吉鱼"的老人编的顺口溜。由此可见，"黄东吉鱼"的品牌已打响了，得到了人们的认可。品牌是打出来了，能不能长久，必须建章立制，刘浩在广泛征询村民意见的基础上，制定了相应的配套规章制度。千斤重担大家挑，人人身上有指标，要想自己多收入，千万不能瞎对付。这是全村人的共识。

上进心极强的刘浩，当然没有因此沾沾自喜。他发现，很多第一书记为了打开本村的农产品销路做起了微商，通过朋友圈帮助村里卖农产品。刘浩想，自己在黄东村当第一书记结束后，如何使村里这个来之不易的发展势头始终保持下去呢？苦思冥想后，刘浩终于拿定了主意，那就是：不仅要给村里留下一个产业，更要留下一个能不断发展的模式，留下一群想干事、能干事、干成事的人。

为此，刘浩牵头，与其他村的41名第一书记、30余名乡镇及村干部和京东世纪电子商务有限公司等多家企业，在一起搞了个"第一书记电子商务知识培训会"。让第一书记在学习如何利用电商进行农产品销售的同时，搭建了一个农产品供销合作的桥梁，更重要的是教会了农民怎样通过电商卖产品。

足不出户，就能将自家的农副产品卖出去，这在黄东村绝对是个新鲜事。以前没事时村民不是唠闲嗑，便是低着头玩手机。自从学会了使用电商这个手段后，村民都争着将自家的农产品"晒"到网上。村东头的老刘是第一个通过电商卖出农产品的，看到钱汇到了自己的账号后，逢人就说："刘书记神通可真大吖，我没有想到坐在自家的炕头上就能挣钱。"

不久，村里绝大多数人家都尝到了甜头，这让人们整天乐得合不拢嘴，可不是咋的，以前自家产的农产品，卖不上好价格不说，有时候还根本卖不出去，白白地烂在自己手里，现在不但坐在家里就能卖出去，还能卖上好价钱，你说他们能不乐吗？

刘浩没有见好就收，而是经常对村民进行相关知识的培训，使他们的眼光同样能看得更远。不仅如此，刘浩还跟村民商量着制定了本村的诚实守信公约，让村民自觉做到凭诚实劳动吃饭，靠辛勤汗水致富。

## 三

"在脱贫攻坚、乡村振兴的道路上，一个也不能掉队。"刘浩不仅经常把这句话挂在嘴边上，更是每时每刻都身体力行地践行着。还是在他刚到村里任职时，他就通过摸底走访和问卷调查，摸清了村里需要照顾的人家。为了做到精准照顾，他还将贫困户分为病、学、灾、年迈残疾智障、缺乏知识技能、缺乏发展资金和懒而致贫七大类，并制订了眼前和长远照顾的计划。

80多岁的马奶奶的老伴去世得早，她和60多岁的瘫痪儿子相依为命，日子过得十分艰难。刘浩先是自掏腰包买了大米、白面、油送到马奶奶的家里，之后每月都要去她家几次，帮助打扫卫生，种菜，如果有闲工夫还陪着马奶奶拉会儿家常。马奶奶的脸上有了笑模样，见人就夸"刘书记别看是从大城市来的，对我比亲孙子还亲"。

11岁的马明琦，父亲去世后，母亲改嫁了，他跟爷爷奶奶在一起生活，而他的爷爷患脑血栓干不了活，家里唯一的劳动力就是60岁的奶奶。因为家庭这个样子，马明琦就打算不念书了。刘浩不仅又自掏腰包给他家送去了粮油，还给马明琦买了不少学习用品，鼓励他继续上学。有工夫时，刘浩还辅导马明琦学习。渐渐地，马明琦打消了辍学的念头，学习十分刻苦，成绩进步明显。

刘浩知道，这样帮特困户只能解燃眉之急，要想管长远，必须找到固定的经济来源。经过广泛沟通，他与哈尔滨商会建立共建关系，使11个低保户、22个五保户的基本生活问题得到了解决。

老王家两口子没病没灾的，就是懒，所以日子过得很艰难。刘浩就动员能干的老金与老王家结成了互助对子,领着老王夫妻一起干活。开始时,老王夫妇三天打鱼两天晒网的,刘浩就与他们拉家常:"现在在咱村只要肯卖力气,就能富起来,你们身体好好的,看着邻居们富起来不眼热呀?"在刘浩的反复劝说下,这两口子终于改掉了懒的毛病。兴趣是最好的老师,只要尝到了甜头,就会形成习惯。老王夫妇自从改掉了懒的毛病后,日子过得有滋有味的。他俩打心眼里感谢刘浩,动情地说:"不劳动富不起来,我家的日子好了,多亏刘书记的帮助。"

对其他困难家庭的帮助,刘浩采取了见效快、零成本、无风险的办法。2018年4月,村里与市家政协会签订了《三年帮扶合作协议》,协议规定市家政协会在三年内不定期到村里进行免费家政、育儿嫂、医务护工等专业技能培训,并组织培训学员参加市人社局的国家专业技能考试,通过考试的不但可以获得国家职业资格证书,还免费安排就业。这种不花一分钱就可以学习的培训活动,受到了村民的热烈欢迎,目前已举办了两期培训,共计培训100余名学员,其中61人通过考试后走上了就业岗位。同时,刘浩鼓励走出去的这61名村民,在做好本职工作的同时,还要做好本村特色农产品的宣传员和推销员的工作,形成一人入职,带动一方产品走出去的"入职带销"模式,现在已有多家月子中心与村里达成产销合作。

凡事都是开头难,只要开了头,接下去的发展就慢慢地顺利了。村民的心愿其实很简单,就是希望日子过得好点,腰包鼓点,而刘浩倾心尽力做的,就是实现村民的这个愿望,尝到了甜头的村民,对刘浩越发信任了。刘浩十分珍惜这来之不易的信任,想得更细了,做得更实了。

村部门前,有一个比较宽敞的广场,在早是村民开会和娱乐的主要场所,可后来渐渐地冷落了下来,长满了杂草。刘浩决心修整它,让村民有个舒心的活动场所。他这个提议很受村民的拥护,可修整它需要一笔不小数目的钱,一提到钱大家伙又愁眉苦脸了。刘浩没有打退堂鼓，他与村里班子成员开了几次会议，摸准了所需资金总额，然后写了一个精准的报告，专程到辽中区委汇报，引起了高度重视，后经环保局派人实地审核决定着手修建。在修建的那些日子里，刘浩几乎天天在现场忙活。环保局的同志看到他这个样子，都佩服地竖起了大拇指："刘书记虽是个驻村干部，却没有一丁点临时观念，就跟他是村里土生土长的人似的。"

经过紧张的施工，广场保质保量地修好了。修好的第一天晚上，村里的男女老少都拥向了广场，马奶奶说："这灯真亮啊，就跟城里的广场一样。"见大家都到齐了，刘浩对众人说："现在大家伙晚上有了公共的活动场所，咱们要像爱护眼珠一样爱护它。"他的话音还没落地，就被淹没在热烈的掌声中。等掌声停下来后，他又说："咱们光在这里坐坐，说说，笑笑，天长日久也就不新鲜了，咱们要把它当成了解国内外大事的集散地，当作展示咱村新农村的建设成果的窗口，大家可以知道最新的新闻，可以了解与咱们农民密切相关的政策，可以唱歌，可以跳舞。总之，它是咱们大家的广场，是咱们展示个人才艺的公共舞台。"

经刘浩这么一说，村里有组织才能、有文艺细胞的活跃青年，立即行动起来，很快就推出了"国内外新闻早知道""致富信任找我来""村里的新鲜事"等七八个栏目，每晚在村民聚在一起时由专人跟大家说说。擅长跳广场舞的，主动承担起教老大妈老大爷的任务，伴着悠扬的音乐，老大妈老大爷一板一眼地跟着学。

## 四

时光如白驹过隙，一晃刘浩在黄东村当第一书记已有一年半了。在这一年半里，刘浩像长在了村里一样，每个角落都留下了他深深的脚窝。村民的生活在他流下的辛勤的汗水中越来越好，他不仅成了村民的知心书记，也得到了上级的充分肯定。中组部主办的

《乡村干部报》，还有《辽宁日报》《沈阳日报》《沈阳晚报》、沈阳广播电视台多次宣传他和黄东村，2019年4月，他被沈阳市授予"五一劳动奖章"。

在成绩面前，刘浩始终保持清醒的头脑，他在日记中写道："我是从部队这个大熔炉成长起来的，我更应该比别人能吃苦，理应为黄东村做更多的贡献。我要永远保持谦虚谨慎的工作作风，不骄不躁，做一名合格的共产党员，永葆一名军人的本色。"

刘浩宿舍里的学习桌上，摆着一大摞时政理论书，每本书都留下阅读心得，特别是习近平同志关于脱贫工作的著作不知他读了多少遍。他告诉笔者："正确的理论是行动的最好方向盘，习近平同志关于脱贫工作的论述，是我在黄东村工作的引路明灯，通过反复研读，我的思路更清晰了。"

第一次采访刘浩后，因为素材很厚实，笔者就开始琢磨写这篇报告文学了，不想在构想时有两个小问题没太搞清楚，本来可打电话询问明白的，但笔者没有这么做，在一次晚饭后突然赶到他的住处，可他宿舍的门却是由"铁将军"把守。

"咱黄东村的老百姓啊，就是那满天星，第一书记的责任哪，就是要让他们亮晶晶，有苦不叫苦，有累不说累，只要能让老百姓生活得越来越好，我就是掉皮掉肉也无悔……"晚8点，正当笔者坐在他宿舍门前的台阶上耐心地等着时，突然由远渐近地传来歌声——刘浩回来了！

这曲调是《咱老百姓》，歌词肯定是刘浩自己创作的了。"您咋没打声招呼就来了，让您久等了！"刘浩很抱歉地笑笑。

"我就想对你来个突然袭击，看看你晚上到底干什么。"笔者实话实说。

"今晚可干成了一件大事，村里的'福稻健康米'在网上一下子卖出1000公斤！"

那天晚上，笔者与刘浩唠到了下半夜，不仅仅问号拉直了，还收获了不少意外的惊喜,只不过在刘浩再三恳求下,只能忍痛割爱了。否则,笔者就不守信用了,等他的这些想法都瓜熟蒂落后,肯定还会有人宣传,那就让咱们拭目以待吧。不过,请读者相信,越来越成熟的刘浩通过坚实的努力,定会让"满天星"变得更加亮晶晶……

# 红色堡垒
## ——记沈阳市康平县刘家窝堡村第一书记宋楠楠

吴尚真

> 结束十四年的军旅生涯，走进沈阳市人社局舒适的办公环境，让病榻上的母亲，天天感受独子的温馨，让夫妻离婚归我抚养的女儿，天天感受父女深情，曾是我生命的眷恋。然而，沈阳市委要求我们局出一名工作人员，去康平县二牛所口镇刘家窝堡村党支部任第一书记的消息，在我平静的心海中，荡起了阵阵涟漪，军人要听从祖国的呼唤。曾是老军人的父亲告诉我，儿子，去吧，到祖国最需要你的地方去，这才是荡气回肠的家国情怀。我点了点头，心中暗下决心，一定要把刘家窝堡党支部建设成乡村的红色堡垒。
>
> ——摘自宋楠楠《扶贫日记》

盛夏，汽车游弋在绿色的海洋中，康彰公路距二牛所口镇3公里处，有一座红砖红顶的地标性建筑，这就是沈阳市人社局下派干部宋楠楠任刘家窝堡村第一书记的党支部和该村村委会所在地，人称"红色堡垒"。

开放的广场上鲜花绽放，姹紫嫣红，优雅整洁的环境中，放暑假的孩子们，快乐地使用体育设施锻炼体魄，发出阵阵欢声笑语。广场一角，停放着宋楠楠上任后给村集体置办的接送村民旅游赶集的中巴和小轿车。宋楠楠，高挑的个子，双目有神，既有军人硬汉的风骨，又有学者的文质彬彬，话语中带着磁性，打开话匣子，他慢条斯理介绍起刘家窝堡村的变化。

## 先锋在行动

刘家窝堡村不方不圆，哩哩啦啦散居着1300口人，330户农家，曾经的岁月里，全村老少爷们除种粮外，再无其他营生，村里无产业、村民无工作、集体无收入，是典型的"三无"村。

寻找症候，宋楠楠上任后做的第一件事，就是与村党支部班子成员谈心交心，找党员问策。很快，他同全村41名党员求得共识：走进新时代，乡亲们还富不起来，缺的是共产党员的先锋模范作用，我们党员要行得正，坐得端，处处干在先，带领全村人民富起来。

为了让全村党员有一个做事、办事的场所，宋楠楠把家里的家电、沙发、桌椅搬到了村部。改造旧村部，他身体力行，刷浆、砸墙、砌墙，使圆了劲。很快，村部旧貌换新颜，党代表接待室、党员活动室、农家书屋、广播室相继建立完善。宋楠楠又组织党员和村民代表到外地参观学习党建工作，建立了党员微信群、村微信公众账号，定期推送党建知识，并在网上受理村民社会保障、证件办理等事项。为把群众团结在党支部的身边，他在全村开展了做好事积分制，村民可以凭积分到村部旁的福利商店去领取生活用品。短短的一年半过去了，支部在群众眼里变得坚强起来，共产党员的身份叫响了。82岁老复员军人邵德禄指着红砖红顶的村党支部说：这是建在我们心上的"红色堡垒"。

## 一个鸡蛋的家当

回眸之间六百天，学中文的宋楠楠看过《燕山夜话》，邓拓写的

"一个鸡蛋的家当",他略带揶揄地告诉笔者:我是凭一个鸡蛋起家的。可我得到的"千金"并不是如花似玉的小老婆,而是一笔实实在在的致富垫底钱。

究其缘由,宋楠楠是带着"重整河山待后生"的雄心壮志来到刘家窝堡村的。他久居都市,军队干部、人事干部的光环,让他有着丰富的社会人际资源,朋友为他壮行,觥筹交错之中,不乏身家亿万的成功商人拍着腰包说,宋楠楠你去吧,一个千八百口的小乡村,我们一定会帮你搞得风生水起。然而,现实是残酷的,宋楠楠上任后,里里外外十几天,几十伙,上百人,来此指点江山,忙忙碌碌折腾一圈,当看到了村子里体弱多病的老人,精神无助的中年人,年少不知贫滋味的孩子时,他们很失望,告诉宋楠楠,实在是爱莫能助,做慈善,解一饥解不了百饱,在商言商,你们村子的投资前景我们不看好。

热闹的招商活动结束了,村里的老书记见到宋楠楠情绪低落,上前解劝:项目有没有无所谓,日子如流水,好过孬过都是过,你的心情我们理解。

吃过晚饭,月光下,宋楠楠行走在灯光昏暗的村子里,一户农民的屋子中,传出了沙哑的酒话:"这几天新来的书记带着一群人东转西转,我听说,到最后一个子儿也没留下,这新来的书记倒是挺能瞎折腾!"另一个声音高着八度:"瞎折腾有啥用,还不是我们这里风水不好!好了,好了,什么第一书记,以前有过,以后也还会有,不提了,咱们喝酒……"

话虽难听,但道理明白。乡亲们信不着咱!

宋楠楠从小生活在城市里,虽然分得清五谷,却从没尝过躬耕田亩的艰辛,但他有着军人坚韧不拔的品格,走村串户,边调研边思考。一天,宋楠楠拦住了一个骑着电动车出没在村子中的人,攀谈中才知道,这是来村里收各家各户散养笨鸡蛋的商人。当问起收蛋的价格时,他却大跌眼镜,这近年来火遍全国各大城市的笨鸡蛋,在城市往往一个能卖到一元多，收购价一个仅仅几角钱。

要不要先卖个鸡蛋试试？面对"一个鸡蛋的家当"，宋楠楠犹豫起来，毕竟才从"大项目、大投入"中走出来，转眼卖起了块八毛钱一个的鸡蛋，这心理落差实在太大。但宋楠楠还是下了决心，事小未必不可为，总比一天天胡思乱想要强！

接下来，宋楠楠便在微信、微博上说了村里笨鸡蛋无污染、无添加剂的情况，想要卖鸡蛋来为村里创收，质量拿人格作保。朋友响应：宋楠楠，干吧，就买你的！

宋楠楠心里有了底，确定了收鸡蛋的人员，定制了高档的包装盒，选取了全国信誉最好的快递公司合作，打出了"宋书记扶贫笨鸡蛋"品牌，开办了淘宝店铺"土味康平扶贫馆"，并加入了淘宝村播项目，建设了刘家窝堡村自己的自媒体平台。很快，"宋书记扶贫笨鸡蛋"成为"网红"。《沈阳晚报》做了长篇报道，月销售达到两万余元。接下来，宋楠楠借助"鸡蛋"的东风，扩展了业务的范围，在微商上又加入了电商，品种从单一的笨鸡蛋拓展到笨鸡、小米、地瓜等特产。阿里巴巴集团得知宋楠楠的情况，主动联系他，为他开设专场村播售卖会，他成了全国唯一加入集团村播项目的第一书记。

## 筑路，积福之首善

鸡蛋卖火了，让村民在迷茫中看到了一缕霞光。赞许的目光中，宋楠楠继续和村民闲聊，有人给他出了难题：小宋书记你要有本事，把村里的那条破路修一修。

认识这条路，是宋楠楠刚到村里任第一书记不久，他知道，作为第一书记，搞清村有几户人、地有几条垄，是必修之课。一个雨后的傍晚，他邀了几个农民哥们去看农田，刚刚经过春雨"滋润"的土路，布满了大大小小的水坑，泛着土黄色的泥浆，这条路，非但没有因为宋楠楠"新官上任"而给他面子，反而欺起"生"来，猛一抬脚陷进泥里，一使劲，脚出来了，鞋却还留在原地，场面别提多尴尬。

这条通往村民"饭碗"的路，正像鲁迅说的那样：其实地上本没有路，走的人多了，也便成了路。下面没有任何路基。平时还好说，一旦到了夏秋雨季，可以说是人走人陷，车过车翻。每年秋收，村民都要绕道5公里才能将庄稼收回。

宋楠楠暗暗下决心，要修一条通往民心的路。但修路的钱却没有着落，眼见农忙的时候快到了，刻不容缓。他再次把村里道路的实情通过微博和微信朋友圈发布，并且说：修桥铺路本是中华传统文化中"积福之首善"。一夜之间，朋友们出手了，感兴趣的人一下爆了棚，多则千余元，少则几元钱，最后筹集到两万多元钱。

宋楠楠进村第五十天，这条通往民心的路终于开工了。然而，原来的路，基础太差，拉沙石的汽车根本无法进入，只能把沙石卸在村外。施工队干着急没有办法，就在宋楠楠急得跳脚的时候，村子里各家各户悄悄打开院门，开出了拖拉机，挑起了扁担，将堆得像小山一样的沙石往路上挪。路修成了，宋楠楠明白了，从这一天起，自己真真正正被村民所接受了。这条路，虽然简陋，但它不仅修在了村民的脚下，也建成了宋楠楠与村民之间的心路。

## 庄稼把式与二更酒肆

路，修好了。宋楠楠在群众中的称谓，从"小宋书记"变成了"有本事的小宋书记"。宋楠楠没有停歇，吹响了向生产广度和深度进军的号角。摸爬滚打之中，他成了一个地道的庄稼把式。

土地是农民的命，宋楠楠邀请沈阳师范大学农业专家、省"三农"办成员李春发教授来村进行了实地考察，对村里的土壤、水文、环境等影响农作物生长的各项条件进行了细致的考察，提出了改进村里传统种植习惯的建议。

宋楠楠对此非常清醒，他知道，改好了可能会大幅增加村民收入,但一旦出了问题,就会坑农害农。宋楠楠与村主任刘景武联手搞起了16亩试验田,先行先试,种植了优质小米、地瓜、酒高粱、水果玉米4个种类6个品种,他坚持耕种培育亲力亲为,每天到地里做作物生长记录,一有不懂就与专家沟通。俗话说,庄稼活没有三天"力巴",几十天下来,从没有摸过锄头的城里人,干起活来,让村里地地道道的农民刮目相看。

与此同时,他拓宽视野,把目光瞄向年收入过亿、被誉为"东北棚菜第一村"的新民市方巾牛村。初来乍到,该村书记祝江权对他态度很冷淡,以为是来"抢生意"的,宋楠楠用诚恳打动了他。随后,祝江权来到刘家窝堡村进行实地考察,提出建冷棚,种植性价比相对较高的韭菜,并正式邀请刘家窝堡村去他们村的蔬菜种植基地进行交流。

宋楠楠马上组织村党支部成员、党员代表、村民代表26人到该村进行实地考察,完成学习任务后,刘家窝堡村与方巾牛村签订了品种选配、技术支持、销售渠道共享等相关协议。回来后,宋楠楠和村委会集体研究决定,用自筹和面向社会争取资金的方式,三年内集中连片建设种植韭菜冷棚3000亩。2019年春,一期工程正式启动。

自从村里有了"有本事的小宋书记"后,村民的心也活络起来。几个长年在外从事建筑业的农民工,回到村子一起找到了宋楠楠,要成立一个建筑施工队,把村里人聚集在一起"抱团取暖"。宋楠楠一听是个好事,二话没说,帮助他们办理了各项手续,同时找门路,联系成了第一笔建筑业务。

几个曾在外地酒厂打过工的村民也找到了宋楠楠,说老哥几个有手艺,会酿酒,建议村里搞个酒厂。宋楠楠考察了市场后,雷厉风行,找来懂行的人。2019年6月,刘家窝堡村集体酒厂开工建设。宋楠楠为了改变刘家窝堡村村民日出而作、日入而息的生活习惯,给酒厂起了一个有意思的名字,叫"二更酒肆"。其实他开始为酒厂选址的时候,就想得很长远,一个前店后厂的农家酒肆投产后,他还要建成喝农家老酒、采摘农家果蔬、品农家土味的乡村风情园。

## 人之老，人之幼

宋楠楠家中有卧病在床的母亲，也有刚上初中的孩子，整天在刘家窝堡村摸爬滚打，他心中不能释怀的是母亲和孩子，可他看到村里鳏寡孤独、体弱多病的老人和放学后无拘无束、嬉戏玩耍的学童，让他想起了《孟子·梁惠王上》那句著名的话："老吾老，以及人之老；幼吾幼，以及人之幼。天下可运于掌。"

82岁的老贫困户邵德禄的陋室，是宋楠楠经常"光顾"的地方。老人1958年参军，因病复员后，档案丢失，仅靠一个士兵证，每月领取120元的复员士兵补贴。屋漏偏逢连夜雨，几年前，唯一的儿子车祸致残，肇事车辆逃逸。老人佝偻着身子，靠捡垃圾度日。宋楠楠专程前往邵德禄老人复员前所在部队查阅他的历史档案，但由于年代久远已无法找到。他只好跑到市民政局，为老人申请了1000元的临时救助金，同时求助好心人，筹集善款2000余元，一位不愿透露姓名的爱心人士表示愿意长期对老人进行帮扶。

邵大爷和宋楠楠成了忘年交，宋楠楠隔三岔五就买些东西去邵大爷家看看，每次到来，邵大爷非常高兴，总会说："不要再带东西了，现在过得比以前强多了，你有空来陪陪我就好！"

滕景星曾是村子里的种田高手，儿子在沈阳工作，时常汇钱贴补家用，日子过得悠然自得。但好景不长，妻子患糖尿病综合征卧床后，自己又患上股骨头坏死，举借无门，儿子只好卖掉沈阳住房，辞掉工作回家照顾二老，但滕景星妻子病情仍然没有好转，一只眼睛失明，另一只眼睛也视力变坏。宋楠楠四方求医，滕景星夫妻的病情得到了缓解。

李涛（化名）是辽宁建筑设计职业技术学院的学生。家中父母带着爷爷奶奶一起生活，天外飞来横祸，2017年，父亲车祸去世，母亲也在车祸中双腿致残,能下地后,母亲只好带着李涛的妹妹离家出走,另谋生计。李涛家中剩下奶奶和因事故双腿受伤的爷爷,李涛面对高昂的学费和需要照顾的爷爷奶奶,曾一度想要辍学。宋楠楠知道后,通过社会救助,终于为李涛找到了社会爱心人士为其提供学费,同时,经常抽时间与李涛联系,嘘寒问暖,鼓励他认真学习,毕业后为国家社会建设做出自己的一份贡献。

其实,像邵家的大爷、滕家的夫妻、李家的孙子这样的情况在村子里还有很多。有的老人,多年卧床,为了减少家里的负担,把子女辛苦劳作买回来的药偷偷倒掉,只求速死,别再拖累孩子;有的孩子,名牌大学毕业,谢绝了大公司的高薪聘请,回乡务农,只想就近照顾老人。

"不能让善良纯朴成为贫穷的原因!"办"失能老人照料站"和"学童托管所"的想法在他心中渐渐成熟起来。

按照惯例,宋楠楠把这个"失能老人照料站"和"学童托管所"的思路和大家分享,令他大吃一惊的是,这一次捅了"马蜂窝",以往那些支持他的人几乎全部反对。村里的一位老党支部书记告诫他:你建"失能老人照料站",想法很好,但不可行,照料失能老人是国家的事,你不要背这个包袱。

宋楠楠没有犹豫,反复做工作:面对这些苦了大半辈子,进入古稀,迈入耄耋的老人,我不想在村子富了的时候"家祭无忘告乃翁",只想让他们在有生之年,感受到党的温暖,这是我第一书记的担当。

反对潮过后,精诚所至,金石为开。民政部门向"失能老人照料站"拨出4万元专款,卫生部门免费给老人提供药品和体检服务。

2019年6月1日,宋楠楠的"失能老人照料站"终于运营了。"失能老人照料站"里,娱乐室、棋牌室、床铺整洁的休息室和餐厅一应俱全。盛夏,外面骄阳似火,第一批18位老人看着50英寸电视,享受着空调带来的阵阵惬意,中午开饭了,菜肴一荤一素,主食都是细粮，老人的脸上露出久违的笑容。

与此同时，宋楠楠又在村里开办了学童课后托管班，全村44名小学生在课余时间有了固定的活动场所，同时接受课外教育。

## 悠悠家国情

"初中，是人生结束天真烂漫的少年时代，步入意气风发青年时代的分水岭。今天开学，学校里人头攒动，欢声笑语，别人家的孩子都是在父母的陪伴下走进学校，可我的父亲，却在几百里之遥，那块贫瘠的土地上，无暇顾及我步入青年的典礼，我很遗憾，幻想父亲突然出现，给我一个快乐的惊喜。这时，父亲在简陋的农室中，发来了一组视频，他正带着何氏眼科和铁煤总医院的医生给乡亲们义诊，我看到了病人痛苦的表情，看到了父亲为病人焦虑的神色。我眼睛湿润了，此时此刻，患病的爷爷奶奶们比我更需要父亲！先天下之忧而忧，后天下之乐而乐，是父亲讲给我的范仲淹《岳阳楼记》里的名句，我明白了父亲不忘初心，牢记使命，忧天下，身体力行，正在为百姓服务。我为有这样的父亲感到骄傲，我也理解了父亲为什么不能参加我生日的烛光宴会，为什么不能在节假日里陪我逛商场，到公园里去游玩，因为那里有一群人需要他的帮助。"这是宋楠楠的女儿宋妮格2018年上初中时写下的一篇日记。

宋楠楠出生在一个军人家庭，父亲宋杰是部队退休干部，母亲王凤君是国企领导。2018年4月，当宋楠楠打起行囊，要奔赴农村新战场时，母亲已经摔伤后脑，卧病在床，清醒糊涂参半。宋楠楠看到母亲又一次清醒了过来，便走到母亲的床前，告诉母亲自己要到村子里当第一书记了。母亲拉着他的手说："去吧，儿子，你能为乡亲们排忧解难，就是对母亲的最大安慰，最好的孝敬。"父亲在一旁深情地说道："放心吧，家里有我，我虽年逾古稀，但是身子骨硬朗，你母亲久病，我也成了半个医生，我不会让你的母亲生一点褥疮，吃不到应时应晌的饭菜。"

因性格不合离婚的前妻田密也赶来给宋楠楠送行,她说:"宋楠楠,虽然离婚协议上明确孩子宋妮格由你抚养,此生缘尽,但情义未了,我把孩子接到身边去,照顾她生活,辅导她学习,支持你把驻村第一书记的工作做好。"

2019年"五一"小长假,宋楠楠将自己的沈阳市"五一劳动奖章"送到了又一次清醒过来的母亲手中,母亲抚摸着奖章,又看了看床头摆放的2018年宋楠楠荣获的平县第六届道德模范、沈阳身边好人奖、沈阳市乡村振兴人才等荣誉证书,幸福地笑了:儿子,真棒!

# 方伟的日记与"蓝图"
## ——记沈阳市法库县祝家堡村第一书记方伟

孙焱莉

站在这一片墨绿的水稻田前,我有点恍惚,眼前更像一块花田。紫色的花朵均匀地点缀其中,无数蝴蝶在花间飞舞,我站在高处的堤坝上,竟然看到稻田中间有一小片荷花。三四只白色的大水鸟从花田里飞起,又在花田上空低旋。方伟告诉我,这是他的虾稻试验田。别看没上化肥没打农药,稻子长势挺好,产量差不了,鸟儿是惦记着水沟里的小龙虾呢。那些花草从春天就跟水稻一起长,拔了三次,还是拔不干净,剩下这些索性就由它们长了。我看到一路之隔的大片大片广阔无际的稻田,这是普通的上化肥打农药的水稻,它们呈黄绿色,整齐干净,一朵花、一棵杂草都没有。

方伟还告诉我,这块只是50亩的试验田,明年要扩到500到1000亩。我的眼前一下子就铺出一片一望无际的花海来。

这50多亩的花海去年还不是连片的稻田,上下落差有一米八,周围田埂上长满荒草。这块"虾稻共作田"从初春料峭的风中到如今一点点在方伟的图片日记里变了模样。从2018年3月下派到法库县依牛堡镇祝家堡村到现在,不足17个月,方伟的微信工作日记就已多达168条,在这些图片里,我看到一张祝家堡村建设规划示意图:虾田稻米,小龙虾养殖,采摘园,农家乐餐饮,百花园,垂钓园,游船码头、辽河古渡……这一小块一小块的标识,像夜空中的星星闪着光。这是方伟心目中祝家堡村的宏伟图画,而他正用行动告诉大家,这个"蓝图"并不是空中楼阁,现在,它正慢慢变成现实。

## 丹心一片脚踏实地多做事

方伟老家在江苏南京,是南方城市里长大的孩子,毕业后去当兵,退伍后直接分配到沈阳市政府办公室,一直在城市里成长、工作。当他第一次踏上北方这个山村的土地后,他感觉很陌生。祝家堡村位于法库县东南部,有近4000亩水田,比旱田和林地等加起来的总和还多1000多亩;人口虽多,但70%的青壮年常年在外打工,剩下的多为老弱妇孺;村里以玉米、水稻等传统种植业为主,零散的养殖为辅,都不成规模。村集体常年无经营性收入;村党支部6人的平均年龄59岁,46名党员的平均年龄也57岁了,这是一个年近花甲的干部、党员群体。方伟第一次组织召开党员会只来了十多个人。方伟在部队十多年,都在跟年轻人打交道,在市政府工作后,也是什么年龄段的都有,可在这里,他看到的是陈旧、萎靡、暮气沉沉,没有半点活力。人是这样,环境更是提不起来,不但村部房屋破损严重,而且室内杂物乱放,村干部基本都在自己家里办公,村部经常是锁头看家。方伟看在眼里、急在心上,这样下去不是村部上锁,而是党员心里上锁、群众心里上锁。他心里很不是滋味,但方伟没有灰心,多年在部队锤炼出来的不怕吃苦、敢打硬仗的劲头上来了,他跟这个村子铆上了劲。方伟暗暗下定决心——三年一定让祝家堡村变个模样!

都说头三脚难踢,第一步应该怎么迈?这是方伟踏上这片土地就一直在思考的事。

方伟下村后的第一篇日记是在上任二十多天后写的:总书记说过的跳蚤关是真的!配图则是胳膊上一个红红的大包。其实在这二十多天里,他一直在忙,在熟悉村里情况,搞调研,在进入自己的角色。

方伟决心第一件事就是抓党建，他知道自己肩负的使命，党选派第一书记下乡下村，就是为农村输血，为农村增加活力，就是凝聚党员的力量，让一盘散沙变成一块石头，让一棵枯树长出新绿。提高凝聚力要从哪件事做起？方伟认为还是要从看得见的事开始做。你上来就给那些好多年都不过组织生活的人讲理论，形而上他们是听不下去的，即使来了听了也只是走个形式而已。老百姓看的是实事，他决定先从村部的改建开始。虽然是干事，但是也要把党的民主作风体现出来，对于村部的改建，他先组织召开支委会会议、党员大会、村民代表大会，征求大伙的意见。大家半信半疑，以为无非是粉刷墙壁，摆正几个桌椅罢了，也没提什么建设性意见。说干就干，方伟自筹党建经费近10万元，从2018年5月22日开始忙起来。那天，他的日记里只有4个字：旧貌……期待……6张祝家堡村破旧村部的照片，这是祝家堡村部历史的节点，那些没有留存图片的人，只能在这里看到旧时村部的影子了。

村部改建期间，方伟平均每天工作12小时以上，寸步不离施工现场。为了最大限度节约资金，所有的宣传文案、元素设计、调试安装等环节，他都亲力亲为，工期紧时他曾经两天一夜没有休息，村里的党员群众看在眼里真心地感动了，都说这个小书记真是个干事的人！

村部历经13天的施工改造，焕然一新。我在参观村部治保主任和妇联办公室时看到，每块宣传板设计除了精美之外，都很有情怀。有一块宣传板特别有意思：不要打架，打输住院，打赢坐牢……然后下面是打架的直接成本、附加成本、风险成本，每一条都写得清清楚楚。

改建完的祝家堡村村部让所有人的眼前一亮，村里一位老者去村部里走了一圈，临出门时自言自语："这才像个过日子的样！"这是一位农民朴实的语言，却是对方伟最好的褒奖。更新过的村部不但硬件配套齐备，而且兼具办公、宣传教育和服务等功能，每张办公桌前都放置了座椅、暖壶、茶杯。方伟说，村部不是"衙门"，村干部更不是"官老爷"，绝不能让来办事的老百姓站着说话，没有口热水喝。

这样舒适的办公环境，村干部高兴，党员认同，群众也感觉这个小书记挺能耐的。这时方伟开始抓党建的软环境建设，从制度上墙，到理论学习笔记抄写等都齐备起来。组织制度健全了，组织生活开始了，人心就齐了。党员有了仪式感，有了使命感，有了方向感。方伟相信那句话——人心齐，泰山移。他不但把人心聚齐了，还带领村两委班子成员到部队，到先进地区党支部参观学习，开阔视野。他要让村里的党员学学人家的日子是怎么过的。

方伟不光惦记着村部，也一刻没有忘记村里的村民。他2018年就开始筹措村路的平整，现路基已经修好，只等这几个连雨天过后，就开始铺水泥。他多方筹措投入12万元，翻新修建村民休闲文化广场，安上电子显示屏，平时播放一些惠农政策、村务信息，没事了还可以放一些电影。有人说，安这个没用，现在家家有电视，谁还稀得看电影？但方伟不这么认为，他说，其实放电影只是一个黏合剂、催化剂，让农民从家里走出来，增加他们的业余文化生活。用村支书兼村主任李国宏的话来说：现在村部门前和广场一到晚上特别热闹，下棋的，看热闹的可多了，两伙扭秧歌的比着赛地浪！

## 热血担当扶难济困暖人心

2018年8月28日方伟的日记写道：今天继续走访困难户，户主张有贤70岁，本人常年患病，儿子上周突然因病去世……日记写得很长，里面有忧虑，有温暖。这就是方伟的为人，心软，总有牵挂。

2019年8月，台风"利奇马"影响了沈阳，法库县一直在下雨。祝家堡村紧临辽河，遭水灾风险极大。方伟已连续几天没有回家了。他惦记村里几户困难群众，想看看他们有没有问题。但他先拐到了74岁的徐启德家，他记挂着徐启德老伴的病情。开始，徐老汉以为这个小书记是来看菜园子的,就说,这连雨天,柿子有烂的了。原来徐老汉是村里农产品收购合作农户之一。小书记去年来后,就为他选定这个项目,春天,城里的对接户给了他2000元钱,他按要求种各类蔬菜,等菜成熟后每周供给对接户10公斤,剩余的除了自己吃外,还可以卖给村里的合作社。去年,他算了算就这小小的园子出了3000元钱。这是他原来想都不敢想的事。他知道自己年纪大了,啥优势也没有,小书记这是信任他,在照顾他。但一听小书记张口就问老伴的病情时,很惊讶,就一五一十把老伴的情况跟小书记说了一遍,说着说着竟然忍不住哽咽起来,方伟搂住他的肩膀。他抹着泪水对笔者说:"他像我的孩子一样。"笔者相信他说的是真的,一位古稀老人,经历过漫长的风雨,眼泪一定会在自己最亲近的人面前流。

徐老汉的园子是方伟探索"庭院经济"与"农厨对接"微型效益农业新模式的试验地之一。把农民自家的小园子以私人定制的形式包售给市民,一个好园子的效益甚至能超过4亩旱田;农厨对接主要通过"互联网+"方式,让祝家堡村的黄瓜、茄子、豆角、辣椒从田间地头到沈阳长白岛餐桌一步到位,新鲜的露水还沾在上面。2018年12月21日方伟的日记写道:汇报三个事,1. 下雪,回村,巨堵。2. 精准扶贫户会玩初级微商了,主动学习,改变观念不容易。3. 我家小区卖我们村的农产品挺火。

在帮扶上,方伟是下了决心,动了脑子的,在对困难群众走访调研中,方伟一家家走,一遍遍走,用他自己的俏皮话讲就是,因为对自己太熟,困难户家看院的狗看见他都不叫了。那些没有劳动能力或有残疾的,没法通过劳动脱贫的村民,他就积极联系社会力量帮扶,给50余户特殊群体家庭送去了价值5万元的慰问物资。村里的党员干部在他的带动与感召下也行动起来,送被子、拉劈柴、安灯泡、搭火炕,做些力所能及的帮扶工作。除了按时年节给予的救济外,方伟还自己设计并筹款为村里开办了公益慈善超市,为村里的低保户、残疾人等困难群众提供高质低价的生活必需品。这是全县农村绝无仅有的。

孩子是未来，为孩子们做事功在千秋。在这件事上，方伟没有只站在祝家堡村的高度上想事情，也不光惦记着依牛堡镇的中心小学，他的日记写道：2019年4月15日，去年申请的80万元公益基金为全县8个中心小学建设配套了专业化音乐教室，今天顺路看了两个刚完工的试点……这些是大方向，利的是一个群体，而在对待个体上，方伟更是倾注真心。

沈阳市食博会、农博会、玖伍年货大集期间，方伟除了带上自己的团队，也带上了村里几个女孩子。这几个孩子很特殊，都是贫困家庭的。其中一个女孩子智力有些缺欠，方伟也没有嫌弃，他觉得她比别的孩子更需要多见见世面，他想让她接触更多的新鲜事物，学到更多东西，他坚信授人以鱼不如授人以渔。在这几个孩子里有一个最让方伟操心的，她叫张莹（化名），在法库县东湖二中读书，聪明伶俐，是块念书的好料。她的父亲因病突然离世，母亲十几年前已改嫁他乡，下落不明，张莹与70多岁的爷爷相依为命。方伟担心这突来的打击给孩子的心理造成阴影，要是厌学或学坏就麻烦了。他发动孩子的亲戚多关心她，还组织人送学费，送住校被褥。他曾三次去孩子的学校找她的班主任孔老师询问情况。第一次去刚见面时，孔老师还以为面前的这个年轻小伙是孩子的亲戚呢，知道他是孩子所在村的第一书记后，她无比钦佩。她加了方伟的微信，随时与他沟通孩子的情况。方伟认为这些孩子家庭贫困，更应感受到党的温暖，更需要被领上充满正能量、奋斗进取的正途。他的苦心得到了回报，这些原本生活在阴暗角落的孩子开始变得勤奋、开朗、阳光起来，他们对生活充满了希望。

### 思路清晰探索经济新模式

方伟特别有商业头脑，他开始研究电商与企业协作的模式来。他知道农村不光有那些贫困户，还有更多脱贫不久的普通农民，他们并没有多富裕,他们所谓的富裕是比别人付出了更多的辛苦与汗水。

2018年8月3日,方伟在朋友圈发了一条消息:方书记发广告喽,为更好地服务每位客户,我们新推出微店功能,有需要的可以下单啦!

这是方伟初"触电"的经营方式。促使他有想法的是入夏后,他发现农户自家园子里的时令蔬菜、散养溜达鸡、五谷杂粮等农副产品对于市民来说都是十分抢手的好东西,但是由于分散的农户没有宣传推广和物流配送能力,往往是好东西卖不出去、卖不上价,他就找人注册了个微店,还带领村干部成立了集体合作社,定期通过微信朋友圈对外发布广告。同时,主动与邮政、顺丰等物流企业合作,推广销售祝家堡村的无污染绿色农产品,没想到蹚出了一条路子。现在祝家堡村有20多户村民通过这种方式尝到了甜头,户均增收了1500多元钱。方伟还与沈阳市沈河区多福社区和浑南区富海澜湾小区等签订了供应协议,短短一年实现了13万元销售额。做电商的模式可行,但这样只是零散的,并不能成规模,毕竟个人或者几个人的力量是有限的,做大做强做长远了才是方伟最终的想法。于是他又开始不安分起来,找人论证,找好哥们儿研究,2018年9月,方伟联合全市74名选派干部成立了第一书记合作社联社,每个驻村合作社把各自的优势农产品汇集在一起,打包经营、抱团闯市场,做成一个品牌,目前,这个联社依托中国邮政集团沈阳分公司的线下资源,在沈阳市大东区上园路和铁西广场开设了两家第一书记农产品返城直营店,上架农副产品辐射47个村。2019年年初,运行4个月,销售额已经突破10万元。这些都让祝家堡村的老百姓得到了真正的实惠。方伟告诉笔者,到2019年年底,直营门店数量有望突破9家。

2019年5月18日,阳光很好,正是辽宁稻田插秧备池前夕,方伟的日记写道:5:40带领党员群众下地干点小力工活……还是感觉比撸铁累,赶紧干完回去休息。

方伟在没有研究农厨共建,研究电商,研究第一书记合作社联社的时候，心里一直就惦记着一件事，这件事"蓄谋已久"。可以说以前做的事情是利用有限的资源挣钱，而这个事是在有限的资源上再生出钱来，那就是在稻田里放养小龙虾，方伟给它起了名字叫"虾稻共作"。这是方伟第一眼看到祝家堡村的稻田就产生的想法。

沈阳创普华公司是专门从事水产品养殖、销售及绿色有机农产品等农业投资的公司，攻关北方小龙虾养殖技术，原定以沈阳市沈北地区为基地，方伟多方论证法库的水田、水源与水质，特别是能够育苗的要素，硬是把这个公司从沈北给挖到了法库来。想法有了，团队有了，从开春，方伟就开始为小龙虾的养殖做准备工作。他众筹资金25万元，流转土地50多亩，削坡整田，没白天没黑天地干，这是他"蓝图"里最大的一个板块。如果把这个事做起来，不但为祝家堡村的农民增收，对辽河流域以水田为生的广大农民都是一个福祉。方伟给大家算了笔账。他的这笔账算得特别详细，他做了一个对比账目，第一笔是普通稻米的成本与收入。第二笔是虾稻田的成本与收入，从小龙虾改造阶段费用，到虾苗成本，调水肥，生物试剂、饲料、生物肥，甚至拔草的费用都算得清清楚楚。对比之下，每亩虾稻田比普通稻田可稳定增收2800元。

做事不能纸上谈兵，要真干实干，这是方伟在部队，在机关炼就的性格，他跟着跑地头，跟进度，急的时候下田，忙的时候甚至十天八天不回家，他把法库把祝家堡当成了家。6月份的日记里，事特别多，竟然多达17条，其中有一条具有里程碑意义：6月13日，麦龙试验种苗已入塘，工人还受了伤，今年我镇进行虾稻共作探索，未来也会跟进这个项目，虽连续组织巡塘四天很累，但备受鼓舞哇！功夫不负有心人，现在稻田长势好，有望超过预计产量，而小龙虾悠然自得地在水里游弋。方伟的理想不是这50亩试验田的丰收，他要把依牛堡打造成小龙虾之乡，以此带动旅游，再做成一个特色产业。

2019年7月刚过，方伟又有了新动作，他把祝家堡的庭院经济升级了。他依托沈阳创普华公司开发了"当蹚自留地"项目。这个项目是公益农产品电商平台，平台上的农产品均优选于驻村干部所在村。村民坐在家里就能把菜卖了，而且这个项目解决了村里十几人就业，每天有通勤车拉着工人去车间。这是个双赢项目，有企业运作，成规模，成品牌，前景一定更广阔。

方伟做的事还有很多，譬如，协调党员群众市内免费体检，整治乡村环境给村子里修路，推进扫黑除恶工作，扎实做好猪病防控，等等。这些事在他眼里根本不算事。

因为我要看看"当蹚自留地"的车间，在去公司的路上，方伟一直跟我唠他的菜，他的小龙虾，唠他的"蓝图"上的那些板块。他说，"当蹚自留地"这个项目前景特别好，城里人对驻村第一书记的产品都很信任，其实这也是对党的信任。

我突然问他："你家孩子多大了？"他顿了一下，说："大的6岁，小的2岁，还是3岁？不知道了！"我说："怎么自己孩子几岁都忘了？"他显然不好意思地笑了一下，说："我光忙工作了！工作狂！一做起事来就高兴。"

方伟在一篇发言稿最上方写道：有幸亲身参与、见证乡村振兴的伟大进程，我无比骄傲和自豪！村民们会心的笑容就是对我这个"小书记"工作最大的鼓舞！

# 充满希望的村庄
## ——记大连市甘井子区后牧城驿村第一书记葛占东

黄 瑞

## 用行动让村民认可

漆黑的夜，小村笼罩在大片的乌云之中。天空的雨时大时小，整个村庄在雨的包裹之中。

晚上9点了，葛占东已回到市里的办公室，查阅一起没有完结的案子，眼里看着材料，可心思却不在这里。特别是听到雨水敲打窗户的声音，他再也看不下去了。葛占东回市里时，村里的雨早已停了。村干部就催促他回市里，因为知道他手头还有一些亟须处理的案子。葛占东就职于大连市甘井子区人民检察院公诉科，2018年5月选派到营城子街道后牧城驿村任第一书记。走得匆忙，手头有几个案子还没处理完，他只好晚上加班来处理。

葛占东放下手中的材料，就开车赶往后牧城驿村。他心想，村里的救灾工作是刻不容缓的。身为第一书记，必须战斗在救灾第一线。当他赶到村口时，雨已经大了起来，进村的低洼处，已是一片汪洋。几辆车早已排在那里不敢过去。着急的葛占东只好绕道邻村再进到本村。哪承想，车开到邻村村口时，一棵被大风吹倒的大树横在了路上，把进村的路堵死了，他只好原路返回。他心急如焚，如果不想办法把村口的水排出，雨再大些，水会更大，拉救灾物资的车进不了村里，就难以解决百姓的困难。

车停在村口，心在想着办法。他想开车冲过去，又怕开到中间车坏了，那就更麻烦了，不但帮不上村民，还会给村民添麻烦。这时一辆大客车从他身边开了过去，水花四处飞溅。但从轮胎涉水的深度，葛占东判断，他的车可以冲一下试试。摆正车头，中速加油，一米两米，二十米三十米，车冲过来了！

当葛占东来到村委会的时候，在场的人都很惊讶。村主任说："不是让你回去处理案子了吗，这么大的雨怎么又回来了？这里有我们呢。"葛占东笑了下说："我们快商量如何排水的事吧，千万别把救灾物资的车隔在村外。"于是，他与村干部现场分析水势和地形，共同研究村路排水工作。现在最急需的是找到一个最佳点，把水排出去。就是为了找到这个最佳地点，葛占东和村干部在村口的沟渠旁，来来回回几十趟，全然不顾大雨将他淋得浑身湿透，最后通过疏通堵塞的排水渠，成功将水排出。前后经过近两小时的施工作业，积水逐渐引流消失，路通了，救援物资顺利运进村里。

沙袋来了，矿泉水来了，食品来了！村干部看着葛占东，都露出了满意的微笑。

回到村里，已是深夜1点，村里漆黑一片。可这时又有几户村民前来求助，他们的家中，水快漫过炕沿了。葛占东还没来得及擦把脸，又与村主任、驻村民警紧急投入转移、安置受灾村民的工作中。

整整72小时的昼夜奋战，后牧城驿村的抢险救灾终于告一段落，村里无一人员伤亡。受灾村民张大爷握着葛占东的手说："你这城里的孩子，还真行！"葛占东也笑了，他看了一眼大爷家的小孙女，正安稳地睡在安置点的床上，他感到十分欣慰。

葛占东来后牧城驿村刚刚三个月，就用自己的实际行动，赢得了村干部和百姓们的认可，为他在村里开展工作打下了牢固的基础。

雨过天晴，太阳高高地挂在天空，不知疲惫的葛占东，又投入村里新的工作之中。

## 从根子上扶贫

扶贫帮困，这是党中央对基层村镇部署的最大任务之一。而能选派上扶贫帮困的干部，都是在工作中表现优秀的人才。葛占东虽然年龄不大，但他在工作中，是公认的优秀人才。来检察院工作三年，年年工作成绩都十分优秀，被领导认可，被同事信服。虽然才31岁，就被选派为帮扶干部。给人印象最深的是他的个头，一米九六的个子，实在叫人羡慕。同事们叫他大葛，就是因为他个头高。

葛占东从小就十分优秀，从小学开始，就一路当着班长，是保送的特长生，大学期间还入了党。在广州大学法学院上学期间，代表广州大学参加全国荷式篮球比赛六次，获全国第三名两次，第四名一次，第五名一次，因此获得国家一级运动员称号，并获得优秀学生干部称号和奖学金，早已通过国家统一司法考试。特殊的经历，使他一直有着求胜的心态和阳光般的追求。

葛占东被选为第一书记后，对自己的身份做了客观的定位。自己是帮扶干部，做的工作就是帮扶的事，而不是第一书记的权力。

后牧城驿村，位于大连西部，属于城乡接合部，村内1600余户，3600余人。后牧城驿村在20世纪80年代计划经济时期是大连市的蔬菜供应基地，后因市场经济时期转型不力，加上历史发展问题堆积，村内虽资源丰富却未能将本身资源优势充分发挥，虽有海域和百余家私营企业给村民创造了许多就业岗位，但与区域内其他村相比较，发展相对滞后。葛占东经过走访调查，对后牧城驿村的状况，有了大致的了解。他形象地比喻道，如果那些远离城市的贫困村好比是清水房，那么后牧城驿村就是装修陈旧的老房子，可以居住，时常透风漏雨。

葛占东想，要想使后牧城驿村焕然一新，必须创新思路，打破固有的壁垒再出发。他与村班子成员一起坐下研究探讨后，决定扶贫先扶志，创新社会治理，以党建促发展，稳定创造财富。

葛占东意识到，党建工作不全面，村民缺乏法治意识是基层农村普遍存在的现状，特别是城乡接合区域的村落，村民经济收入相对较高，生活水平相对良好的情况下，加强党建工作与法制宣传工作，提高村民思想水平和规范意识，是因地制宜促进村内创新发展的内在原动力。

葛占东想，以什么方式进行党建工作和法制宣传工作，能使村民容易接受呢？能使村民在接受的同时，真正提高自身素质，增强法律意识，成为村子发展的内在动力？

2018年6月，葛占东与大连理工大学马克思主义学院、人文与社会科学学部沟通联络，商讨高校乡村共建阵地。他意识到，党建工作与法制宣传只有与高校合作，发挥高校人才济济优势，让村民受到高水平的指导，才能提高村民的党建意识和法治观念，从根本上转变村民的传统观念，凝心聚力，落后的后牧城驿村，才能甩开包袱，轻装上阵，得到更好发展。

通过双方共同探讨、双向走访调研，最终确定引进"党建学习室""普法宣传室""大学生教学实践基地"三个合作阵地。是想通过思想教育提高党性认识，通过思想引导凝心聚力，通过思想疏导化解内在矛盾，通过思想交流体察民意，切实发挥阵地内在优势，潜移默化提高党员与群众的爱党意识和法治意识。

2018年9月14日，经过两个多月的精心准备，后牧城驿村与大连理工大学共建阵地揭牌仪式在后牧城驿村党建活动中心举行。大连理工大学马克思主义学院相关领导、村镇领导、甘井子区检察院领导出席揭牌仪式。

共建阵地举行的第一期党建活动，由大连理工大学姜秉权副教授、郭玉坤副教授分别做了党建和普法专题讲座。

讲座前，葛占东十分担心村民参加的人数不够，如果村民参加的人少，一定影响教授们讲课的心情，也起不到设想的作用，未来的活动就更难进行。让他没想到的是，村民参加讲座十分踊跃。第一堂课就有党员和群众100多人参加。

在郭玉坤副教授讲授反家庭暴力法课程中，村民兴趣浓厚，还积极参与互动。村民郑大爷听得津津有味，他向郭教授提出问题："郭老师，你说我孙子不听话我打两下，老两口吵架我骂两句，这也是违法呀，也得抓起来吗？"郭教授回答："这位老大爷问题提得好，法律是道德的底线，日常老百姓生活中轻微的矛盾，甚至打两下当然不会被抓，只有暴力程度严重，或者达到伤害程度较高时才需要法律救济。"旁边的刘大爷打趣地说："老郑啊，你让老伴熊了一辈子了，怎么的还想比画比画？"全场一片哄笑声。

活动结束后，郑大爷握着葛占东的手说："我们都是农村人，除了几个老党员还有点文化，其余人对这些法律还真的不懂，你搞这个阵地好。大连理工大学可是名牌大学，咱老头儿也享受一把名牌大学待遇，以后这样的活动你可一定常搞哇。"

葛占东是一名检察机关公诉民警，在多年办理审查起诉刑事案中，了解基层村组织由于人口年龄老化，文化水平普遍不高，是非法集资类犯罪的重灾区。而且营城子街道已经发生若干起非法吸收公众存款的案件，给人民群众造成重大财产损失，部分家庭亲情破碎，此类犯罪涉及面广，危害极大。面对这种情况，葛占东立足专业本身，以"预防非法集资"为专题进行普法授课，百余名村民参加活动。考虑到村民的实际情况，这次讲座他以实际案例入手，讲老百姓身边的事。他以营城子"老妈乐"涉嫌非法吸收公众存款案件引入主题进行讲解，让村民通过身边的真实例子，更加透彻地了解什么是非法集资。

2017年6月至10月，犯罪嫌疑人张某在大连市甘井子区营城子街道老妈乐商店担任店长期间，以讲课等方式公开宣传，吸引老百姓投资购买老妈乐产品成为会员，并承诺给予高额回报方式，非法吸收45

名投资人资金，共计330多万元，案发后只返回45万元，给投资者造成直接损失280余万元。其中一对夫妻，把给儿子结婚的钱也全部损失了，儿子的婚事也黄了，夫妻俩苦不堪言。

2015年11月至2016年6月，犯罪嫌疑人王某在担任北京财行者信息服务有限公司大连南关岭营业部店长期间，在没有融资资质情况下，通过口口相传、参加公司说明会等形式，面向社会不特定公众进行宣传，为店内刘某某、王某某等业务员招揽投资人签订合同、讲解项目，承诺还本并付高息，以投资公司合作融资项目可以获取高额利息为由，诱使32名投资人进行投资，总额达570余万元，案发后只追回少量资金，受害人损失达560余万元。

葛占东把两个案例讲解完后，正在听讲的村民刘大娘对身边的王大娘说："他婶子，小葛书记讲的，不就是和前天咱们俩去听课，让咱们投资那个理财产品是一样的吗？今天你还说不来听，多亏来了，要不咱卖海蛎子攒的这俩钱，全得让人骗去。"

讲座结束后，刘大娘找到葛占东说："小葛书记，你讲得太好了，我们家还准备投这样理财产品呢，我侄女都去银行预约明天取5万块钱出来，这我得劝她不能买这个理财产品了。你过几天再给讲一次，到时我把我侄女、我身边的邻居们都叫来，让他们也受受教育。"

通过抗洪救灾和共建党建阵地及法制讲座，来到村里不到五个月的葛占东，已经完全被村干部和村民们认可了，工作中，村民都积极配合他。

2018年10月，大连发现非洲猪瘟疫情，根据上级指示，各村都要设立检疫站，确保入口关和出口关的监管。同时对村内养猪户进行动员，要求对现有存栏猪进行屠宰，以防止对人造成影响。葛占东带着村农业助理，对养猪户挨家挨户进行说服。村民李大爷不同意把家里的猪全部屠宰掉，理由是他家的猪没发现疫情。葛占东耐心做李大爷工作："大爷，真的发现就什么都晚了，不但影响您家里人身安全，对全村百姓也会有重大影响，是有责任的，而且这个责任谁也承担不起呀。况且，每头猪按大小还给您补贴，损失是很小的。如果您不同意，一旦发现疫情，您想卖也没办法，损失也就大了。"在葛占东的劝说下，李大爷想开了，末了还笑了："小葛书记，你年岁不大，可挺会做思想工作的，好，我听你的。"就这样，全村近2000头猪的屠宰工作，很顺利地完成了，养猪户得到了补贴，把损失也降到了最低。

2018年10月中旬，后牧城驿村对滨海路垃圾堆放点进行改造，设立一些临时垃圾点。因村子大、人口多，临时垃圾点清理不及时，苍蝇较多，影响周边居民生活。

有一天，大连广播电视台记者前来采访，有人事先对葛占东讲，这次来采访可不是什么好事，是来曝光的，你躲远点。可葛占东想，村里这项工作不到位，这是客观事实，怎么能躲呢？不对了，我们就要纠正，把工作做好，弥补不足，让村民满意。于是，在记者找到村委会时，他勇敢地站了出来，面对记者的镜头，承认村里工作的不足，并保证马上改正，让村民满意。

记者走了，他没有食言，马上与村里主管环境的干部找车清运。不到一周，村里几处临时垃圾点的垃圾全部清理干净。几天后，电视台记者进行了回访，并把后牧城驿村环境改变的结果，向公众进行了报道。

2018年11月，根据中央指示精神，全街道开始重点整治违建大棚房。街道主管领导带队与村工作人员及综合执法、公安等执法部门联合行动，要对违规建筑予以拆除。葛占东知道，这是中央精神，是任何单位任何人都违背不了的。那么，如何让百姓接受，如何把群众的损失降到最低，是他这个法律工作者、这个驻村第一书记要尽力做到的事情。

果然，工作一开始，就有阻力了。有违建大棚的人不理解，找到葛占东表达不满。葛占东从时代背景，从国家土地新的政策等政策法规方面进行解释、安慰和开导，同时站在村民的角度，说明讲解，并给予尽可能多的补偿。用法说话，用情感人，从不理解到理解，从怒气满面到带着笑意离开，葛占东一次一次的讲解和开导，终于使后牧城驿村的违建大棚拆除工作圆满完成。

在工作实践中，葛占东深深体会到，只有用心思考村里的工作，村里的工作才会有新的起色；只有真心想着为百姓办实事，百姓才会接纳你。

葛占东刚到村里不久，村里进行土地"清产核资"工作，对全村集体资产进行清点，并根据上级指示要求，按规范开始土地量化和股权资格确认工作，直到最后的经济组织合作社成立，他这个驻村第一书记都要列席每次的村民代表会议，听取工作情况，更要化解因经济组织成员资格确认造成的纠纷。

村民王之声是名老党员。他认为自己应该有股权，因为他是村里的老村民了，应该持有村合作社股权份额。葛占东了解到，王之声虽然是村里的老住户，但他曾从村子搬了出去，而且参加了工作，还有了社保，按规定，已经有了社保的人，不应该享受村合作社的股权分配。后来，王之声又拿出地契，说他有地契，认为地是他的，凭这也应该有股权份额。葛占东耐心地解释："大爷，地契已是过时的物证了。而土地只有两种形式，在城市里，土地归国家所有，在村里，土地归集体所有，村民只有使用权，所以土地不是你的。而且按相关政策规定，你不但搬出了村子，有了工作，还办了社保，所以，大爷，你已经不能有村里的股权分配份额了。"

葛占东的耐心说服，使王之声非常满意。他高兴地说："小葛书记，你这一说，我全明白了。这就是懂法和不懂法的区别，你放心吧，我是名老党员，我一定支持你的工作。"

以前，后牧城驿村经常有村民上访，因为没人给他们讲解法律知识，只凭感觉，认为不对的事，就要上访。现在村里来了一位懂法的第一书记，建立了普法宣传室，使这些不懂法的人懂法了。从葛占东进村开始，村里就没有了上访的村民。

"不忘初心，努力奋斗，脚踏实地办实事，先成为一个后牧城驿村民信赖的人，再促建一个安定有序、法治文明的后牧城驿村。"这是葛占东工作日记中所记的感想。他是这么思索的，实际工作中，他也是这么做的。而今，他已从最初人们认为走过场的小书记，成了后牧城驿村村民十分喜欢的年轻书记。

又一个仲夏。葛占东来后牧城驿村整整一年了。2018年，他经历了一个不平凡的夏天，那场水灾叫他记忆犹新，而今又一个特殊的时刻考验着他。2019年8月12日，预报台风"利奇马"将登陆大连，防大汛，保村民财产和生命安全，是重中之重。葛占东从早晨7点开始，就与村干部一起走访住在低洼处的村民，挨家挨户动员撤离。中午吃点泡面，晚上吃点盒饭，直到半夜11点，应该撤离的28户村民才彻底安排好。刚想在沙发上休息一会儿，在村里居住的一位河南人来求救，他的拉菜车掉进村口的河里了，十分危急，因为他的车，是车头进去的，不快速救助，车就有可能报废。虽然十分劳累了，可一听此事，葛占东二话没说，从沙发上跳了起来，叫上农业助理就去现场救助。到现场分析后，只有吊车才能救助。葛占东叫农业助理寻找吊车支援，他在现场守候。车找到了，救援成功了，车主感激得不知说什么好，葛占东笑着说："你在我们后牧城驿村住，你就是我们的村民，就是不在我们村，我们也会帮助你的。"车打捞出水后，已是后半夜两点了。回到村委会，收音机里传来一个好消息，台风"利奇马"从青岛登陆后，在渤海海域逐渐减弱，解除了台风预警。

夜出奇的静。

躺在沙发上的葛占东，睡梦中嘴角露出了幸福的微笑。

葛占东帮扶的路才刚刚开始……后牧城驿村更是一个充满希望的村庄！

# 美丽乡村奏鸣曲
## ——记大连市旅顺口区台山西村第一书记纪强

于永铎

  车子拐了一个急弯,直接到了台山西村的村路上,眼前的一切就变了样。两旁的农地里到处都是钢制棚架,棚架里冒出绿油油的枝条,仿佛是一队队热情的歌手,此起彼伏地对着我们唱着美妙的歌。纪强说,这一片全都是大樱桃暖棚。经他这么一说,我才注意到,一直到村两委会大楼门前,樱桃园一片连着一片,犹如一片绿色的海洋,果然是名副其实的大樱桃之乡。下了车以后,有人喊着"书记,书记"拦住了纪强,他们几个人就地聊了起来。我注意到,阳光下,纪强的表情很柔和,仿佛是邻家兄弟般耐心。一会儿,这几个村民便愉快地扬手告辞了。

  趁这段空闲,我和纪强聊了起来,因为准备不足,我居然扯偏了,没有按照常规去采访与第一书记有关的内容,却聊起了海上航行的话题。这也怪不得我,因为,我一眼看见了远处的大海。台山西村三面是绿油油的山,一面朝着蓝蓝的大海,仔细看,很有一些诗情画意。虽然大海就在眼前,台山西村却没有一寸海域,没有一寸滩涂,村里没有渔民,只有与土地打交道的农民,种植大樱桃是村民普遍的致富渠道。我望着近在咫尺的大海,突然想起了纪强在路上说起过,他是从海军转业到地方的,他和大海有着不解之缘。我便问起他在舰上的感想，纪强想了想说，在舰艇上，一切皆有可能。

纪强是四川彭州人，担心我不了解彭州，他提到了汶川，提到了都江堰。他的家乡离都江堰很近，是一个多山多水的地方，后来，我和纪强越聊越熟的时候，从纪强身上能感受到他有山区人的不达目的不罢休的倔强性格，又有水乡人的热情与随和，这两种性格看起来是矛盾的，在他的身上却又是统一的。1992年，纪强高中毕业后应征入伍，成了一名光荣的海军战士。从家里走出来的时候，满满的都是对大海的憧憬，对战舰上的军旅生活的向往，万万没有想到，到了青岛，他却成了一名地勤兵。身份虽然是海军，却只能站在岸上看着军舰进进出出。后来的后来，纪强和大海、军舰分分合合，走出了一条曲折而又奇特的梦想之路。

七年前，纪强转业到大连市旅顺口区委组织部，由一名海军舰艇副政委转身成为国家机关公务员。这是他不熟悉的岗位。他就像还在部队里一样，一步步从头做起，像对待大海、对待舰艇，由陌生到熟悉。纪强这块好钢经过再次淬火，又一次焕发了青春。单位里的同志被他的工作热情和工作态度感染，纷纷向他看齐，当面和背地里都会亲亲热热地称他一声强哥。"强哥是解决复杂问题的高手。"采访中，有位女同志跟我说过这句话，由于当时因故终止了话题，很遗憾，我没有记录下这句话后面丰富的故事。

纪强从机关公务员到驻村第一书记，这是他的又一个坚实的转身，就像当初的梦想一样，他总是眼望着一个目标，不停地走，他相信自己迟早能实现梦想。纪强清晰地记得在全旅顺口区的驻村干部动员会上，区委领导为68个驻村第一书记交代了四项重点任务，其中最重要也是最根本的任务就是抓党建。如何抓党建，纪强心里有数，毕竟在部队从事政治工作近十年，这可是他的强项。

然而，去了台山西村以后，纪强才感觉到农村工作并不是他想象的那么简单，一个不谨慎，他这个第一书记就有失败的危险。纪强认为，如果他在台山西村最终变成可有可无的角色，变成"走读式"干部,那就意味着对村民没有交代,对组织没有交代,对初心没有交代。纪强刚到台山西村就遇到了一个难题,一个农村各基层党组织普遍存在的难题——党员队伍作风散漫。头一次开党员生活会,台山西村党总支共有69名党员,左等右等,到会的只有36人。村党总支周宣武副书记尴尬地说:"这算比较好的,知道你第一书记第一次开党员会,大家才给你一点面子!"

在部队、在机关,纪强身边的党员都是雷厉风行的作风,开组织生活会都是人人必到的,怎么会有这样松松垮垮的局面?他平息了焦躁情绪,找到了一把解决问题的钥匙,他准备用"纪律"这把钥匙打开自由散漫的锁。采访中了解到,台山西村许多党员都对这堂党课记忆犹新,党员老周能将这堂课的场景、内容叙述得清清楚楚。老周说,第一书记上来就抓时间观念,将时间观念上升到组织纪律性的高度,给与会党员留下了深刻的印象。纪强认为,没有一支作风过硬的党员队伍带头,台山西村的一切宏伟蓝图都将成为空谈。说一千道一万,台山西村的每一名党员都要从自身做起,严肃起来,要不折不扣地积极参加党的组织生活。

多年的军旅生涯,纪强对纪律的要求几乎达到了敏感的地步,脑子里时时想着遵守纪律,对他来说,纪律重于泰山。在纪律面前,他永远都是无条件遵守,哪怕有那么多的困难在前面挡着。纪强军校毕业后,本以为能分到舰艇上,命运又和他开了个玩笑,他被分配到了小兴安岭地区一个后勤部农场。一名海军军官被派到了北大荒,换作谁都会本能地质疑的。当时,纪强在老家谈了女朋友,原以为军校毕业后回到青岛海军基地,和女朋友在青岛安家,这一切都因为这次分配而变得不确定。要好的同学劝他找机会调离,有的干脆让他找组织,要求回青岛。纪强没有这么做,他是一名党员,只有服从组织安排的义务,怎么能和组织上讲条件呢?北大荒虽然苦,但和过去相比,条件已经改善很多了。纪强将自己的想法明明白白地跟女朋友提出来,他说,"在组织纪律面前,我作为党员是没有选择余地的"。女朋友懂得他，也理解他，这才是打着灯笼难找的有情有义的男人。她毅然辞去了工作，只身来到了小兴安岭，和纪强在一个家属平房里成了亲，成了随军军嫂。短暂的夏天过后，就是漫长的寒冬，零下30℃多的日子里，夫妻俩常常在半夜里被冻醒，这些，都没有让纪强退缩，艰苦的条件锻炼了两个年轻人，当小兴安岭林区的全体官兵奉命调往旅顺海军基地的时候，大家才注意到，很长时间以来，条件艰苦的营区里只剩下纪强妻子一个军嫂在坚守。

从这以后，他们夫妻就不觉得什么是苦了。

到旅顺后，妻子放下行李，第二天就到人才市场去找工作。亲友们不理解，纪强大小也是一个干部了，不能找找关系安排一个工作吗？妻子心里清楚，纪强绝不会为了家人违反组织原则的，这也是他们夫妻的一条纪律。

纪强到台山西村报到的时候，心里头就有了一个非常美好的愿望，他想把台山西村的党员组织起来，打造成一支有理想情怀的队伍。必须把党员拧成一股绳，心往一处想，劲往一处使，只有这样才能让村级发展再上一个台阶。否则，一切都是在做无用功。纪强刚上任，就一头扎进台山西村的健全党组织工作中去了，他认为这是他到村里来的一切工作的抓手。他的想法得到了大家的拥护，很多老党员说："纪书记，早就该抓一抓了，再这么松弛下去，群众的心都散了。"经过与党员深入交流，纪强了解到，台山西村党员成分比较复杂，身份不同，眼界也各不相同，遇到问题，七嘴八舌，谁也不服谁。各支部书记也向纪强叫屈，不是当领导的不管，而是管不了。这也是台山西村党组织活动散漫的一个主要原因。

因为党员与党员之间的个人条件差异，大家在一起开党员会时，各唱各的，明显不在一个调子上，往往影响了党员之间的团结。久而久之，党员的心冷了，对参加党的组织生活不上心，对村里的工作也没了积极性。

纪强经过反复论证，决定打破原有的各属地党支部的框架，将村里的党员组合分类，让背景、身份差不多的"志同道合"的党员组成新的支部。他大胆提出"党建四合院"构想，这个想法很前卫，犹如一声春雷在台山西村炸响。党员们既兴奋又担心，他们兴奋终于要抓一抓党建工作了，又担心搞不好就成了瞎折腾。纪强为这个"党建四合院"琢磨了好一阵子，最终，下决心要走这个创新之路，新时代的农村党建工作就应该有所变革，要适应新的环境，不能还外甥打灯笼——照舅（旧），只要能调动党员的积极性，就应该大胆试一试。

按照许多人的想法，你纪强到村里来当第一书记，不过是走走形式，给你一根棒槌你怎么还"认"上"针"了？就说台山西村，村民种植樱桃，都不同程度富裕了，很多人都钻进钱眼儿里了，谁听你去讲大道理？

这些冷言冷语，纪强都听到了，有的甚至比这还难听。打退堂鼓？睁一只眼闭一只眼？这不是纪强的风格，他的第一书记的任务是为台山西村打下一个良性循环的基础，从根本上改变村集体经济薄弱的面貌。他认为自己做的事是正确的，正确的事再难也要冲关！

我曾经跟着纪强书记和周副书记来到村里的种植大户肖大姐家走访，肖大姐家有冷棚和暖棚，温室种植的大樱桃产值一直很好，是台山西村种植户中的领头羊。纪强坐在小板凳上，掰着手指头和肖大姐计算冷棚的投资和产出，每一笔都算得清清楚楚。纪强和肖大姐详细地聊着村里的打算，聊着和农商银行低息贷款的情况。一个又一个问题抛出来，一个又一个问题搞清楚，农家小院里欢声笑语。肖大姐深有感触地对我说，自从第一书记进村，她就感觉到了不一样的气氛，以前是关起门自己干自己的，现在，她要听纪强书记的话，作为一名党员，她要敞开大门，全心全意地带领村民共同致富。

回过头，我们还是说说颇具特色的"党建四合院"的经验吧，纪强经过摸底，按照党员的个体身份，把原先的各支部更改设置为"白发红心院""商海红潮院""带富先锋院"和"军旅本色院"。这么一改,一下子就打破了原来的那种散漫无序的状态。"党建四合院"对党群关系、干群关系、党员和组织关系、组织和发展关系进行了准确的目标定位。

"白发红心院"主要由老党员组成,一段时间以来,一些基层支部有意识地忽略老党员的作用,认为老党员的觉悟和见识都与时代脱节了,啰里啰唆的是负担。而有的老党员确实又对自身的要求有所放松,一些行为与党员的身份相悖,在群众中造成了不好的影响,长久以来,老党员脱离党的组织,没了督促,思想上变得消极,影响了村里积极向上的风气。纪强发现了这个问题,主动将老党员组织起来,希望老同志能积极发挥余热,为村级发展起到特殊的促进作用。"白发红心院"的成立让老党员非常感动,突然就有了家的感觉。有位老党员激动地拉着纪强的手说:"只要我还活着,我就是党的人,请第一书记分配任务吧。"纪强给老党员分配了一项特殊的工作,让他们挖掘传统资源和精神能源,请他们传承台山西村的优良传统,讲述台山西村的历史故事。有的老党员曾经生活在日伪殖民统治时期,是那段历史的见证者和参与者,纪强就请他留下口述历史以及影音资料,以供后人学习。每当"白发红心院"过组织生活,老人们都会踊跃参加,大家聚在一起,谈古论今,对比台山西村的今昔,总有唠不完的嗑儿,精气神都有了显著的变化,他们逐渐成了村里正能量的守护者。

"军旅本色院"由退役军人组成,台山西村的退役军人是党员中的骨干力量。纪强给"军旅本色院"一个重要的任务——民事纠纷调解、收集民情和建言献策,这算是好钢用在了刀刃上。无论村民发生了什么矛盾,只要"军旅本色院"的退役军人出马,没有调解不好的。村民对他们的评价只有两个字"信任"。部队培养出来的党员个顶个地觉悟高,个顶个地公正无私,由他们出头,村民心服口服。

"商海红潮院"由村里的个体经商户、企业厂长党员和部分热心公益的爱心人士组成，纪强要求他们思想上与党组织同心同德，对村里的发展，有大局意识，不能只顾自己忙生意，对群众不管不顾。事实证明，"商海红潮院"确实发挥了超常的正能量，为村里的经济发展做出了巨大贡献，同时，这些人富了不忘回哺其他村民。在村委会的主导下，在"商海红潮院"爱心人士的支持下，筹集3000万元建成了远近闻名的源庆党建文化广场。漂亮的源庆文化广场每天吸纳的村民流量达到200人次，成为"村中城"的样板，促进了台山西村文化产业升级。夏天，农民在广场上休闲纳凉，谈天说地，习习的微风从水面吹过，一天的劳累消除了，每个人都心情舒畅。纪强发现，文化广场的建设还是有一些瑕疵，比如说，党建元素过少，教育群众、宣传群众功能不足。纪强就和大家商量，准备增加一些红色传统文化，"烽火台""七一露天影院""英模路"等传承红色基因，又有新时代内涵的景观将一一亮相。

"带富先锋院"由樱桃种植大户党员组成，以肖大姐这样的热心党员为骨干，这些人有共同语言，开会的时候三句话过后往往变成了科学种植樱桃的普及会，纪强要求他们一定要走好技术路，村里也想办法和种植户一起营造品牌意识。"带富先锋院"是台山西村的中坚力量，纪强充分考虑他们的生产工作特点，想方设法地解决他们的困难。每逢樱桃收获季节，种植大户都是起五更爬半夜，短短一个月的下果期非常劳累，这期间，村两委一般情况下都不会组织活动，有些工作能到田间地头的就到现场布置，此举深获农户党员们的拥护。樱桃收获季节结束以后，"带富先锋院"的种植户党员就会自觉地组织起来，将落下的"功课"补上。

"带富先锋院"为村里的发展思路烧了"三把火"，村民念念不忘。第一把"火"由党员肖大姐"点"起来，她尝到了樱桃园冷棚技术的甜头，不藏不掖，积极建议从引导村民发展冷棚入手，希望有条件的种植户都搞起冷棚种植。她还向一些有疑虑的村民打包票，长远看，投资搞冷棚建设绝对只赚不赔。不过，兴建冷棚得有一大笔资金投入，这可难为了种植户，上哪儿去借那么多的钱？村党总支通过各种渠道与旅顺农业银行联络，将种植户面临的资金困难向农业银行反映，请求农业银行解决农户贷款的问题。农业银行经过大量的调研，把情况报到市行，最终决定为台山西村做低息无抵押贷款业务。这个好消息如及时雨一样，一下子解了种植户产业升级的燃眉之急，赢得了村民的点赞。纪强算了一笔账，照这个势头发展下去，预计台山西村三年时间内冷棚生产扩大到800亩不成问题，有了这800亩的冷棚种植，台山西村的大樱桃就会形成产业和规模，从品种到数量到品质都会有一个极大的提升，后劲十足。纪强和党总支一刻都没闲着，他们处处想着大樱桃，想着培育出台山西村自己的品牌。在党总支的牵头带动下，"带富先锋院"的种植户们与日本樱桃专家达成了合作培育推广意向，未来，绝对值得期待。

　　转眼，纪强在台山西村住上了一年，这一年，他几乎把全部的心思花在了村上，台山西村的村容村貌也有了巨大的改变。他完善了村里的党建工作，和两委班子成员互相配合，设计了台山西村的未来规划。他将这个规划设置了近景目标和远景目标，第一阶段叫"建设美丽乡村"，第二阶段叫"经营美丽乡村"，第三阶段叫"共享美丽乡村"。纪强告诉我，等到全面实现这三个目标，台山西村就是他心中的"望得见山、看得见水、记得住乡愁"的理想地，那时候，台山西村才真叫山美水美人更美呢。

　　回顾采访历程，我时时地被纪强朴实的工作作风，大胆的创新精神所鼓舞，犹如听到了一段纯朴悦耳的美丽乡村奏鸣曲，听罢，惠风和畅，余音袅袅。

# 在山村里放歌
## ——记大连市金普新区二十里村第一书记王海军

格 格

一

2019年8月1日　11:57
复员军人的军礼！

这一行文字，是大连金普新区二十里村驻村第一书记王海军发在微信上的驻村日记。短短的几个字，饱含着他对过往无须言说的深情，也深藏着他此时从容坚定的担当。因为在王海军心里，虽然脱下了军装，但他觉得自己还是普通一兵，山村就是他锻炼成长的"军营"。从成为驻村第一书记那天开始，王海军就选择了网络。通过图片、视频与文字相结合，记录自己这个第一书记的工作痕迹和感悟。一年多来，他从未间断。

王海军的这些驻村日记，既是他日常工作的原始呈现，也朴素地表达着他人生中的一次重要选择。这个出生在内蒙古察哈尔右翼中旗辉腾锡勒大草原的男子汉，年轻时善于吹拉弹唱，曾经作为文艺骨干，放歌于草原，是草原上的"文艺轻骑兵"。1990年，王海军被选拔到部队文工团，又走进军校，成为政工干部。入伍二十五年，荣立三等功三次。2005年，王海军转业来到大连保税区，做过保税区经济发展局内资招商部部长、亮甲店街道副主任、保税生态城管理办公室副主任。2018年5月，王海军的人生又开启了新的篇章。作为保税区教育文化体育局副局长的他，经过多次申请，终于成为金普新区第二批驻村第一书记中的一员。

做出这个选择，缘自王海军心里多年以来对乡村浓浓的情结。他始终记得自己从哪里来，记得在涉农街道工作时农村百姓的生活之苦和他们的期盼。他一直想再给自己一个机会，为百姓做点实事。

为百姓们做点实事，是王海军装在心里的誓言，也是他落在乡村田野里坚实的足迹。

2019年5月12日，王海军来到二十里村整整一年。这一天，他送了自己一个礼物——透明的玻璃杯。杯身上，他刻上了这样一行字：看得见山，望得见水，记得住乡愁。他用这样的方式自勉，提醒自己不忘初心与使命，永远做一个有温度的人。

## 二

2018年11月20日　06:58
迎宾路！

走上驻村第一书记这个新岗位，王海军就感受到二十里堡街道党工委和二十里村村两委给予他的信任和期望。年轻有为的村书记孙建华，把王海军视为新乡村建设的工作伙伴，带着他熟悉村情，畅谈工作思路，谋划未来发展，让他这个任期只有三年的第一书记没有了身份上的隔阂，在极短的时间内，像一滴水，畅快地融入二十里村的美丽乡村建设中。

二十里村地处金普新区北部，分为12个村民组。2012年，村里有10个村民组动迁上楼，集体搬进了新建的景致小区，过上了城里人一般的生活，留下了窑沟、后半拉两个村民组原地不动。这样一来，继续留在山村里的村民，走着坑坑洼洼的村间泥土路，守着几十年不变的寂寞农家生活，难免有失落、有怨言、有期盼，经常有村民跑到村委会，表达他们的诉求。

这些情景，王海军看在眼里，急在心上。几次研讨，他和村两委很快达成共识：调整工作重心，从两个未动迁村民组的村屯环境整治入手，盘活村屯资源，激发内在活力，打造乡村新形象。

根据王海军的请求，后半拉村民组成为王海军工作的"主战场"。第一场"乡村战役"，在街道和村两委统筹的专项资金支持下，就从后半拉村民组的村路修整工程开始了。

从地理位置上看，后半拉村民组背靠挺拔的半拉山，村民习惯性地统称为半拉村。村民组不大，有411户人家，常住人口1051人，年轻人几乎都在外面打工，只有年老的村民在村里务农。金城铁路由西向东枕在村民组旁高高的山冈上，只是现在几乎废弃，难见火车踪影。铁路南面是一条乡道，窑沟隔着乡道与铁路，和半拉村相望。

时隔一年多，王海军依然清晰地记得，半拉村村民听说村里来了个当局长的第一书记，要和村两委一起给村里修路，要进行村容整治的高兴劲。

真要行动起来，王海军和村两委遇到的阻力真是不小。

多年来，半拉村村民已经形成了习惯：街头、河边建厕所、修牛圈、堆草垛、倒垃圾……几乎是随心所欲，导致村道狭窄，村民赶个牛车、开个三轮车就怕对头相遇，平日一地黄土，遇到雨雪天就是一片泥泞。外面的人不愿进村，村里人出行也极为不便。平整拓宽村道治理河道势在必行。

听说村道要修整，村民的门前都要进行彻底清理，村里的大爷大妈坐不住了。这个说，垛在道边的柴草没地儿放，不能动；那个说，穷家当值万贯，那些砖头碎瓦的可别给我收拾走了……

王海军一户一户劝说、解释，一米一米地推进修路进度，但工作

49

的难度，超出了他的预期。

村民佟万盛出过车祸，导致性格暴躁偏执。听说要让他家把厕所从路边迁回院子里，他立马就闹开了，拦住道路施工的铲车，扯着一脖子青筋说，谁敢动我家厕所让我不痛快，我就捅死谁。那阵势，家人劝都听不进去。王海军见此情景，调开了铲车，和佟万盛拉起家常，询问他的身体状况，了解他的家境。看到佟万盛情绪平稳了，再了解他有什么需求。最后，佟万盛提出了一个令王海军想不到的条件：厕所迁回院子，你要给安上一个门。对于佟万盛的这个特殊要求，王海军笑着答应了。

终于，铲车又开来了，佟万盛家的厕所迁进了院子里。王海军也说到做到，利用休息时间跑到旧物市场，买回一个小木门给安上。佟万盛这回不闹了，逢人就说，这个王书记，还真办事。

一波刚平一波又起。半拉村有一处被称为"牛皮癣"的老铁匠房，破旧的石头院墙竟然占了村道的三分之一。这座百余年的老屋，据说当年相当红火，精致的手工制作享誉十里八乡。但因为年久失修，屋顶、墙面、门窗已经严重破败。王海军找到房主付大姐，希望她能够同意把院墙往里挪移，让出所占的村道。一次又一次，付大姐就是不同意，说是祖上的家业，动不得。王海军不死心，又去劝说。付大姐这次点头了，但提出：村里必须给铁匠房房顶修好才行。这样破败的老房子，维修屋顶难度大，费用也不低，村里没有这项维修资金。眼看着村道治理遇到了拦路虎，王海军心里真是急呀。他又一次次找到付大姐，任凭他跑断腿，说破嘴，付大姐就是不改主意。

那几天，王海军天天一大早围着铁匠房转来转去，想象着往昔的炉火正旺，想到现如今人们对这些旧手艺的陌生，突然觉得，即使不为了修村道，也要把铁匠房保存下来，因为对于村民来说，它承载着太多的记忆和情感。于是，王海军拿出当兵人的果断，拍着胸脯对付大姐说：你先同意修路，年底前哪怕自掏腰包，我也一定将你的房顶修好。说罢，他还为付大姐立下了一纸承诺书。

王海军就像个攻坚勇士，拿出真心和诚意，帮助村民解开了一个又一个心里的小疙瘩。村民心平了，气顺了，主动出义务工，参与修路治河。

就这样，1.7公里的柏油村路，1500米新砌了青石墙覆盖了水泥板的河道，王海军和村两委带着村民，从6月忙到10月，历时五个月，终于完美收工。

有了宽敞的村路，只是解决了村民出行问题，王海军还想着为村民打造一个综合性休闲广场。

到哪里去找这样一处地方呢？

王海军和村两委在村里多处察看，终于物色到一处合适的场地：村中一个垃圾堆放场。不占村民田地，又在村中央，完全可以将这个脏乱差的地方改头换面建广场。

2018年10月，王海军和村书记孙建华多方筹措资金，在市文广局、市体育局和保税区管委会主任刘爱民的大力支持下，争取到21万元的村级文化广场建设资金和一批健身器材，开始了广场的基础建设。

因为资金有限，王海军和村两委带领村民从动迁的老屋捡砖石，到大型建设工地去找可以利用的景观石，再一块块像宝贝似的运回村里。这些繁重的体力活，王海军喜欢亲力亲为，不喜欢站在一边动动嘴。他在驻村日记中写道：脚踏实地走好乡村振兴道路上的每一步，老百姓最认的是苦干和实干……

2018年11月25日，文化广场建成投入使用。那天上午，五星红旗在广场上徐徐升起，村民和着乐曲跳起广场舞，那些拿惯了锄头常年在田地里劳作的老汉，在崭新的健身器材上活动筋骨。王海军看着这一切，心里舒畅极了，所有的疲累都烟消云散。

为了进一步美化村里的整体环境，王海军又想到了栽种绿化树。在保税区华谊公司党总支的大力支持下，在村道旁栽种了700多株红枫、法国梧桐、海棠。

路平阔了,广场建起来了,绿化树栽上了,可王海军觉得还缺少点什么。他希望村子里那些不规整的院墙能够亮起来,美起来,为村里增添一些活力。

机缘巧合,王海军得知保税区要举办"看精彩自贸 建美丽乡村"墙画艺术大赛,他立刻找到主办方,把大赛的主场落在了半拉村。于是,村民原本破旧的院墙经过统一粉刷,成为一群群年轻艺术者挥动画笔的新天地。几天工夫,一幅幅充满幸福、祥和和传统文化气息的墙画就在半拉村的农家院墙上现了身。不仅村里的百姓喜欢看,周围村屯的,甚至不少城里人都慕名前来驻足欣赏。

寂寞的半拉村热闹起来了。村民高兴地说,咱这门前,既是舒心路,也是迎宾路了。

村民的欢喜,就是王海军的欢喜,也是他心中的最大满足。他在驻村日记上发了这样一段视频:清晨,一位奶奶送一个女孩儿去上学,女孩儿蹦蹦跳跳的,阳光照在她们的身影上,一地温暖。他写下的文字是:走新路,读好书。

## 三

2019年6月23日　04:08

大樱桃红遍半拉山!

半拉村村民喜欢称门前的村路为舒心路、迎宾路,可王海军觉得,这条路还应该是条致富路。

怎么能让村民的腰包鼓起来呢?

王海军做第一书记后,每天7点前准时开车来到半拉村、窑沟,春夏秋冬,风雨无阻。他用这种最朴素的走进感受村民的日常生活状态,也在拉近他和村民的距离。心近了,说出来的话才有可信度。

他发现，半拉村、窑沟老人多，3030亩耕地，辛辛苦苦种出来的粮食、蔬菜及各种水果，多年来都是在家门口销售，或者去附近的广宁寺赶个周末大集。卖点农副产品不方便，收入也不高。

王海军想到办个乡村民俗大集，充分利用老百姓手中的资源，以民俗节日来搭台，吸引八方来客和村民共唱一台"经济大戏"，这个想法得到了街道党工委和村两委的大力支持。

经过细致的筹备，2019年1月13日农历腊八这一天，"半拉山腊八民俗文化大集"在村民的期待中隆重开集。寒风里，小小的半拉村吸引了近万人，卖水果的、卖蔬菜的、炸丸子的、做豆腐的、蒸黏豆包的、品尝杀猪菜的、写春联的、剪窗花的、抱着大白菜争夺菜王的……挤满文化广场，热闹非凡。很多从城里赶来的人对王海军说，这样的大集太有年味了，也想起了小时候的味道。村民更是一万个没想到，自己家里出产的各种菜呀果呀肉哇，在家门口就成了抢手货。这个大集一下子让半拉村名声在外了。

王海军和村两委干部趁热打铁，2019年2月19日又举办了"半拉山下闹元宵"民俗文化大集，走进了新华社等众多媒体的视线，使越来越多的人知道了这个半拉村，村级品牌有了雏形。

2018年6月6日的驻村日记中，王海军拍摄了一组村民蹲在村口路旁卖樱桃的照片。守着面前一筐筐的大樱桃，村民的脸上却没有笑容，只有无奈、无助甚至是愁容，这抓疼了王海军的心。

原来，半拉村、窑沟村民组种植樱桃面积达到2000余亩。由于离七顶山樱桃大市场太远，每年的樱桃季，村里的樱桃果农都是蹲在路边卖，时常因为来不及采收售卖，直接烂掉。村民要种樱桃致富，可又发愁销售，捧着大樱桃这个"金饭碗"却富不起来。

解决果农卖果难又成为王海军放在心里的大事情。

王海军了解到，多少年来，半拉村因为村路不畅，宣传不够，没有积累足够的樱桃销售的客源。既然走不出去，何不把商户引进来，打出"半拉山樱桃"这面大旗呢?

说干就干,王海军开始到处跑市场、联系商户,为半拉山樱桃大集做着一系列准备。

这个时候,正赶上金普新区机构改革。王海军的行政关系从保税区转到了金普新区文化旅游中心,有了新的"娘家"。中心主任丁善艺带领党委一班人来村里看望王海军,听说二十里村要在半拉村筹建樱桃大集,立即伸出援手,积极帮助协调各方面资源。终于,6月初,樱桃成熟季,"半拉山的樱桃熟了"樱桃大集也正式开始交易了。半拉村、窑沟甚至附近村屯的果农,每天凌晨,在半拉村新建的党群文化广场上,免去跋涉之苦,就可以痛痛快快地把樱桃卖给南来北往的水果商,还学会了与外地的商户进行电子交易。为了扩大影响,文化旅游中心帮助半拉村将樱桃大集与2019大连国际樱桃节对接起来,作为樱桃节的分会场,实现资源共享,录制了《我和我的祖国》《大樱桃红遍半拉山》快闪节目,营造出浓厚的节日氛围。同时,文化旅游中心又帮助半拉村建起高标准的农家书屋,全面翻修了百年铁匠房,为半拉村的村民生活增添了新的文化气息,也留住了村民久远的记忆。

6月初到7月中旬,半拉村的早熟晚熟樱桃不用走出村子就销售一空,"半山"品牌的大樱桃也应运而生,通过半拉村与平安人寿大连分公司、大连新传媒集团、邮政EMS大连分公司联合发起的"大连樱桃熟了,现在就出发去见你"公益活动,走向天南海北,千家万户。这一个多月,王海军几乎每天天没亮就赶过来,半夜三更再回家。他喜欢看着果农洋溢在脸上满意的笑,喜欢看着大爷大妈拎着空筐空桶轻飘飘走回家的样子。

王海军在走访中发现,在半拉村和窑沟,还有一些贫困户,因为各种各样的原因致困,生活挺艰难,年年靠政府靠街道靠村里的救济只能维持现状,只有激活他们自身的造血机能,才能带来一线生机。

可这新鲜的"血液"从哪里来呢？

早春时节，田野里还没有什么绿意，但农家的菜园里，春天的新绿还是早早就冒出来了。韭菜、大葱、冬菠菜等，时常出现在王海军的视线里。他看着这些蔬菜，忽然想到，何不在村民自家的菜园上做点文章呢？因为再困难的人家，也有足够多的自用菜地；再无技术的村民，也能种点各色蔬菜。闲在地里吃不完的菜，不出家门就能变现了，这是多好的事。和村两委商议后，二十里村在窑沟、半拉村出台了一个新举措：采用"帮扶资源+爱心租用+劳作联动"模式，对贫困户进行有针对性的扶贫帮助。

在新区融媒体中心的帮助下，2019年4月1日，二十里村面向全社会发布了"爱心菜园"认养公告，不到一周，已有大连市三个党支部、两家大型企业、15家爱心市民前来认领4个贫困户6.5亩的菜地。一时间，"一号高地""菜高八斗""超神小晖晖""祺乐融融""霹雳木木""时和年丰"……这些写着新奇名字的认领牌，一块块插在村民的菜地里，不仅仅是村里一道新的风景，更是一份实实在在的关注和效益。

于是，王海军又多了一项"工作"，每天清晨，他都会在这些菜地里转转，然后在微信群里播报最新菜情：谁家的西红柿红了，谁家的黄瓜要赶紧摘了，谁家的茄子辣椒开花了坐果了，谁家的土豆该起垄了……有图有真相的播报外，往往还要加上一句：亲们，快回村儿里拿菜吧。

用贫困户咸正文老汉的话说，菜地出租后，手里有了零花钱，日子舒服多了。

这两年，面对半拉村发生的变化，青年人也开始返村创业。半拉村的青年八哥，回到村里种草莓养鱼开农家乐，王海军给他提出了很多建议，帮他带来很多客户。八哥说，在这样的村里干事，心里有希望，浑身都是劲。

这是王海军最愿意听到的话。

# 四

2019年8月10日　06：50
半拉山下歌声扬！

驻村一年多，王海军的驻村多媒体日记也写了一年多。这样的坚持，他觉得踏实，也觉得有动力。

王海军已经习惯了每天穿上一身旧的迷彩服，蹬上一双旅游鞋，用在村里现场抓拍的村容村貌向身边的朋友问声早安，发布的时间几乎都在7点之前。村民早上推开家门，往往就能看到他的身影。唠唠家常，听听闲语，雨雪天，节假日，他都不会停下脚步。

他的驻村日记中，出现最多的是村民的笑脸、劳作的身影、期盼的眼神；是晨雾中的农家、房前屋后的菜园、门前的老石磨、街头的一棵老树；是田野里的一朵曼陀罗、柴草垛上的丝瓜花；是晨光中拉车的一头牛、在樱花树下啃着青草的黑马；是见了王海军就撒欢跑过来的小黄狗，但更多的，是一天又一天慢慢升起的朝阳。他喜欢坐在村旁铁路的路基上，看朝阳从东方升起，霞光洒满半拉村的树林、田地、农屋；他喜欢看着村民沐浴在朝阳里，走向田野、果园；他喜欢听见村民喊他一声"老王"，叫他一声"大兄弟""王指导"，这是他最享受的时刻。

"有一个地方知道的人都说变了样，有一个地方去过的人都说眼前一亮，文化广场歌声扬，乡村变成大画廊，一条新路通远方……"

村民说，这首歌唱的就是咱们的半拉村。

王海军也爱唱这首歌，但他更期待着他眼中的这个小山村，未来可以大变样，他的驻村日记中，可以有他更嘹亮的歌唱。

# 人民的儿子
## ——记鞍山市岫岩满族自治县穆家岭村第一书记刘涛

张国增

> 要把党代表群众利益的根本立场，通过我们扎实有效的实干体现出来。让人民群众从扶贫工作队身上看到共产党好，看到前途和希望！
>
> ——刘　涛

## 引　子

2017年，中共鞍山市委统战部研究室主任刘涛作为穆家岭村党支部第一书记，驻村扶贫工作队队长，在驻村一年后满怀激情地向全村党员说："这是一场由共产党和全体村民主导的脱贫战役，穆家岭村党组织必将带领大家取得最后胜利……穆家岭必胜！"声音刚落，与会的全体党员都发自肺腑地喊出了："穆家岭必胜！"

这个场面，像电影一样留在刘书记的记忆里，每每想来，让他感慨万千。一年前，驻村工作队入驻穆家岭，第一次党员大会即给这个刚刚上任的第一书记留下了深刻的触动。透过屋子里缭绕的烟雾，他看到有的党员在剪指甲，有的用胳膊肘互碰取乐，还有的玩手机游戏、抖音、快闪，整个会场上蔓延着一种浑浑噩噩、得过且过的情绪和气氛。那一刻，刘涛从他们戒备而冷漠的眼神中，感受到一股你说你的，我做我的抵触情绪。散会后，站在村部坑坑洼洼的广场上，望着落霞染红的山岭和逐渐沉暗的沟岔，他发誓说："我要让村民记住扶贫工作队来过这里，记住共产党一刻也没有忘记乡亲们！"

如今，经过三年的努力，刘涛不但让穆家岭村容村貌发生了巨大变化：道路平了、桥梁通了、路灯亮了、村子美了，更让他欣慰和自豪的，是村民的道德水准和精神境界有了大幅度提升。在村党支部的带动引领下，穆家岭人的世界观、人生观和价值观发生了深刻转变，"群众看党员，党员看干部"已成为村里的行为规范。雨后路面塌陷，有人不声不响地铺垫修复。邻村山上着火，村民自发主动地上去扑救。人们透过一系列事件，渐渐看到其中的引领者、参与者和奉献者都是村里的共产党员。党员以自己的行动成了村民心中的好人代表、无私楷模和行为指南。现在，村民称道哪个人好，会随口说道，人家是共产党员，是咱学习的榜样啊！

刘涛把全体党员凝聚在党支部周围，告诫大家合格党员的标准，就是把村民对美好生活的向往化作自己的奋斗目标。

为了把工作做到实处，刘涛白天去田间跟村民一起劳动；晚上吃完饭，就去乡亲家里唠嗑交心。对于村里的情况，他心里渐渐有了底。村里人也慢慢消除了与这个城里人的隔阂，跟他说出了心里话："当初看你们来到我们村子，以为还是走走形式，过了这阵风就拍拍屁股回去了。"

其中，给刘涛留下深刻印象的，是他与70多岁的老党员梁大娘的一番对话。

"大娘，您当初为啥要入党呢？"

"光荣。入了党，就有机会干点真格的事。我们那时候入党难哪，没有突出事迹是不能入党的，每个星期都写入党心得，上党课一次不落，啥苦啥累的活都往上冲。"

"那你说啥样的党员够格？"刘涛问。

"什么事都得走在前面,别看我是个女的,当年老黑山水库我都去修过,我给村当保管一辈子没差过一分钱。党员不能光想着自己的利益。党员得对组织忠诚。"梁大娘认真地说。

"我能把您的话说给大伙听听不?"

"当然能了。"

刘涛把这次对话的录音放给党员们听后,他强调,梁大娘说到点子上了,只有对党组织绝对忠诚,才能为穆家岭真正做点实事,才能让人民群众过上幸福的生活。

大家一起鼓起掌来。

那一次,刘涛倡议并要求全村党员佩戴党徽,在党员家门口挂上"我是共产党员""我来带头"的标牌。也是从那时起,每次党员开会或村里重要活动,穆家岭村委会都要奏响雄壮的国歌。

## 一、他把这片热土看作自己的爹娘

穆家岭村位于岫岩满族自治县偏岭镇东南部的大山深处,距离镇政府15公里,距离岫岩县城30公里,下辖11个村民组,368户人家,1475人,辖区面积16.2平方公里。全村有耕地2800亩,人均不足2亩,没有任何产业项目,村民收入主要依靠种植玉米和放养柞蚕。由于村集体长期处于负债状态,这里是远近闻名的贫困村。村民外出,都羞于说起自己是穆家岭人。

入驻穆家岭第一天,刘涛与来自工商联的队员潘辉、李琦一起,同村两委班子唠到深夜,他向班子成员表态:"今天进村时,正赶上邮局往咱村推销苞米种子。我们扶贫工作队要学做这苞米种子,在穆家岭这片土地上扎根、拔节、吐穗、出棒。老百姓不脱贫,我们就不走了。"这番话,感染了上任不久的村党支部书记孙成刚,这个50岁出头的山里汉子握住刘涛的手说,你们城里人抛家舍业来到这里,出力流汗,不计得失。我们作为穆家岭人,改变自己家乡的现状更是责无旁贷。刘书记，穆家岭人收下你这颗滚烫的心了，我们跟定你了，跟着你这个共产党人，甩开膀子加油干，让家乡彻底变个样！

那天夜里，刘涛和两名队员掏出记事本，他们让村两委班子成员把制约本地经济发展的各种因素逐项说出来，分门别类后，归纳整理在本子上。次日，工作队开始逐户走访村民，了解家庭收入，记录致贫原因，从中梳理出普遍性和个别性的因素。在掌握大量一手材料的基础上，刘涛召集支委成员坐到一起，研究解决问题的办法了。

在深入调查，反复研究后，大家得出的结论是，土里刨食不能使村民增收脱贫。刘涛苦苦思索如何立足本地资源、发展新兴产业、培养造血机能。时间一天天过去，一幅"因地制宜、点线面立体式发展、村集体与合作社合作共赢、真正实现自我造血"的宏图，逐渐在他的胸中绘制出来。

人穷志短，扶贫先扶志；穷则思变，扶志先扶人。刘涛和工作队经过多方调研，决定先从穆家岭村的山区优势入手，建造土鸡养殖基地。理由是养鸡成本低，容易起步。方案拿到会上，有人提醒说，要是得了鸡瘟，就是全军覆没。对于这个问题，刘涛早有调查，他说鸡场建在村里，卫生条件难以保证，各种牲畜之间容易交叉感染，我们打算把场址选在远离村庄的山脚下，那里山清水秀，贴近自然，情况就会得到改善。回答一个问题后，又有人说，就算鸡场建成了，鸡蛋也下了，但是我们地处偏远，交通不便，附近的村民自家养鸡不用买蛋，城里的消费群体又来不了这么偏远的地方购买。尤其到了伏天，鸡蛋容易变质很难保鲜哪。对于这个问题，刘涛解释说，我们工作队的年轻人，这些天在网上联系了多家网店，他们对我们的货源很感兴趣，目前已经达成意向，代销我们的产品。回答了各种疑问后，刘涛鼓励大家说，干事情都有风险，办鸡场也一样。问题的关键在于，一旦风险降临谁来负责谁来承担。同志们的担忧和劝阻，原因出在我们村积贫已久，经不得任何闪失。对于这个问题，我们工作队的三名同志几经研究并达成共识，由我们三个人筹措资金，用于办场，成功了是村上资产，失败了我们三个人兜底买单。一言出口，会场鸦雀无声，与会的人都为工作队的真情所感动。在新一轮劝阻到来之前，刘涛抢先说，资金解决了，项目选定了，各位也不是啥事没有。工作队有件事需要大家帮忙，帮什么？帮工。建鸡场那一大摊子活计，光我们三个人不够，全用钱雇工我们钱有限也不够，所以我今天在这里先向大家打个招呼，有劳各位了！

鸡场建设开工那天，全村二十几名党员早早赶来了。他们在荆棘草莽中架电杆、铺线路、搬饲料、设鸡网，汗珠子水一样往下淌，没一个人喊累，没一个人打退堂鼓。这是因为，他们发现工作队的三名同志比他们更能干。那一天，党员们惊奇地发现了这个第一书记工作中截然不同的另一个侧面：开会时刘涛擅"说"，他说的话老百姓听了入耳、入脑、入心，听到后会心悦诚服地跟着他走；干活时刘涛擅"做"，他用肢体语言让你入眼、入脑、入心，看到后会身不由己地随着他干。午休时，几名党员倚坐在树荫下，私下里对这个年轻人赞不绝口。一个说想不到城里来的大机关干部，干活不嫌脏不怕累这么泼实！一个说看他一刻不闲的架势，一点不藏奸耍滑，像给自家干活一样啊！另一个说刘书记干活的实诚劲，像南泥湾开荒的三五九旅，看来，这老八路的光荣传统没有丢哇。说话声引来了村党支部书记孙成刚。孙书记蹲在几名党员中间说，你们知道刘涛书记干活的热情是从哪里来的吗？见大家摇头，孙书记放慢语速说，他是把这片土地当成自己的爹娘啊。见大家点头，孙书记又说，所以，才干得忘我而投入！

鸡雏进场后，工作队每天加班一小时，到山里给小鸡种根头菜、挖婆婆丁、刷饮水桶……

第一批鸡蛋上市前，驻村工作队和村党支部书记孙成刚做起了"品牌代言人"，他们将穆家岭村的脱贫故事印在产品包装上，又从淘宝上买了进口印油，在鸡蛋上印上"穆家岭深山野放扶贫蛋"十个字。字有点多，大家思来想去，哪个字也舍不得拿掉。当鸡蛋煮好后，看到印油没有掉，大家乐得像孩子一样。刘涛把脸贴在鸡蛋上，眼睛湿润了。520天了，自己悬着的心终于可以放下了。

其后，刘涛带领大家又先后建成100栋香菇大棚和集冷库、烘干、制棒于一体的食用菌产业链。全村剩余劳动力的就业问题也解决了，年龄大的剪蘑菇根，贫困户曹世平种蘑菇，赵桂山打工，都挣了1万多元。

不久前，驻村工作队又投资200多万元建起温室采摘基地，现已投入使用。三年中，实现集体收入由负债转变为年收入近30万元，解决就业300余人，对全村智障及无劳动能力的贫困户实行了粮食供养制度。成立环卫队，安排贫困户上岗就业，引导他们依靠劳动摆脱贫困。村里把每个小组的公益岗位优先安排给贫困户，并任命他们为小组卫生负责人。村民荀凤利加入环卫队，年收入提高2000多元，其他环卫队的贫困户，去年也各增收几千元，这样，过去的老大难问题得到了解决。

老百姓说，这些体现的是刘涛对这方热土的赤子情怀。

## 二、他是穆家岭的儿子

驻村之初，用一穷二白形容穆家岭村并不为过：通往村民组的漫水桥又窄又破，山上的耕地因道路不通荒芜废弃，河道里垃圾堆积，杂草丛生。面对这破败凋敝的村容村貌，河东组组长对刘涛说："刘书记，别怪我拿话激你。你们工作队要帮老百姓脱贫，就先把这河东大桥给修了。"话里有期盼、试探，更有怀疑。

修桥，谈何容易？刘涛目测了一下，两岸距离有近百米。

他在心里说："我何止要修一座桥，我要把这里换个样！"

从那天起，刘涛踏上了不辞辛苦，争取相关部门和社会力量支持的漫长之旅。这一回，他再次发挥出擅"说"的特长，充分挖潜以往工作中积累下来的人脉和资源，找交通、水利等多家部门和单位，讲述穆家岭村的贫困落后，说明修筑此桥的重要性和必要性。他用一个个真实事例和一组组具体数字，加之真情实感，感染并打动了这些领导，他们握住刘涛的手说，通过你的介绍，我们了解了穆家岭的真实情况，更了解了你在那方土地上挥洒的汗水和热情。为人民群众谋幸福，是新时代每一个共产党员的责任和义务。刘书记，你甩开膀子干吧，为老百姓做实事，我们全力支持你。回到村里不久，刘涛对外争取的资金纷纷到位。高兴之余，刘涛召开全体党员大会，把消息告诉大家。台下一名老党员听了，起身问道，我说刘书记今天的脸色怎么红通通的呢？刘涛摸着脸颊看大伙，你不说我还没有倒出空儿说，刚进会场时我就发现了，今天大家的脸色怎么都红通通的呢？村党支部书记孙成刚从台前站起身，用他洪亮的大嗓门说，我来告诉大伙吧，因为我们都坐在党旗下，是党旗映红了大家的脸哪！看大家的目光纷纷聚在党旗上，刘涛不失时机地接过话筒，说老孙说到点子上了，党旗不仅映红了在座党员的面孔，还将映红穆家岭1475张村民的面孔，更能映红我们这片16.2平方公里的土地。

　　三年中，刘涛兑现了他驻村的承诺，他打的请示报告有一尺高，完成了穆家岭村全村10公里柏油路面铺设，修建了90米长的河东大桥、600米防洪挡水墙，改造了村组之间的桥梁几十座，建设了2400平方米文化广场和105平方米的村文化活动中心，翻新扩建村部320平方米，修建300米长的景观坝等一系列工程，实现了组组通油路、沟沟有路灯、户户走石桥。

　　三年过去了，穆家岭村民的生活翻开了新的一页。人们每天见面不再说张家长李家短，不再说猪哇鹅呀的琐碎小事，常常是互报新消息，你知道不，哪儿哪儿又开始修了。

　　"是吗，太好了！走，一起看看去。"人们口口相传，结伴赶过来。

　　来到工地，看到刘书记正泥一把水一把地带领大家修路。村民你看看我，我看看你，咱还能这样袖着手看下去吗？咱得挽起袖子跟着干了！于是，村民拿起工具，主动积极地投入施工现场中。老党员李延刚晚上带领党员先锋队队员认真组织"三会一课"，农闲时领着大家自备沙石材料，义务为村民修补道路。现在，穆家岭村的党员和村民心往一处想，劲往一处使，铆足了劲想脱贫、要致富，争先恐后为村里做好事。

看到穆家岭人今天的精神面貌，刘涛想起驻村之初。那时候，修路占用流转点连片土地，村上研究补偿500元，有的村民非要800元不可。还有一次，修路需要将一处墙角往回缩一点，主人不同意。大家纷纷赶来为村里说情，这一刻，刘涛就站在人们中间，他既难受又欣慰。来到穆家岭村这么久，什么苦没吃过，什么难没遇过？但是在那天，当大家纷纷站出来替村上说话，直至问题圆满解决，这个铁骨铮铮的汉子流泪了。他知道，如果那个墙角不回缩，这条路就是弯的了。

在他眼里，新竣工的弯路无疑是村委会的耻辱，是穆家岭村的伤疤。

现在，路平了，灯亮了，村美了。乡亲们说到刘涛纷纷竖起大拇指，夸他像经营自家宅院一样经营这方土地，真是穆家岭村兴家立业的好儿子！

很快，刘涛的事迹得到了各级组织和新闻媒体的关注。共产党员网、《中国组织人事报》《大学生村官报》《辽宁日报》《共产党员》《辽宁工作》、辽宁广播电视台纷纷采访并报道。省委组织部以刘涛扶贫为主线，历时一年，拍摄完成纪录片《那山那黑土》上报中组部。鞍山市委组织部也拍摄了《远岭情浓》《我是党员》等专题片，正在热播中。

8月6日我来到穆家岭，刘涛跟我说，他驻村扶贫的收官之作正在完成中，尚需得到最终的考评和认定。我问他由哪级组织终评，刘涛说是由穆家岭1475名村民组成评审团。我意识到这是一次公正、严苛的考评，神情肃然起敬。刘涛说他三年驻村扶贫的过程，就是把

"共产党"这三个字植在当地百姓心头的过程。他用挚诚和汗水，倾情兑换那个价值千金的一字评语。

我望着美丽如画的穆家岭，不觉脱口说出："好！"

## 三、扶贫，从物质入手实现精神升华

在总结三年扶贫工作经验时，刘涛说，扶贫工作不能局限在只扶物质之"贫"上，更要关注精神之"贫"。有时，物质之"贫"仅仅是"流"，而精神之"贫"才是"源"。

解决问题的根本，要从源头做起。

刘涛从源头做起的第一步，是凝聚人心。要凝聚人心，先要抓好党建工作。穆家岭人世代生活在大山深处，贫穷使他们视野狭窄，更使他们求新求变。脱贫致富奔小康的心来得越发强烈，只要有人给他们一丝希望，这些人就会坚定不移地跟着你走。这就要先在人的心头点燃希望之火。刘涛上任之初，真正是烧了三把旺"火"。第一把"火"烧得驻村工作队三名同志凝心聚力。第二把"火"烧得村委会成员达成共识。第三把"火"烧得11名村民组长和全体党员统一认识。有了这三把"火"打下的坚实基础，才换来了穆家岭驻村扶贫工作红红火火的现在。

1. 讲文明，正村风。将党建工作向群众延伸，培育文明乡风、良好家风、淳朴民风。由党员牵头成立了6支党群活动队，组织村民开展志愿帮扶活动。试行《穆家岭村党群活动积分制管理办法》，发展村民互帮互助爱心组织，开展"最美穆家岭人""好婆媳""带头奉献奖""带头脱贫奖"评选活动。开展"厚道穆家岭人""最美家庭""最美村组"等系列评选。通过这些评比，树立村民的自尊心和荣誉感，形成了争做先进、不甘落后的良好局面。现在，村民聚在一起时，讨论的是人家做得怎样，自己存在哪些差距。对于优秀者会说，你家快得什么奖了？对于滞后者会提示说，可要加把劲哪，这么大的人了不能不顾这张老脸吧？

2. 村两委选拔优秀，树起标杆。村民比，党员更得比。支部在全体党员中，开展优秀共产党员和党员带头奖评选，把做出突出贡献的4名党员的照片喷涂在村部的牌子上，把他们的事迹材料张贴上墙，营造出"我是党员我光荣、我是党员有担当"的氛围。

刘涛说，共产党员要敢于接受群众监督，敢于成为更好的自己。

3. 通过"新媒体+党建"模式，唤醒党员的使命感。通过成立爱心团队，发展村民互帮互助爱心组织，实现帮扶创新；通过开展评优评先活动，在实践中发现和培养人才，实现人才创新。成立党员专业队，即主抓组织建设的党员先锋队；成立扶贫攻坚的党员扶贫工作队；成立文化生活的党员文艺队和妇女工作的巾帼志愿服务队等，充分调动每一名党员的积极性，用其所长。实现党员队伍管理创新，成立的"穆家岭村爱心团队"，为困难群众募集资金近万元，为村里身患癌症的村民筹措药费2000余元。

贫困户苟凤利儿子出车祸了，刘涛和队员第一时间赶往医院，自掏腰包帮助解决困难，并为他们家购买鸭雏，发展特色养殖。村里党员生病住院，刘涛都要赶去探望，及时把组织的温暖送到病床前。2018年，村里胡老师得脑梗死住院，家人不要他再喝酒他不听，说自己没几天好活了，更要抓紧享受生活呀。家人来找刘涛，刘涛去了，握住胡老师的手说，老哥，不能再喝了，咱穆家岭的好日子还在后头呢，可比你那点酒更香啊。

胡老师不住点头：不喝了，跟好日子比起来酒是小事。再喝，因小失大，俺不亏了吗？

每年正月初一，刘涛带领工作队一早6点便会从鞍山赶到村里，挨家挨户给乡亲们拜年，他们敲开的是每一家村民的门，焐热的是每一颗村民的心。走亲戚般的一系列活动，密切了驻村工作队和村民的感情，更将第一书记和全体村民的心紧紧连在一起。

刘涛让大学生村官夏昕负责建立一个"厚道穆家岭"微信公众

号，把村里优秀人物的先进事迹发到网上。

采访那天，刘涛还跟我说："给钱给物，不如给个好支部。我们要以这三年扶贫工作为契机，为穆家岭村培养出一个正派能干的党支部书记，培养出心系百姓、甘于奉献的村两委班子，培养出一个优秀的党员队伍和一批模范村民。这些留下了，我们在穆家岭的工作就不是三年，而是十年二十年三十年了。愚公移山一样，挖山不止，直到穆家岭村民过上富足美满的好日子！"

刘涛在日记中写道：如果命运选择我成为一个农民，我的苦跟山岭连在一起，就会更崇高；我的汗和山泉流在一起，就会更清凉；我的心跟大地融在一起，就会更开阔。因为我把这里视为生我养我的一方热土。这里是我的家，这里有我的根，我们是这块土地的儿女！

他如此看待穆家岭这片土地，穆家岭的人也这样对待他。

夏天的早晨，刘涛从睡梦中醒来，看到窗外放着刚从树上摘下来的樱桃。因为，村民知道他们的刘书记喜欢这种个个味浓的老品种水果。就如相处多年、关系融洽的老邻居一样悄悄送来，给他尝尝鲜。刘涛路过河边，洗衣服的哑嫂忙不迭放下手里的活计，拽他来到自家树下，摘下一大堆麻梨让他吃，口中哇哇不止。

刘涛跟我说："他们把我当成一个真正的穆家岭人了，要跟我长处下去呀。"

我跟刘涛说："他们把你当成穆家岭村的第一好人了，他们在表达自己的敬意。"

刘涛望着远处说："我是一个共产党人，是党组织的委任和派驻让我结识了父老乡亲。"

我看着他，缓缓说道："那就不只是你一个人好了！"

# 牧牛时间
——记鞍山市岫岩满族自治县牧牛镇第一副书记常亮

孔庆武

他谦虚低调、成熟稳重，一副眼镜后面藏着一双睿智的眼睛，告诉我们他来自潜心学问培养人才的高校。张思德、雷锋、孔繁森、焦裕禄、杨善洲……一个个闪耀时代精神的名字，为他在群众工作中注入无限力量。三年下派工作，1000多个日夜，时间已过半，他熟悉这里的山山水水、沟沟岔岔，他走进农村生活，俯下身子甘愿奉献——

## 一、这里是牧牛

山路十八弯，这里的弯更多。溪流淙淙，沟谷交错，山多，树多，雾多。在辽宁省岫岩满族自治县榛叶形的地图上，这里是平均海拔最高的乡镇。940余米的上寺山是它的高度。牧牛河流经境内12公里入哨子河，这里是岫岩水质最好的乡镇之一，这里是"中国香菇第一乡"。

这里有8900座香菇种植冷棚，这里每年接种香菇1.2亿段，这里有76座香菇收储冷库，这里的香菇产量占全国夏季香菇产量的25%，这里是"全国食用菌特色小镇示范镇"。

没有磨砺，怎么会有丰富的人生？没有熔炉，怎么会有好钢好铁？同样，没有昼夜温差大，怎么会有牧牛的蘑菇享誉全国？

这里是沈阳音乐学院教务处副处长常亮下派任牧牛镇第一副书记工作的地方。

## 二、向牧牛

岫岩县是个"八山半水一分田，半分道路和庄园"的山区近海县，牧牛镇政府所在地牧牛村距离县城83公里，位于岫岩县最北部。

想起沈阳音乐学院党委召开的选派大会，常亮记忆犹新。

2018年春节前夕，第一次动员大会后，他到农村的想法得到时任沈阳音乐学院教务处处长张东盾的支持。

"我要是你的岁数肯定去。"有这样的鼓励，更加坚定了他的信心。

正月初五学校第二次动员大会前一天，常亮和妻子商量后，决定向父母表达去农村工作的决定。四十年前父亲是知青，四十年后得知儿子要去农村，此时此刻父亲是什么样的心情呢？

常亮第一次看见父亲眼圈红了。因为父亲当过知青，了解农村的艰苦原因，当年拼命干活要回城。

笔者读过知青故事的小说，看过这方面的影视剧，对那段激情燃烧的岁月，对那一代人的艰苦奋斗，虽然略知一二，但可以深深地体会到，这可能是常亮父亲对儿子的担忧和希望同时存在的真实写照。常亮的决定是，感恩党，听党话，跟党走。他以十二年的党龄告诉自己，讲政治对党忠诚。他说，我是受党培养的干部，无论在急难险重或是攻坚克难上，我都要带头。

到农村去工作，意味着离开熟悉的城市，离开朝夕相伴的家人，意味着到陌生的地方，到基层接受锻炼。当他来到牧牛镇时，当地干部群众问他,为什么来农村?组织上给什么条件?未来有设计有安排吗?他坚定地回答:"来农村工作,接受锻炼,增长本领。自愿报名不讲条件。"

## 三、种蘑菇

初到包扶的益临店村,他看到村里脱贫攻坚最大的短板是产业发展滞后,工业项目几乎空白。在交流中他说,如何发展支柱产业,这一点让他特别头疼。

他用"两多一少两无"来概括村里信访情况。"两多"就是困难反映多,诉求呼声多。"一少"就是信访投诉少。"两无"就是无集体上访,无纠缠闹访。在和当地村民交流中,他了解到牧牛独特地理是发展种蘑菇的优势,但缺乏新技术和包装宣传。如何让蘑菇产业不断升级健康发展?他在脑子里又画了一个问号。

没有工业,大力发展农业种植,保护了生态环境,富裕了百姓。看到村干部、种蘑菇大户带领村民任劳任怨,苦干实干的身影,他心中的一块石头落了地。

### 1. 诗人的蘑菇家园

7月的岫岩,天气溽热。

笔者到牧牛镇采访时,巧遇沈阳知名诗人大梁。

"梁大哥,怎么在这里呀?"

"我来这里种蘑菇哇!"

眼前一座座蘑菇棚,让我想起第一次到牧牛镇采风。几年前,应岫岩县委宣传部的要求,创作一首关于牧牛的歌曲。看见牧牛的山山水水,看见长势喜人的蘑菇,我感慨良多,回来后很快写出了两首歌词,分别是《种蘑菇》《蘑菇家园》。第一首流传最广,有独唱、合唱、男声版、女声版,被牧牛镇政府选为镇歌。一个一个蘑菇成为动听的乐谱。

诗人的蘑菇种植大棚里，蘑菇能否成为美丽的诗行？带着这些疑问，我和常亮副书记走进了大梁的蘑菇大棚。14个平均长80米、宽6.5米的蘑菇大棚，两年时间累计投资150余万元。是什么原因，让诗人种上蘑菇？大梁说，一次偶然的机会，从沈阳来到岫岩探望一位朋友，他一下子喜欢上了这里富含负氧离子的空气，喜欢上了这里的世外桃源般的慢生活。这里主打产业是种蘑菇，他开始尝试一边种蘑菇，一边乐享退休后的田园生活。随蘑菇的生长时间，每年在这里居住大半年。

两年来，诗友、文友、亲朋慕名而来，参观大梁的"蘑菇家园"，品尝可口的农家饭菜，每次众人流连忘返，陶醉在一山一水，一草一木，一砖一瓦之中。

采访中，常亮谈到，各地选派干部构成不同，资源优势不同，导致工作成效不同。有的选派干部在项目引进和资金投入上可以集中发力、专项支持，此外一些农业高校或科研院所也有与农业相对应的科研项目和人力资源。这是他所在的多数高校不具备的。只要是对工作沟通和联系有促进作用的，常亮都努力积极地争取……

## 2. 牧牛好人

家——和为贵、德为重。

人——孝为先、勤为本。

张聚国一家被评为首届"牧牛好人"好家庭。颁奖词写道：细胞是生命的基本单元，家庭是社会的基本单元。没有健康的细胞就没有健康的生命，没有良好的家庭就没有和谐稳定的社会。他们上慈下孝、夫妻和睦，相濡以沫、同舟共济，大力弘扬家庭美德，始终牢记优良家风，辛勤耕耘，兴旺家业。他们就是牧牛好家庭。

2008年，张聚国母亲突患重病，几次手术住院和后续治疗，大额医药费让这个家庭不堪重负。骨子里坚忍刚强的张聚国暗暗下了决心，一定要改变现状。

2010年开始，张聚国决心创业盖蘑菇棚，做蘑菇段。因为缺少经验，前两年本钱全赔了，他没有放弃，2012年刚有起色，8月份的一场特大洪灾把5个棚全冲跑了。灾后在政府的资助下，他重新盖上大棚，慢慢地见到效益，不但盖起了300平方米的二层小楼，还带动村里组里的老百姓30余人打工赚钱，每年支付工钱16万元之多。

采访中，张聚国院墙外堆成山的蘑菇段，工人正在挥汗如雨粉碎加工，这是他捡拾和收购的旧蘑菇段，重新加工利用，节约资源保护环境。变废为宝，塑料和木屑都可以回收加工出售再利用。院落内，茄子、辣椒、芸豆、芹菜、韭菜……十多种蔬菜，井井有条，一看就是过日子的勤劳人家。通往胡家沟的路两侧，栽满了鲜花，是这位喜欢抱着吉他弹唱"有没有人告诉我"的80后，一位普普通通的村民组长，用实干精神诠释了百姓对美好生活的向往和新农村的变化。

当好家庭遇见好项目，小蘑菇大产业，圆了百姓的致富梦。正是千千万万个家庭的好家风，打下了社会风气的好基础。张聚国一家向我们传递了满满的正能量。

蘑菇带动百姓致富，成为牧牛镇的富民产业。常亮和牧牛镇党委、镇政府领导谋划着蘑菇产业未来更深远的发展。

## 四、打通服务群众"最后100米"

在牧牛镇第一副书记岗位上，常亮参与和协助党委书记做好日常工作，负责联系和指导选派干部日常工作。他不但每天八小时全在工作，而且晚间经常学习、研究农村工作，撰写材料和工作日记，选派干部工作组每次例会也都是在晚间进行。近20平方米的办公室，摆着一张单人床，一张办公桌，一张电脑桌。白加黑是乡镇基层的主要工作时间。

牧牛属于山区，财政收入少，集体经济弱，基层干部工作艰苦，脱贫任务特别艰巨。他深切感受到农村基层工作的特殊压力，"上面千条线下面一根针"。基层工作有很多"棘手事""矛盾事""陈谷子烂芝麻事"，做好基层工作不易。

乡镇基层工作时间长，工作节奏快导致工作压力大。在有限工作时间内如何平衡日常工作和重点工作之间的关系，考验着选派干部的担当和政治智慧。

树立"为人民服务"的意识，打通服务群众"最后100米"，推动牧牛镇美丽乡村建设迈向更高的台阶。实现全体脱贫奔小康，一个都不能少，一个都不能掉队。长期以来，村民组长走村入户，"晴天一身灰，雨天两脚泥"，不漏一户坚持把党和政府新政策新举措及时准确传达。一项工作有时需要多次往返村民家中，处理矛盾纠纷有的不下百次，村民组长离群众最近，在这服务群众的"最后100米"的距离，村民组长几十年如一日，始终保持良好的精神状态和工作热情，赢得百姓的拥护和爱戴。

2019年5月，根据《中华人民共和国村民委员会组织法》和上级相关文件精神，牧牛镇党委、政府对全镇6个行政村90个村民组长进行了重新选任。此举受到群众好评和踊跃参与，大家用一张张选票，推选身边的"当家人"。

在党政领导班子、全体机关干部、村干部、第一书记及各村村民组长共计200余人参加的牧牛镇村民组长培训暨当前工作安排会议上，党委第一副书记常亮为全体村民组长上了一堂朴实生动、印象深刻的思想政治课。

他讲了三个方面问题：一是坚持党的领导，这是对大家的政治要求；二是为民服务为百姓服务，这是对大家工作宗旨的要求；三是怎么干的问题。他提出，村民组长是离老百姓最近的，代表党和政府最贴近服务群众的，我们经常讲服务群众"最后一公里"，组长是"最后这100米"。

## 常亮驻村日记

2019年5月8日　星期三　晴

正值春耕农忙时，我的工作节奏也在加快。经过两天的筹备，上午召开全镇新任职村民组长培训会。我在会上围绕坚持党的领导的政治性和为民服务宗旨性两个要求，摆事实讲道理，给与会的100多位村民组长和村干部做培训。他们听得很认真，会后评价我讲话既有高度又接地气。我感到此前熬夜准备还是值得的，因为村民组长连着党心民心，是党委、政府服务群众的"最后100米"。

散会后，我拉住益临店村王家店组长姚文科，询问建档立卡贫困户于文吉厌学的情况。我又电话联系了中学校长马永义询问这孩子的情况，决定明天去他家做工作。

午饭时间是选派干部集体交流的机会。去年驻村开始，大家吃住集中在镇政府，我变换选派干部例会形式，把会开在了食堂。交流中大家分享各自工作的经验和办法，取长补短，形成合力。

中午还没来得及休息，大木古峪村建档立卡贫困户杨艳坊的二叔再次找到我，交给我申请低保的证件和证明材料。杨艳坊身体残疾行动不便，又不懂办事流程，我带着材料去找民政和派出所，算是为民代办了。

下午到镇中心小学那鑫校长办公室，商量我和另一名选派干部筹划了一个月时间的"山区孩子大学两日行"活动方案。……晚饭后，我与一名选派干部谈工作、谈生活、谈思想，鼓励他遇到困难吃住劲，在农村历练自己做好表率。谈话后天已经渐黑了，收拾一下办公室也是我的寝室，与妻子通个电话，聊聊孩子和家里情况，这是我每天最幸福的时刻。

"苦难得以升华，才智得以历练。"我十分珍惜在农村见世面、长才干的机会，珍惜在基层工作第一线、服务群众最前沿，在与当地干部群众交流学习的实践中经风雨、受锤炼、接地气，能多为老百姓办实事、办好事。

村民组长离百姓最近，最了解，最清楚，最能代表本组百姓利益，直接反映百姓心声，能切切实实办实事。组长贯彻执行村委会工作安排，最应做好村委会和百姓之间的桥梁和纽带，一只手连着党心，一只手连着民心，用心用情做好村民工作，把党和政府的利民举措送到百姓家中，温暖千家万户。

## 五、蘑菇镇唱响新歌

### 种蘑菇

孔庆武

一山一山挨着一山，
太阳早起照在东边山墙。
撒下菌种种进蘑菇棒，
山清水秀正适合生长。

一座一座挨着一座，
蘑菇大棚种着咱的希望。
科技引导百姓致了富，
搬出老屋住进了新房。

蘑菇产业化大棚里栽四季飘香，
圆圆的蘑菇圆了几辈人的梦想。
幸福的日子红红火火奔向小康，

小小的蘑菇走出小村庄奔四方。

笔者不会想到，这首流淌在百姓心里的歌会成为牧牛镇的镇歌；也不会想到来自沈阳音乐学院教务处副主任岗位的常亮，会下派到牧牛镇；更不会想到我因为省作协的采访任务走进他的牧牛时间。

常亮如同这首歌曲，带着初心走进百姓内心。

**1. 音乐艺术的力量**

常亮初到农村即要回答一道难题。"高校能为农村带来多少资金和技术，音乐能有啥用"，面对当地干部群众的疑惑，他陷入思考。

当时恰逢沈阳音乐学院八十周年校庆，红色校史给了他坚定信心。流传至今的《黄河大合唱》《年轻的朋友来相会》《我和我的祖国》在不同历史时期，激励着中国人民奋力前进。在脱贫攻坚决胜决战的关键时刻，歌曲能否唱出老百姓致富奔小康的心声？

他立即与辽宁省歌曲创作基地——沈音作曲系对接，带领师生到牧牛镇采风，参观蘑菇大棚，与干部群众唠家常，历时半年集体创作，节奏欢快，朗朗上口重新编曲的《种蘑菇》诞生。老百姓骄傲地说，这是我们自己的歌。

有了自己的歌，常亮还要让老百姓在家门口听音乐会。他先后邀请沈阳音乐学院团委、大连分院等70余名师生将高雅艺术送到镇广场上、校园里。现场人山人海，老百姓观演热情高涨。这使他更加坚定了脱贫攻坚的思路，利用高校音乐艺术文化资源优势，让全镇百姓在音乐文化生活上有实实在在的幸福感和获得感。

**2. 扶贫先扶志**

用身边好人引领文明乡风，在百姓中间讲好扶贫振兴故事。

在常亮组织下，全镇首届"身边好人"表彰活动如火如荼展开，用身边好人讲好身边事。他又策划隆重的"牧牛好人"颁奖典礼。孝老爱亲的好媳妇、热心为民的好村民组长、勤勉敬业的好青年好楷模、美满和睦好家庭、致富好带头人等92位牧牛好人披红戴花走上华丽的舞台，领受电视里一样的颁奖盛况，欣赏沈阳音乐学院师生和当地百姓的演出。一个个平凡的好人故事，让观众泪花闪动，感染和激励干部群众干事创业，在百姓中大力弘扬社会公德、职业道德和家庭美德。

在他的协调下，沈音戏剧影视学院为牧牛镇拍摄《中国香菇之乡》主题形象宣传片，在网络微信上广为传播，点击量过万次。该片还经常在全镇联谊会、招商会等大型活动中放映，来自全国各地的食用菌企业家一致惊叹辽南小镇的魅力，加速促成了合作意向。

### 3. 山里娃圆梦

2019年"六一"前夕，辽宁大学和沈阳音乐学院的驻村干部联合组织贫困学生沈阳高校行，挑选32名品学兼优学生到辽宁大学、沈阳音乐学院、沈阳航空航天大学、沈阳师范大学参观学习，孩子们走进了大学里的图书馆、教室、历史博物馆、航模中心、古生物博物馆，体验有趣的化学实验，观看音乐会。一年多来，常亮还组织了3场艺术支教活动，涵盖音乐、舞蹈、表演、美术等多门课程，累计50多学时。联系协调相关部门捐赠图书、钢笔、日记本、体育用品等。

参加活动的杨晓乐是牧牛镇德合小学五年级学生，学习成绩名列前茅。她家住钟家堡村刘下组，家里是建档立卡贫困户，危房改造后刚搬进新建的房屋。

两天的活动，让她第一次走出大山看见了外面精彩的世界。我问她的梦想，她说，我要上大学。对于其他地区的孩子来说很简单的一件事，却是山区贫困孩子的终生梦想。

"让每一个孩子都享受公平而有质量的教育，能上大学有所作为，是我们教育工作者的目标和美好心愿。"常亮在驻村日记中写道。

孩子们第一次走出大山,感受大学氛围,初识城市面貌,他们的心里种下了求学上进的种子。

### 4. 公仆情怀

> 第一书记只有俯下身子带头干,与老百姓干在一块才能说到一起,想在一起,才能赢得干部群众接纳。要在百姓中间讲好扶贫振兴故事,凝聚乡村振兴力量。
>
> ——常亮

作为全镇选派干部工作组组长,常亮在扶贫第一线身先士卒。无论是特大暴雨引发的汛情,还是春节、清明节期间的防火,他始终带领驻村第一书记坚守岗位,与村镇干部一起奋战在灾情险情一线,防汛防火最前沿,用实际行动守护群众生命和财产安全。

2019年农历小年,常亮带着驻村第一书记放弃与家人团聚的机会,来到建档立卡贫困户老人家中,一起包饺子,话家常,送上党委、政府的新春问候。

在他的积极参与下,镇党委、镇政府一起协调省市县三级水利部门,为哨子河牧牛镇流域河岸护坡工程争取到财政资金1500万元,工程建成后不但防洪治沙保障人民生产生活,而且为美丽乡村再添亮丽风景。

笔者在采访中和常亮一起探访了92岁高龄、1949年入党、参加过解放战争的老党员龙奎臣。在杨贵财家中泛黄的照片墙上,看见当年村民组长在县里的培训合影。在贫困户龙桂娟的家中看见正在修建的院墙。牧牛镇虽偏僻贫困,我们看见的却是牧牛干群的"牛"精神,执着甚至有点倔强,甘于奉献,苦干实干,扎根基层,干成大事业。

## 尾　声

一个8岁孩子的父亲,因为下派工作,父子俩聚少离多。孩子喜欢看《人类简史》,爸爸告诉他,中国共产党带领全国人民将在2020年年底前彻底消除贫困,他觉得爸爸做的工作很光荣,奔跑在伟大的新时代!

# 我愿青山常绿水长流
## ——记抚顺市新宾满族自治县大四平镇第一书记李实

王 开

十分钟之内,他接待了三个人:和草盆村村主任研究村产业发展种植香菇的事,谈得正欢,进来一个大娘,说找关键副书记签字报销,他要来单据看了看,从兜里掏出300元钱,说,关书记下乡,我先给垫上,这点钱你别来回跑了,挺老远的路。大娘笑呵呵走到门口,扭回身又道,李书记,下回有事还来找你。接着,是一位女村书记,村里合计修边墙,开会落实形成记录,提请他把关,他说,咱们的钱有数,别搞花架子,结实耐看就可以……

这是抚顺市新宾满族自治县大四平镇第一书记李实的工作日常,每天,他迎来送往的都是琐碎与繁杂,又是利关百姓的要紧事,他也喜欢百姓来找他,这样,他就离实现那句"成为祖国建设者是我的人生目标"越来越近。

## 理想主义者的诗与远方

2018年4月20日,是辽宁省能源集团副总李实的母亲安装心脏起搏器的日子,他和妻子特意起了早,一个去了单位,一个赶往医院陪护老人。

上午9点钟，李实的母亲进入手术室，匆匆赶来的李实和家人坐在长椅上等待。百般煎熬的李实，心里还有另一份惦忘——就在同一时间，省国资委正在宁山宾馆召开部署第二批干部扶贫会议。下乡，到偏远地方去工作，是李实几十年的心愿。近些年，随着年龄的增长，李实越来越按捺不住内心的悸动，为此，他争取过援疆、援藏，但终未成行。甚至于，他几次偷偷跑到街道，想报名当志愿者，说我不要钱，就需要个岗位干活。街道岂知他厅级干部的身份，干脆地回敬，那不行，志愿者属公益岗，你占一个名额，我们少安排一个人，把李实的心气儿给打消了。

这一次，他不想再错过，因为再有四年就退休了。

想到此，李实给单位的同志打电话，请她将会议精神复印一份。

之后，李实正式向能源集团党委递交了申请报告。

然而，这份报告一波三折。

母亲安装完心脏起搏器发生排异反应，老爷子又患上急性胆囊炎，妻子反对，集团领导也不同意。

老父老母年近九旬，家里事撇给妻子，分管的工作一时找不到人手接管。但所有的困难没有动摇李实，他选择了遵从内心。

收拾了行囊，李实到大四平镇报到，开启了他的第一书记生涯。

即使做好充分的精神准备，眼前的景象也让他暗惊：垃圾堵塞道路、河套，生活环境与四周苍茫的群山形成巨大反差。镇里尚且如此，村屯呢？李实隐隐觉得，自己到任的第一件该着手抓的事情，就是环境整治。于是，他独自驾车跑遍全镇村屯，下面的情况，令他愈加忧心：境内大小12条穿村河，竟无一条没受垃圾污染，河床内外，污秽不堪，散发着呛人的异味……

如此重视生态环境的今天，为什么乡镇卫生不尽如人意？根源在哪里？李实通过调查走访发现，问题主要在老百姓的思想观念，一是沿袭多少年的生活习惯；二是都以为自己吃的是地下深水，又在河流的上游，污染跟自己没关系。李实查明问题源头，很快理清思路：要彻底除弊，还得依靠群众，发动群众，否则，光凭几十名镇干部督促，检查时突击一下，检查过了一切照旧，美丽乡村建设从何谈起？人们天天与垃圾为伴，哪来的乡村文明，谁有心谈产业发展？

没有别的办法，只有靠嘴、靠腿，李实利用早晚散步的时间，眼睛专门盯着谁往河套倒垃圾，一看见这种现象，立马上前给人家科普：你以为污染的都是下游吗？有害物质直接渗入地下，最先受害的是你自己呀。直讲到人家把垃圾运走才罢休。

接着，选择脏乱程度最高的草盆河、东小堡河、缸窑河为试点，全面推进镇里的河道整治工作。难题是，乡村开展任何一项工作都离不开钱，但村集体经济空壳，人心又散，没钱，还要凝聚人心，共同解决垃圾围村的现实问题，就需要智慧。李实带领镇村干部挨家挨户宣传，谈笑之间，拉近了与百姓的距离。三个月时间里，仅一个样尔沟村缸窑屯，李实至少跑了11趟。

村民黎红岐身体不好，儿子快40岁了还没娶媳妇，他家的柴垛、厕所、猪圈沿着河床一溜排开，污物直入河中。大清理时，老头儿死活不挪。李实到他家走访，说，老哥呀，咱老百姓过日子讲究个风水，我看你家这就挺好，出门一条小河，财运不断哪。不过呢，柴垛、猪圈什么的一挡，把你的好运气都给拦住了。老哥你要信我的，这些东西我找人帮你挪了，家门前敞敞亮亮的，用不多久媳妇准娶进门。李实的一番话，一下戳中黎红岐的心，连声说，李书记，我挪，我肯定挪。

2019年7月23日，我和李实书记、镇党委副书记关键一起，走进样尔沟村，一到村口，刻着"不忘初心、牢记使命"的文化石下太阳花金黄耀眼，经村的小河淙淙流淌，河堤高筑水坝，每户人家门口放一只绿色的垃圾桶，街巷中干干净净，老人们在凉亭下闲坐，幸福地颐养天年。看见李实来，村民纷纷和他打招呼，亲热地聊天。李实说，村里的环境一定要维护好。村民说，放心吧李书记，现在大伙都明白了，家园是咱自己的，你说对不？

## 心中有一处桃花源

事无巨细，事必躬亲。就任后的李实始终保持着最佳工作状态，在他心里，百姓提出的任何一个问题都不能拖延、敷衍。他说，这些年我们的干部离群众远了，如果我们不抓住群众的心，就有人乘虚而入，这是很可怕的事情。

正因此，李实对待来找他的每一位百姓尽心尽力，譬如类似文章开头给垫付报销的事，用李实的话说，群众住得远，为那点钱来回跑，就把党和政府的温暖给抖搂凉了。

打胜清理全镇垃圾的第一仗，李实的心思又放在民生改善上。

大四平镇共11个村，村容村貌严重落后，村路、街巷硬化美化差距很大，李实决心改变这种情况，于是，他把手伸向家里——省能源集团，而且张口就是159万元。

这笔钱，放在哪个单位也不是小数，但是为了支持李实，省能源集团简化流程，很快把钱打入大四平镇账户。镇里有了这笔注入的资金，完成了几个重点村庄的村路和巷道、排水渠、文化广场、过河桥梁等处的基础建设，方便了群众出行。

马架子村长年水质不达标，村干部和群众向他反映、求助。李实先是入村调查核实，然后回到省里，多次往返跑财政，申请了80万元资金，用于马架子村的水源改造。当省财政有关领导问他，80万元少点，够不够用时，李实乐呵呵地说，80万元，对一个村老大的事了。

实际上，李实也特别关注了乡村用水、吃水矛盾日渐凸显的现象。他发现，2018年春天，大四平镇的多数河流断流，地下水位下降，各村自来水管线老旧失修，水源建设不合格。他二话没说，又是跑省发改委，又是跑省水利厅，最终争取来150万元资金，改造了8个村屯的自来水工程。

美丽乡村建设，他又马不停蹄地跑省里，跑市里，找来100万元资金，彻底改变了草盆村几十年来的破旧形象。当然，县里的交通部门他也没落下，协调解决了草盆村三个自然屯的通车难问题。村民兴奋地说，2018年，是咱们村二十年来变化最大的一年。

然而，老百姓的欢欣和笑脸背后，是李实悄无声息的付出。

李实从不跟人谈及他的身体，家中老父老母的病情，这些，他全部隐藏起来。

就在李实研究政策多方联络为民解难的过程中，他的痛风病犯了。

7月17日：本打算去省水利厅移民局，汇报大四平镇整治河道，希望争取些资金支持。不凑巧，左脚四趾的痛风加重，走路费劲，穿不上鞋，妻子决定去医院检查，医生意见就四个字：住院、手术。

7月30日：7月19日上午8点30分推进手术室，灌肠、麻醉，一个小手术，遭老大的罪。7月23日出院，血糖一直降不下来，我擅自做主，针剂和口服药加大剂量，作用不明显。因此刀口愈合很慢，洗澡需赵冰（李实的妻子）代劳。

翻开李实的工作日记，不乏这样的记录。

即使行动不便，他也记挂镇里的大小事宜。看到工作群里镇里的同志接待百姓来访任务较多，他更不能安心养病，给镇党委副书记关键发微信："关键副书记，请你把近段时间以来，群众来访情况拢一拢，弄好后我去镇里一趟，和同志们讨论讨论，尽快把百姓的事情办好。"

龙湾村下龙湾组村民王威给他打电话，反映村里在她家门前建文化广场，村里答应给她门前多让出一半的地方，以便汽车出入。广场建好后，村里答应的事情不兑现，她想花钱买一半的地方也不同意。李实立即与龙湾村第一书记沟通，如果属实，村里要守信。如事有不符之处，核实解决。建文化广场是好事，但一定要办稳妥，不能让群众心情不舒畅。事后，他还不放心，请镇党委副书记关键再替自己去一趟，约上村干部一起到王威家当面解决。

可是没有人知道，此时的李实瘸着脚，在家上下楼都是麻烦。他的老母亲自安装心脏起搏器之后，一直住在医院由姐姐和妻子照顾，一天，妻子开车拉着李实去看望她，一见面，老母亲瘦弱不堪的样子就击穿了李实，他握着老母亲的手，强忍着不让眼泪掉下来。老母亲却反过来安慰分别日久的儿子，叮嘱他一定要对得起老百姓的一片心。李实点头答应——老母亲十几岁参加革命，在她那一代人心里，命都是党给的，不能辜负。

## 风雨路上我为你撑伞

李实讲起村民来访的事情滔滔不绝，但有些事却只字不提。如果不是镇党委副书记关键偷着和我讲，如果不是我要来他的日记，恐怕很多故事就埋没了。

刚到镇里那会儿，李实也想和贫困户结对子，尽己之力帮助弱势群体过上安稳的日子。一问，暂时没有合适的贫困户。隔段时间，镇党委副书记关键告诉他，东小堡村民纪树敏急需救助，李实欣然同意。

纪树敏老两口60多岁，身体不太好，还有一个40岁的光棍儿子在外打工，他家的房子要翻建，政府补助4万元，自己有2万多元，还缺1万元的差额。

李实对愁眉不展的纪树敏说："老哥，按理讲，建房是你自己的事，政府仅仅是帮助你解决，剩下的事，得你自己张罗。1万块缺口你也不用操心了，由我负责。"

不久，纪树敏如愿盖上了房子。他不知道这笔钱是李实从自己的下派补贴中支出的。

2018年入冬前，李实去探望住进了新房的纪树敏，告诉他："老哥，虽然住得暖和了，但帮扶还没结束，有什么困难可以来找我，我尽力帮你。"

四方台村的孙永杰养鸭效益挺好,想扩大规模,来镇里找李实,请他出面让镇政府帮忙无息贷款5000元。李实清楚,无息贷款暂时没有额度,为了支持孙永杰,他干脆地说,得了,这钱我给你想办法。又把自己的下派补助划出来。孙永杰拿着钱,感激地说,李书记,你放心,这钱我明年"五一"前肯定还上。李实一摆手说,不用急着还,你把鸭子养起来再说。孙永杰十分感动,壮了壮胆子,又说,李书记,我,我还想种点贝母,就是缺钱。李实觉得,辽东山区适合发展中药材,这个项目持久,效益也不错,比养鸭好些,孙永杰有想法,可以先少种点试试。就说,你想好,如果定下来,我再支持你5000元。

李实与身边群众的感情,是这样一点点建立起来,他真正地把自己融入乡村,融入百姓中间,取得了大家的信任。他表面看起来性格刚硬,其实内心柔情绕指,尤其看不了贫弱者受苦,只要事情到他的耳朵里,他会挖掘一切关系扶助。

大四平村村民刘彦龙,家中有三个孩子,大女儿刘玉辽宁石油化工大学大一在读,二女儿读初中,小儿子念小学,本人患病,家境贫寒,是建档立卡贫困户。李实知道了,走王志明镇长和关键书记的"后门",把两位干部拽到自己办公室,说,从明年起,刘彦龙家就是我"一帮一"的扶贫对象,行不?两位干部乐,李书记,你是大哥,你说了算。

李实立马给辽宁石油化工大学领导打电话,说明刘玉的特殊情况,请石化大学多多关照她:"这个孩子是家里的老大,如果能好好地成长,将来找到稳定的工作,她家就有指望了。拜托校长百忙之中关心一下这个孩子,学习有个好成绩。她是全家的希望。拜托了,我代孩子全家谢谢领导!"

对刘玉的特别关照,李实不是挂在嘴上,而是真真切切落实于行动。2019年1月16日,春节前夕,李实走访刘彦龙家,送给上学孩子每人一支派克钢笔，刘玉500元压岁钱，两个小的各200元，送给刘彦龙1000元，并留下电话号码，嘱咐，家里有大小事尽管来电话。

同一天，李实还去了样尔沟村因学致贫的汪连福家，询问家庭状况，给孩子大人留下2000元钱和电话号码，让全家过个好年。

2019年5月，皇木厂村村民马永山修房子缺钱，到政府求助李实。李实听说马永山是老兵，又是低保"边缘户"，就结算五个月的下派补助和交通费补助，凑了5000元交给马永山，以解他的燃眉之急。

下派一年半以来，李实的下派补助自己分文没花，全部用于扶贫解困。当然，李实也有被个别群众忽悠，掏冤枉钱的时候，但他不计较，他心里想的是，乡村怎样振兴，怎样壮大村集体经济，带动贫困户，从单纯的推动经济发展转到社会、经济、环境与人的全面协调发展。

## 春风吹暖花千树

"我坚定地认为，农业产业化的战略机遇期已经来临，从中央到地方，惠农政策已经形成了政策超市，我们要把这些政策产品研究透，广泛地向农民宣传，应用到大四平镇农业农村发展上来，切实为农民致富，产业振兴起到助力、拉动作用。我们必须解放思想，脚踏实地，埋头苦干，才能不错过这个千载难逢的历史机遇。"

从李实下派大四平镇那天起，他心心念念的就是怎样把乡村建成安居乐业的美丽家园。鉴于此，他一方面做好群众来访工作，一方面研究政策，实地踏看制定策略，希望大四平镇产业兴旺，生态宜居，乡风文明，生活富裕。

大四平镇水田多，他就想到稻田养鸭项目，做规划，回母校找专家，商榷可行性。专家认为，大四平镇的场地条件较好，可以考虑拿出一些水田进行试验性放养，也可以鱼、鸭相结合，走生态鸭之路，或者与外地的蛋业企业合作，前途大有可为。李实想得更深些，他希望跑来资金，闯自己的路，创造大四平镇自己的品牌。因此，他竭力扶持水田养鸭的村民，宁愿拿出下派补助的钱让他们放手去干。

在李实的大力推动下，皇木厂村村民王成东于2018年水田养鸭试验成功，2019年，他带领老乡把200亩水田全部利用上，放养了4000只鸭。

马架子村村民宋凤利，原本是贫困户，外出打工几年，2018年返乡创业，李实就请村里帮助他流转50亩土地，又低价转让给他香菇大棚，宋凤利如鱼得水，养花苗，种笋，种山野菜，当年实现脱贫。

一花开放，百花争艳。大四平镇的产业发展就这样兴旺起来。

四方台村李春凯带领14户农民种植订单草药，一亩地获利3000多元。大四平村尹绍君的女婿和朋友流转150亩地种植中草药龙胆草，每亩预算盈利5000多元。东升村村民邢玉祥和皇木厂村村民纪德福等人，在大四平村流转83亩土地扣大棚，种植香瓜、甜玉米。大四平村村支书跟李实讲，请李书记帮助在省里跑跑，看能不能再申请些资金扩大规模。李实说，我一直盯着省农业综合开发的政策，一旦有机会，我一定积极争取。

看到大四平镇的各项产业在自己的奔波下逐渐兴旺，李实特别高兴，他在日记中写道：有人吸烟成瘾，有人喝酒成瘾，有人下棋成瘾，我现在给大四平老百姓办事成瘾。如果上午坐在办公室里，老百姓不来办事，我连书都看不进去，就像戒烟二十天的感觉，抓心挠肝的，隔一会儿便抻长脖子往政府院内看有没有老百姓来政府，嘴里念叨着："怎么没个人来呢？"

这就是李实下派以来的所言所行，所思所想。

采访他的那天，他和镇党委副书记关键陪我下乡，我发现他走路不敢踩牢，问他是不是脚有问题。他连声否认。我当时信以为真。事后我得知，他的痛风病始终没有根除，右脚大趾连脚背红肿，血糖、肾结石交替折磨着他。但他仍不顾病痛城里乡下地奔走——今年到目前为止，为大四平镇落实300多万元道路桥梁维修资金，100万元美丽乡村项目资金，"壮大村集体"项目50万元。

　　李实不是万能的神，也不是本领强大到能上天入地，他仅仅凭着"为民办事我光荣"的单纯心理，抱着"我现在也顾不得什么脸面了"的决然，同时，他更是以一名党员的身份，努力践行"我将无我，不负人民"的誓言。

# 咬定青山不放松
## ——记抚顺市清原镇第一副书记周殿宏

张笃德

一

台风"利奇马"像一团乌云,在我们头上盘旋两天了,全市各部门、各单位严阵以待,都在做防台风及灾害的准备。今天一大早,雨就时断时续,阴云裹挟着凉风,"利奇马"正在一步步逼近。

手机响了一下,是我的采访对象——抚顺市"五一劳动奖章"获得者、清原镇党委第一副书记周殿宏发的微信,他说又熬了一个通宵,图片上传的是床上蓝格布图案的枕头……

不可能啊!昨天我去清原镇采访周殿宏,他跟我一同晚上回的抚顺,又坐进他妻子开的车奔沈阳看女儿。难道他到沈阳,马不停蹄又返回清原镇了?这可是200多公里路程啊!

不行,我得再去清原镇跟踪采访。

高速路上已经汪起水,雨刷器不停摇摆,车窗外朦朦胧胧……

清原镇距抚顺市区90公里,四面环山,被长白山抱在怀中。沟沟岔岔、一条条溪流像身体里的脉管,往浑河这条主动脉汇集。因地势原因,每逢雨季,山水就会席卷泥石流而下,年年都有村民受灾、农田被淹、房屋倒塌、道路和农业设施被冲毁等险情发生。

雨中的清原镇很静。双休日，镇政府敞着的门、院里停放的车，说明有工作人员在忙碌。

"今天这么大的雨，你们美丽乡村临河工程要安排人员值守，做好防汛准备……"电梯门在七楼一打开，浑厚、有力的男中音就传了过来。

当我站在第一副书记办公室门口，周殿宏手里的电话还没有放下。见我到来，他连忙跟我打招呼，同时在电话里叮嘱对方："千万要按计划落实妥当，不能大意！"语气坚定、不容置疑。

周殿宏中等身材，身板硬朗、结实，因为说话时注意力过于集中，脸上泛起潮红。

"张老师，真没想到你冒雨又来了！"

"我看到你发的微信，估计你是连夜坐火车回镇里防台风了，所以我就跟过来了。"

周殿宏的办公室有十多平方米，东、西两面墙上挂满各种制度，墙角的卷柜里，摆满整齐的各村第一书记的工作档案，还有镇党委、各村党支部建设及脱贫攻坚资料。办公桌上的电脑显示屏亮着，页面上是一份正在制订的脱贫工作计划。看到这一切，我感到站在对面的周殿宏就像一块上紧发条的钟表，一刻不停、有力地运转，仿佛能听到他急促的心跳声。

## 二

7月18日，接到省作协通知，安排我采访被省委选定的第一书记典型、抚顺市派驻清原镇第一副书记周殿宏。我与市委组织部取得联系，得知就在下午3点，周殿宏在市委4号会议室给第二批选派干部做报告。

我直奔会场，显示屏上"打造思想工作'双过硬'选派干部队伍全面提升整体战斗力助推乡村振兴"的红字十分醒目。主席台上，身穿黑色T恤衫，圆领上有一圈雪白的装饰线的周殿宏，严谨、干练，很有精气神。

周殿宏派驻前是市直机关工委目标办主任，负责市直机关86个部、委、办、局的工作目标设置、任务分解、项目落实、跟踪问效、考核评定，责任重大，是市委机构中一个十分重要的岗位。

2018年5月，全省开始开展派驻第一书记工作，周殿宏下派的想法，起初妻子并不同意。做教师的妻子从小是在农村长大的，她对周殿宏说："你想干一番业绩，我理解，可你一直在市委机关里工作，跟农民没有打过交道，更没有农村生活经验。农村工作没有那么简单，农村的矛盾和家族、民俗、陈旧观念等等有拆解不开的关系，不是你想干好就能干好的。加上，我心脏不好，你一走，我自己在家怎么能行？再说，你放弃重要岗位，又面临机构改革，你去当第一书记就是去自找苦吃，是自毁前程。"

妻子的话不仅重，而且也有道理。周殿宏在困惑中找到市委组织部领导，汇报了自己的思想和情况。组织部领导读懂了周殿宏，支持他说："你的选择是对的，脱贫工作是更好地发展和展示自己的平台，你要化解妻子顾虑，赢得家庭支持，到农村担当更重要的工作，去实现自己的理想和抱负。"

2018年5月14日，周殿宏和22名第一书记等选派干部激情满怀，带着大包小裹来清原镇报到。

周殿宏站在欢迎会的主席台上，说："驻村工作时间其实很短。我50岁了，党培养教育我多年，把自己在机关积累的理论水平、政策能力，运用到这场伟大的实践工作中去，三年之后，我们要留下干事的成果，留下创业的故事，留下真挚的感情，留下美好的回忆，让人生不留遗憾。"

欢迎的掌声此起彼伏，老远就伸过来的热情之手紧紧相握，炙热的目光中凝聚着对周殿宏等选派干部满满的期待。

5月的山区，早晚还透着凉意，空气里能嗅到鲜草发出的味道。

周殿宏向远处望去,满眼春色,可脚下,还是荒芜和泥泞。这多像选派干部的处境:远离单位和家人,劳累之余,一定会喝点酒,失态怎么办?环境艰苦难免会发些牢骚,过度怎么办?生活上缺少家人照料,出现不得体和不良影响怎么办?孤单寂寞,放松自我约束怎么办?周殿宏想到此,决定与镇党委研究率先在全县成立自我管理组,对选派干部提出"六个严禁"的要求,实行半军事化管理,防患于未然,把纪律挺在前面。

## 三

周殿宏一连三宿没睡好觉,一团没有头绪的乱麻被他一点点梳理开来。他凭借多年党务工作的经验,制定出《派驻干部工作考勤请假制度》《工作汇报制度》《住宿内务管理制度》。他要带领选派干部全心全意投入乡村振兴和脱贫攻坚工作中,和当地干部同心同德、齐心协力干事,用行动树立选派干部形象。

严苛的管理一实施,大家有些不适应,也想不通。认为,我们本是来帮助农村建设的,怎么反倒成了被管理的对象。有一天,快要退休的县直机关下派斗虎屯村的第一书记王刚,拿着请假条来找周殿宏请假。"周书记,我年龄大了,身体不舒服,要去市医院检查,请两天假。"

"老王啊,身体是工作的本钱哪!去吧,全面好好检查一下,病好了才能更好地工作。"

老王本意是来试探周殿宏的,没想到周书记对自己这么宽容和关爱。第二天老王在市内看完病,马上就返了回来。

有个别第一书记在手机打卡时,投机取巧、弄虚作假。周殿宏一个月就没收了三部手机,并找当事人进行约谈,给予通报批评。周殿宏对我说,考勤只是一种管理手段,考勤不是把干部定在村里,他一直鼓励选派干部走出去,帮村里跑资金、跑物质,联系项目,但绝不允许假借给村里办事，去干别的，那不是在骗取政府补贴吗？

周殿宏在全镇党建工作会议上提出党员干部带头做好"三个示范"：镇党委第一副书记给驻村第一书记等选派干部做示范；老党员给青年党员做示范；党员给群众做示范。

在周殿宏办公桌的抽屉里，有几张没有报销的往返抚顺—清原的火车票，上下车时间都是将近半夜12点。每次到市内开会、办业务，他都是夜里走，再在第二天夜里赶回来，从不因此耽误工作。

8月初，镇里开办旅游采摘节，妻子女儿借机来看他。周殿宏为了避免镇领导和同事发现而造成影响，他愣是没有和近在咫尺的妻子、女儿打招呼。在电话里他给妻子、女儿解释说，如果每一名选派干部家属都来，我们心思都用在照顾家属上，那还能专心投入工作吗？全镇的干部和农民会怎样看我们？最后他用含泪的目光把妻子、女儿送走。这事今天提起来，周殿宏心里仍然不是滋味，对家人有说不出的愧疚。

新立屯村驻村工作队队长郑海霞是周殿宏发现的典型。她以村为家，贫困户基本情况和数据张口就来，建档立卡管理属全镇一流。周殿宏组织16个村的书记、第一书记到新立屯村召开现场会，学习她的经验，用她的事迹影响、带动大家。

镇东村第一书记赵云杉是周殿宏培养的年轻党员典型，工作有热情，但处理不好跟村书记的关系。一度他和村书记面都懒得见，每天在村里逛一圈就走。周殿宏发现后，找他约谈，对他进行严厉批评。教导他：村书记和第一书记是左右脑、左右手的关系，要学会沟通与磨合。赵云杉想通了，给周殿宏发微信说："周书记，以前我太简单了，是我的错。你放心，我一定和村书记配合好。"不几天，他自费印发了300余张第一书记便民联系卡，把党员网格化管理、组团式服务的创新模式引入村党支部建设，组织开展党小组联户帮扶工作。他由于工作出色，被县委组织部列为重点培养对象。

## 四

凡事都有两面性，第一书记到来后，村书记认为有了依靠，开始马放南山，当甩手掌柜。周殿宏抓住这个问题，因势利导，借助镇党委制定《清原镇脱贫攻坚工作三年规划》，果断提出党建工作分三步走：第一步，村党支部不会做"三会一课"记录、各种簿册、档案等，由第一书记帮你做，夯基础；第二步，由第一书记帮你做转变为指导和教村党支部做，上台阶；第三步，第一书记三年后离开，确保村党支部自己会做，见成效。

每次开会，周殿宏把平时掌握的情况，对第一书记、驻村干部逐一做实绩点评，特别是县委组织部领导、镇党委书记在场，更是赞誉有加。春节前，周殿宏用整整一天时间，把平时收集的资料整理出来，做了一幅很长的美篇，上传到工作群里。第一书记们看了很惊讶，问周殿宏：这些照片你怎么收集的？第一书记王宇跟周殿宏调侃说："周书记总给俺们扎鸡血，这是在用美篇给大家注入'强心剂'呀！"

2018年8月份持续38℃高温，第一书记每天都为落实三年规划和整顿软弱涣散党支部，加班加点、汗流浃背地工作。周殿宏自己购买了西瓜、绿豆、砂糖等防暑食品，开车去慰问驻村干部。从阿尔当村，到四道河村、黄旗沟村……16个村一个个走下来，全程140多公里。周殿宏身上的汗水被风吹干了无数次，黑背心上结成一道道波浪似的汗碱。返回镇里时已经晚上6点多，周殿宏一进办公室就坐进椅子里，整个人虚脱了。

镇党委副书记刘立鲲跟我讲，有一天晚上，周殿宏刚要睡觉，宿舍门被咣当一声推开。"周书记，我父亲在家突发脑梗死，情况危急，我人在这里赶不回去，怎么办哪？"四道河村第一书记尹长江急得一边说一边哭了起来。周殿宏马上拿起手机，打给某医院，在电话里说明情况，恳请医院帮助做好扶贫第一书记家属的抢救工作。撂下电话，周殿宏拉上尹长江开车往市里医院赶。由于老人第一时间入院，抢救及时，保住了生命。

尹长江是个爱发牢骚，自我约束差的人，对领导不服不忿的，周殿宏没少做他的工作。可这次事情之后，他彻底变了，他说："周书记，我没服过谁，但我信服你，无论是工作还是人品。"

尹长江社会交往广泛，四道河村美丽乡村建设需要建漫水桥，他找来民营企业家投资40万元，村民为他送来锦旗。他还帮助村里完成三个创业项目：提子种植、农机出租、老校舍改造出租，收益20多万元。他因此被评为全市优秀选派干部。

## 五

"办好农村的事情，实现乡村振兴，基层党组织必须坚强，党员队伍必须过硬。希望你们不忘初心、牢记使命，传承好红色基因，发挥好党组织战斗堡垒作用和党员先锋模范作用，同乡亲们一道，再接再厉、苦干实干，结合自身实际，发挥自身优势，努力建设富裕、文明、宜居的美丽乡村，让乡亲们的生活越来越红火。"

这是习近平总书记2018年，回信勉励浙江宁波余姚横坎头村全体党员说的一段话。周殿宏把这句话写在工作手册里。

周殿宏对我说："脱贫攻坚不是简单的拿钱给物、访贫问苦，要想长远可持续必须依靠产业带动，靠发展壮大村级集体经济来支撑。在组织带领村党支部脱贫致富奔小康的实践中，我们的每一名第一书记都责无旁贷，使命在肩，必须作为一面引领的旗帜，牢牢地插在乡村振兴的阵地最前沿。"

清原镇地处偏远，缺少支柱产业和成型的集团项目，发展不是很景气。周殿宏要求各村第一书记结合村情村况，制定村级壮大集体经济三年规划。去年年底，周殿宏组织制定了2019年清原镇壮大集体经济"三增两突破一提前"工作目标，即2018年完成任务的村，要在发展项目数、全年收入、项目收入占比力争比上年实现增长；没完成任务的要收入突破5万元，项目实现零的突破；全镇要实现提前一年消灭"空壳村"的工作目标。

为解决剩余的五个"空壳村"难题，周殿宏一个月去每个村6次，与五个"空壳村"的村书记、第一书记共同筛选项目。2019年村民就养了3500只笨鸡，到年末村集体经济可收入7万元。

周殿宏还有针对性地举办第一书记培训班，一字一句点灯熬油，撰写培训教材十多万字，具有很强的实用性和可操作性。

培训后不久，椴木头村第一书记孙冶向镇里提交了《壮大村集体经济种植中草药项目书》，得到了镇里鼓励发展的10万元奖补资金。前进村第一书记张输文针对朝鲜族村民俗特点，设计餐饮文化旅游项目，当年就见到收益。

村和村之间，就像山连着山。

为了让各村共同发展，去年下半年周殿宏组织了两次第一书记工作拉练会，互相取长补短，形成合力，共同发展。

清原镇2018年16个村的三年发展规划都由各村第一书记牵头完成，11个村的第一书记全程组织带领村干部实现了14个项目全部落地。2018年年底，清原镇各村共完成集体纯收入95.56万元，其中新建项目收入12.98万元。比年初计划指标增加25.66万元，增加36.6%。标准收入5万元以上的村由2017年的5个村，增加到10个村。

## 六

"脚下沾有多少泥土，心中就沉淀多少真情。"

2018年5月份驻村至今，周殿宏和22名第一书记等选派干部共走访贫困户累计16137户次，分五批次对累计753户贫困户档案进行了精准整理，结对帮扶41户，捐款6.5万元。

"手捧残疾资助金,非常感谢暖在心,国家政策真是好,感谢各级好领导,了解真情办实事,帮助最需要的人,国家政策真伟大,党的温暖送到家。"这是只有小学文化、低保户徐明珍的妻子王秀兰,于2018年6月28日用顺口溜形式,写给清原镇党委表扬第一书记的感谢信。

省委书记陈求发、省长唐一军等领导来清原检查工作,对清原镇脱贫攻坚工作给予了表扬。

2018年,周殿宏最长的一次工作记录是21天没回家,在这21天里,他跑省里、市里,为清原镇争取到了200万元资金,用于建设古城子、中寨子两个村的美丽乡村项目;到文体局争取到价值7万多元的健身器材;到市红十字会落实2万多元的贫困户疾病补助资金。为解决发展资金问题,帮助四个"空壳村"争取到了省里下拨的208万元发展壮大村级集体经济奖补资金。周殿宏马不停蹄连轴转,没有时间休息调整,最少时一天只睡三个小时。由于过度劳累,造成身体透支,头晕、体虚、乏力,他不得不自己偷偷地住进了医院。我采访他时,他都一直隐瞒不让妻子知道。

周殿宏对我说:"妻子心脏不好,我不能让她为我担心。"

周殿宏派驻清原镇的时候,女儿也刚好正式参加工作,他跟女儿说:"你我都是新的开始,可能会面临很多困难,咱俩一起奋斗,爸爸争取给你做榜样!"和女儿的约定,自加压力的同时也是动力,去年,周殿宏作为全市唯一一名第一书记的代表,被授予"五一劳动奖章"。当周殿宏把奖状和绶带带回家,妻子、女儿和他举杯相庆。女儿说:"老爸,你真牛,你确实没食言!我要向你看齐。"

生命的快乐,绝不在喧闹中,更不在浮华里,它源于初心和宗旨,源于对理想和信仰的坚守和达成。人生云水过,实绩留芳菲,当繁花落尽,铅华洗尽,周殿宏和他心中的清原镇,在乡村振兴发展的美好画卷里,有着浓墨重彩、闪光夺目的一笔。

# 花岭村  汪洋心中的诗与远方
## ——记本溪市本溪满族自治县花岭村第一书记汪洋

冯金彦

对于市委组织部人才工作科副科长汪洋来说，2018年5月10日之前，花岭村对于他只是一个名词，只是字典里孤零零的三个汉字。在本溪生活了40年，在城里生活了40年，尽管也下过乡，他还没有真正走进过乡村。

任花岭村第一书记之后，花岭村对于他，已经不只是一个名词，更是一个故事，一个远方，一份牵挂。在花岭村，汪洋感受到这三个普通汉字的温暖与亲切，对于世世代代生活在这里的乡亲，对于1432名花岭村人，花岭村是一个家，一种温暖，一个梦。

## 一、从远望到走进  花岭村是一个名词

花岭村是一本书。

对于安放在本溪满族自治县西北端高官镇山水书架之上的花岭这本书，无论是总面积21平方公里，森林覆盖率73%，人均耕地1.57亩，6个自然屯的自然素描，还是10个村民组，421户、1432人，村党支部有6个党小组、57名党员的人物速写，对于汪洋都是全新的。成为花岭村第一书记之后，汪洋是花岭村这本书的一个读者，更是一

个作者。真正想读懂花岭村，真正要撰写花岭村未来的章节，汪洋首先要把花岭村这本书细细读一遍，认认真真读一遍，读文字，读图片。

首先，汪洋从山水开始读，读花岭村的历史与厚重。一条沟一条沟读，一座山一座山读，一条河一条河读。其次，要读村，一条街一条街读，一座房子一座房子读。最后一定要读人，40个贫困家庭，74口人，一户一户读，一个一个人读。读他们的苦与乐，读他们的喜与悲，读他们的渴望与梦想，读深了，读透了，才心中有数，心中有情。两个月的时间，月光之下，星光之下，他一扇一扇推开40家扶贫户的房门，60天的奔走，他努力记下74位贫困群众的心声。一次次走访的过程，是他认识花岭村的过程，也是他认识自己升华与净化心灵的过程，全新的角色与担当让他对生活与社会多了一份理解与责任。

6个自然屯，他一章一章细读了，全村421户，汪洋一页一页深读了。村里的党小组组长介绍说，早晨和晚上，她经常能够在村路上遇见汪洋，看见汪洋在一家一家地走访，一户一户地交谈。起初，村里人不认识汪洋，就打听村里那个没有头发的年轻人是干什么的。当汪洋踏踏实实地为村里做了几件好事之后，为乡亲们做了几件实事之后，村里人就把他当作了自己的人，他们叫他"小汪书记"。有事了找他，有困难了找他。家里吵架了找他，水田缺水插不上秧找他。汪洋有个习惯，每次走进贫困户的家，他都要拧开自来水龙头瞧瞧，掀开锅盖看看，看他们吃什么，能不能吃好，能不能吃饱。2019年春节前夕，汪洋走访一户贫困户时，掀开他家的锅盖，看到他80多岁的老母亲正在烙黏火烧，大娘把刚烙好的第一个递给他说："汪书记，你不嫌弃，尝一尝。"看着老人弯着90度的身躯，触摸她满手的老茧，接过递来的黏火烧，汪洋感受到花岭村村民纯朴的真情实意，既感到欣慰，也深感自己的工作任重道远。

## 二、真正融入其中　花岭村是一个动词

### 动词一，强党建

火车跑得快，需要车头带。一个村发展得好不好，关键靠干部。送钱送物，不如建一个好支部。汪洋发挥自己组工干部的优势，抓好党建，带好队伍。花岭村党的建设基础较好，2015年被省委组织部授予两代表一委员工作示范点，2016年被本溪县评为先进党支部。汪洋紧紧依靠支部成员的力量，以学习贯彻两个条例为引领，扎实推进党支部标准化规范化建设。

他创立在外党员的微信群。花岭村57名党员，有21名在外打工。一旦离开了村子，一旦离开了支部，就与村里失联了。创建微信群之后，村里的大事小事在外的党员一清二楚。组织的要求，在外的党员也心知肚明。村里的事，支部的事，党员也可以提建议说想法。一个微信群，把党员的感情拉近了，工作搞活了。

形象是一种引领。村里的一条臭水沟，几十年了就那么臭着，周围杂草丛生，垃圾遍地。汪洋组织党员和干部义务劳动，利用市委组织部划拨的3万元经费，把一条臭水沟修整美化成一条景观路。

登高才能望远。一年来，思想的引领与观念的突破，一直是汪洋工作的重点。汪洋先后组织村里党员去大梨树村学习，去感受"干"字精神，开阔视野找差距，激发干劲增加活力。他带领党员去河口抗美援朝纪念馆重温历史，让党员们忆初心担使命受教育。看到条件远远比不上花岭村的大梨树建设得这样好，澎湃的力量在花岭村每一个党员的内心凝聚。于是，花岭村群众感受到了党员的力量，也看到了党员的作用，甚至原本没有任何活力的党小组的作用也得到了发挥，几个党小组互相比着干工作，搞活动，帮扶困难户。

他规范整理资料，所有党员与贫困户都建立电子档案。提升了智

慧党建平台。争取了3万元资金，对村办公楼进行了外墙的粉刷。2018年，花岭村被本溪县委评为党支部规范化建设示范点。2019年，被本溪市评为全市基层党建工作示范点。

一年多过去了，花岭村的党员至今对汪洋的三次党课印象深刻。说他讲得好讲得解渴讲在点子上。在讲课中，他把党风政风与民风形象化具体化，与村里的工作结合起来，见事见人，生动有趣。村里的一位老党员，一笔一画在笔记本上记下他党课上的讲话。

村里的重大事项，经过村两委班子研究后，经村党员大会审议、村民代表决议后，就是集体的决定，就是我们全体党员的决定，不允许在下面指手画脚，对两委班子成员说三道四，不管推进过程中遇到任何困难和挫折，每名党员都要坚决维护。研究过程中，鼓励每名党员发表不同意见，也允许弃权或者反对，但绝不能会上不说、会下乱说，当面一套、背后一套，会上举手赞成、会后说三道四。

村两委班子成员和村民组长、党小组组长，开展任何工作，不能想着我能在其中得到什么好处，我的家庭、我亲近的人能得到什么好处，要想着怎么为村里的大部分人谋利益，为村里的长远发展想办法。

在涉及一些村民具体利益的工作中，要站在更高一层，要兼顾更多人的利益。比如，用工要优先考虑有劳动能力的贫困户，整体要兼顾各家各户，不能谁是我的什么亲戚，谁和我的关系好，我就找谁。不能谁家和我有矛盾，就什么活也不找人家。对一些干活偷奸耍滑、背后还说三道四的人，坚决不用。

花岭村有一名党员，60多岁，经常在私下对村里的事情说三道四，发牢骚说怪话。2018年5月10日，村召开党员、村民代表联席会议，表决通过村里计划发展村集体经济项目——光伏发电，他表示反对。散会后，汪洋来到这名党员家中，询问反对的原因，向他详细介绍光伏发电项目的基本情况，打消了他原本的担忧，转而支持项目发展。2018年10月16日,村里通知召开党员大会,他有事请假没有参加会议,会后得知他同另外两名村民到省上访,汪洋同村党支部书记找到他,对他进行了严肃的批评教育,和他一起学习了《中国共产党纪律处分条例》,第七十三条规定"不按要求报告或者不如实报告个人去向,情节较重的,给予警告或者严重警告处分",让他认识到了自身问题的严重性及在村民中造成的恶劣影响。这之后,汪洋经常同他谈心、拉家常,使他逐渐增强党员意识和纪律观念,现在他对村里的各项工作都非常支持,有村民对村里工作有一些想法时,他还会主动劝说解释。在2019年的精准扶贫工作中,他主动申请包扶一户与他家邻近的贫困户,关心照顾生活情况,一名曾经让村里"头疼"的党员,成为村党支部各项工作的得力助手。

在花岭村,所有项目都是党员先干,党员带头干。一个1950年生的老人,从镇里退休以后在花岭村的一个山沟里发展特色农业。山上栽树,林下种植山野菜,把一个荒凉的山沟经营得风景如画,每年有几万元收入。汪洋就用这个事教育大家,就用老人的事迹启发大家。汪洋说,花岭村有良好的生态环境,只要弯下腰去,能吃苦肯流汗就不会受穷。

如今的花岭村,党群同心同向同行,村党支部的战斗堡垒作用和党员的先锋模范作用得到发挥。

**动词二,抓项目**

一个村集体,如果没有项目,没有收入的活水,发展的梦想与百姓的期待就没有支撑。坐等等不来项目,坐吃只能山空。前些年,花岭村附近的村庄因为矿山开采,账上有上千万元,但是由于村里的班子目光短浅,千万积蓄挥霍一空。人无远虑必有近忧,一个人是这样,一个村庄也是这样。汪洋和村两委班子坐下来,谋划项目谋划长远。花岭村,这些年也并不是没有发展的梦想,并不是没有努力和追求。但是一路前行,一路坎坷。从20世纪80年代开始,花岭村在发展项目上努力了三次，探索了三次，失败了三次。从种山楂，到种植药材，再到发展蔬菜大棚。由于管理没跟上，精深加工没跟上，这些项目都失败了。事不过三，失败的花岭村人开始安于现状，安于种植玉米、土豆、白菜。40年改革的风吹过，花岭村产业依旧，田野上依旧是玉米大豆高粱。有困难，有风险，但是困难再大也要迎难而上，坚定不移上项目抓产业。汪洋与村两委班子统一思想，统一认识，只有带领村民致富才能推动花岭村的振兴与发展。5月10日，汪洋到花岭村上任，5月12日村两委大会研究发展项目时，汪洋就旗帜鲜明地支持两委的提议，发展项目兴办产业。原来村里准备发展光伏发电，因为国家政策的调整搁浅了。汪洋就和村两委班子一起重新跑项目选项目。他和村党支部书记、村委会主任一起，到抚顺，去清原，跑本溪县清河城，到草河城镇。中药材、木耳种植、采摘大棚，一个项目一个项目看，一个产业一个产业学，做到百里挑一。在村里有了发展白鲜皮中药材的意向之后，他们又远去河北安国中药材市场考察。汪洋充分调研，了解白鲜皮市场需求巨大，掌握全国只有内蒙古和辽宁8000亩种植量的准确数据，真正做到心中有数才下决心。2018年年底花岭村注册成立了公司，2019年5月土地开始流转。村里很快就同14户农户签订了合同，开始土地平整，电力设施安装，种苗栽种。记者采访时，51亩白鲜皮药材园约30万棵白鲜苗生机勃勃，戴着草帽的老人正在田间拔草，自动喷灌的水珠均匀地洒落在白鲜的淡绿叶片上，在阳光下晶莹而明亮。在药材园项目建设中，汪洋充分借力而行，发挥本溪县有多年白鲜种植经验的专业户杨国清的引领作用，对花岭村不只提供种苗，还提供全套的技术和服务，从根本上保证了花岭村白鲜种植产业的健康发展。投资100万元的药材园，从立项到建设，只用了半年。如果按五年周期计算，村集体可获纯利润76.5万元，每年可获纯利润15.3万元；如果按七年周期计算，村集体可获纯利润229.5万元，每年可获纯利润32.8万元。

自从药材苗栽种下去，药材园就成了汪洋心中最重要的地方，最牵挂的地方。早晨锻炼，晚上散步，他都会习惯性顺路走到药材园看看，他注视着这些秧苗在51亩土地上蓬勃生长，也注视着花岭村的未来一点一点长高。天天去，他和看守药材园的老人很熟悉了。一次，看守药材园的老人给在村里的老伴打电话，说汪书记是不是早上到药材园了，看地里的脚印像他的。

他不仅把药材园当作一个产业，还当作一个理念的引领。30万棵白鲜是30万根火柴，一定能把花岭人的激情点亮。药材园初见成效，就打破了花岭村多年的平静。村里人开始自觉地转向多种经营了，他们种植白鲜，种植黄芪，种植其他的多种经营植物，星星之火在花岭村开始燎原。

花岭村山峦起伏，四分之一的农户发展传统的柞蚕养殖。对这些原有的项目，汪洋与村两委班子加大扶持力度，引导村民采购优质蚕种，还把省农科院专家请到村里给蚕农上课，传授新技术，提高产量，增加收入。在镇党委的支持下，村集体的200多万元自有资金，入股本溪玉晶玻璃，每年为村集体创收26万元。

众人拾柴火焰高，众多项目之柴，也必将燃起花岭村发展的熊熊大火。

### 动词三，办实事

经过几年的建设，花岭村旧貌变新颜。路面硬化了，路灯亮了。但是一些事关百姓生活的事，还没有从根本上解决。用水难一直困扰着花岭村。夏天天旱断水，冬天水管冻裂断水。2017年，从腊月二十八开始，十几户人家就没有自来水，天天挑水喝。甚至有人家年三十都要出去挑水。群众的事没有小事，群众的需求就是自己工作的方向。汪洋了解到这些情况后，把解决花岭村吃水难作为自己工作的重点。他多次跑市水务局去反映问题，到县水务局介绍情况，回到市委组织部也一次次向部领导汇报。经过汪洋的多方努力，2018年秋天，市水务局自筹10万元资金，在缺水最严重的花岭西沟打了一眼深水机井，从根本上解决了两个自然屯200多人的用水问题。那些日子，为了寻找最合适的水源地，汪洋一次次上山下河，施工期间，他每天坚守现场。西沟的问题解决之后，对村里其他几个水源地，汪洋也不放心，他逐个去查看，看到源头的水不符合标准，又到市水务集团要来漂白粉给水源地消毒。同时，村里拿出自有资金，在其他几个自然屯查找漏点、修复管网、扩充水源，2018年冬季，花岭村6个自然屯没有一户村民出现断水问题。

治标更要治本，为了从根本上解决花岭村用水问题，汪洋积极协调县移民局，将花岭中心堡自来水管网老化问题列入2019年移民项目，计划投资80万元进行管网改造。

作为一个组工干部，汪洋对自己要求非常严格。他知道在花岭村，他的一举一动，关系到第一书记的形象，关系到市委组织部干部的形象，甚至关系到党的形象。为了节省费用，花岭村560平方米的办公楼里，冬天只有两个房间用电地热取暖，汪洋的办公室没有暖气，村里要给他在办公室安装电地热，他坚决不干。白天和大家一起工作，晚上村干部回家了，剩下一个人实在太冷了，他就睡在书记有地热的办公室里。只要有工作，只要工作需要，只要村里需要，周六周日他也不回家。他和百姓一样吃，一样劳动，不把自己当作外人，花岭村人也不把他当作外人。一户种植白鲜的农户，地里生虫子了，汪洋看见了就下去捉虫子，像自家的地一样。

高官镇的16个第一书记，在镇党委第一书记的组织下成立了志愿者队伍、共产党员服务队、关爱老兵服务队，汪洋是队长。走访和慰问的工作，汪洋干得和其他第一书记一样精彩。90岁的退伍老军人过生日，他专程送去生日蛋糕，90岁老人的微笑像阳光一样灿烂。

镇党委第一书记李世庆评价他，敢担当。无论是在村两委会议，还是村民大会，汪洋都敢于批评，敢于较真，不怕得罪人。他自觉地维护村书记的权威，让群众看到了班子的团结。他脚下有泥土，心里想事情。善于工作，善于总结经验。仅仅一年多，就有9篇工作体会被省市县采用。

## 三、此刻直到永远　花岭村都是一个形容词

说花岭村是一个形容词，是说花岭村原本就是形容词堆起来的。那一堆堆冷峻的岩石，那一棵棵努力生长的草药，那一地的花香，那枝头的鸟鸣，那一张张朴实的笑脸，描绘出汪洋心中花岭村的美好，这些美好因为多了他的奉献与努力，让汪洋倍加珍惜。

400多个日夜过去了，汪洋付出辛苦，付出汗水，但是收获得更多。通过花岭村，汪洋重新理解了淳朴，淳朴就是花岭村的乡亲们在得到了哪怕一点帮助之后，满是皱纹的脸上绽放的真挚笑容。通过花岭村，汪洋重新理解了责任，责任就是无论职务有多小，也要用手中的权力给老百姓实实在在干事情。在花岭村，汪洋重新理解了幸福，幸福就是聋哑残障村民见到你的时候，笑呵呵伸出大拇指，就是村民见到你由衷地说一句，"小汪书记，真挺好"。

春去春又回，再有一年多，第一书记汪洋将完成他的职责与使命，重返市委组织部人才工作科的工作岗位。但是，无论此刻，无论永远，花岭村都是汪洋心中永远的牵挂。

是他生命的诗与远方。

远方并不远。

# 我们是大地的儿女
## ——记本溪市本溪满族自治县马城子村第一书记杨松涛

聂 与

> 活着,是为了整体做点事,滴水是有沾润作用,但滴水必加入河海,才能成为波涛。
>
> ——谢觉哉

## 引 子

2018年4月26日,新华社辽宁分社报刊部主任杨松涛得知分社党组决定选派自己驻村扶贫三年时,心里一时五味杂陈。喜的是自己一直以来想干点事的愿望就要实现,忧的是放不下刚动完乳腺癌手术、又患上甲减重病的寡母。

他站在窗前,看着如织的人潮沉思良久,给妹妹拨通了电话。妹妹说,哥,你去吧,我管妈。杨松涛知道"我管妈"这简单的三个字,对于打工要晚上9点多才下班的妹妹来说,重若千斤。他这个儿子要奔赴150公里之外的本溪满族自治县南甸子镇马城子村去当第一书记,要历时三年,1000多个日子,他真是放心不下。他对妹妹说,你负责周一到周四,我周五晚上直接去妈家,周六周日我来管妈。妹妹说,那你不是一天都没有休息的时候了?杨松涛说,只有这样,我的心才踏实点。

杨松涛的爱人刚刚退休,全程当杨松涛的司机。因为通往马城子只有一条七拐八拐的山弯险路,村民有点啥事都愿意找他,杨松涛怕错过了手机上的消息耽误工作,时常要看手机,所以只能我替他开车。杨松涛的爱人说。

从2018年5月9日正式上任,一年半,杨松涛写了三大本日记,他把每天要干什么,干到了什么程度,要找谁沟通,遇到了什么困难怎么处理都记到本子上,日记本上的字迹有的模糊不清。杨松涛说,那是有时泥一把汗一把在现场记的,因为上面千条线,下面一根针,每天要解决的事情太多了,随时记下来,才不会遗漏。

## 导航地图搜不到的地方

第一次驱车150公里去马城子那天,杨松涛还没有去报到,算是"微服"调研。

那时正赶上"五一"放假,杨松涛和爱人打开导航地图却怎么也搜不到那个叫马城子的地方。一路打听一路寻找,直到进入那条七拐八弯的山路,宽只容两辆车交错而过,而长仿佛没有尽头。

那条山路有10公里长。就像一个葫芦,走出那个瓶颈,10公里外,一片开阔之地,零星的村民,一望无尽的玉米地,都通向一个静谧幽深的湖。杨松涛兴奋地说,找到了,就是这里,因为修建这个观音阁水库,这里是一个水库移民村。

爱人说,这里就叫马城子?

不,真正的马城子在这个水库下面,它是一个沉没在水下的古城。我们现在站着的地方是马城子的高山。

杨松涛和爱人向村里走去,一直走到村子的尽头,只遇到了几个70多岁的老者,正忙着在山坡的荒地上种植玉米,杨松涛走上前问:"老哥,你们怎么不种点经济作物呢,这玉米也赚不了多少钱啊?"

老人说:"不种苞米种啥呀,就算种出香瓜西瓜,卖给谁呀,出这个村就十多公里地,哪有车呀,就算到了镇里、县里,人家那边也不缺,我们还是卖不出去,要是运到市里,都快到中午了,卖不出去就会烂,再说了来回的车钱连本都回不来。这苞米虽然便宜,但到时候就有人收,怎么也能弄出去。"

"那你们一年的收入能有多少?"杨松涛问。

"两三千块钱吧。"老人不抬头地说。

杨松涛的心一沉,心想,要让这个连导航地图都找不到的地方走出困境,也许比登天还难,但这个天,他要带领他们一起登。

杨松涛和爱人继续打听走到村部,没想到通向村部门口还是条土路,在门口,大大小小的泥脚印叠加得零乱。

村部大门紧锁空无一人。

## 称谓太多的马城子

本溪县马城子,村民247户,769人。人均土地面积1.3亩。与外界仅有一条公路往来,1994年观音阁水库蓄水,整村搬迁,退到山上,称为移民后靠村。

杨松涛来之前,这个移民村还叫"贫困村""软弱涣散村""空壳村""空心村""红脸村"。成为有这么多称谓村子的驻村第一书记,杨松涛深知自己肩上的责任和重量。他要让村民看到这个村子是有希望的,就要先摘掉"软弱涣散村""空壳村"这两顶帽子。杨松涛上任后,每月组织开一次党员代表大会。共产党员志愿者开始行动起来,给贫困户修缮房屋加保温层,帮助打扫庭院卫生,集中清理村街道垃圾死角,等等。冬季村部办公室里的矿泉水因为太冷全都结冰了,手伸出来打一会儿电脑,冻得手指头都发麻,虽然村部新安装了电暖气,但平时舍不得打开,只有来人的时候才给电。杨松涛说,咱舍不得用村里的一分钱。

杨松涛和村党支部负责人崔兆梅每次都精心准备党员学习活动，学习习近平新时代中国特色社会主义思想和党的十九大精神，会上与大家交流乡村振兴和脱贫致富的好点子，让大家直抒胸臆。杨松涛想多听听跟土地最深切接触的村民的心声，因为他们是最有资格的发言人，也怕他们什么都不说，藏在心里，与土地较劲、与生命较劲，与时间较劲，就永远止步不前。时间长了，大家都口口相传，来的那个第一书记人可好了，跟咱们掏心窝子。有的村民晚饭后，总愿意到杨松涛的住处聊一聊。

马城子的壮劳动力都出去打工了，留守的基本都是老弱病残，所以又叫"空心村"。"红脸村"指因为大家感觉没有什么指望，整日喝酒买醉，脸喝得通红在村子里游荡。杨松涛发现，解决这些问题，亟须解决三件事：意识问题、交通问题和调整种植结构。

马城子村村民不是不想致富，是穷怕了，不敢下注去赌一把，山里只要有一个露土的地方，就一定要种苗，但种的永远都是玉米。镇里曾为了鼓励大家创新，答应村民如果不种玉米，一亩给补500元钱，但很少有人响应，种其他的东西他们不熟悉，他们不敢冒新事物带来的风险，而且新的科技也比种玉米更加费周折，那不仅是辛苦，也是对耐力智力的挑战，他们不敢。水库移民后，更加靠近大山，土地也无法实现大面积的机械化耕种。

怎么办？杨松涛无法入眠，问自己，也问浩渺苍穹。他站在窗前，抬眼看天，漆黑如墨，没有月亮，只有影影绰绰的点点繁星孤寂地挂在天空。一夜辗转反侧。最后的结论是，无论怎么想，都是纸上谈兵，唯有让村民看到"甜头"，摸到实处，他们才能相信，马城子不仅可以种玉米糊口，还可以靠自己的双手、聪明的头脑养家。他要让那些被迫出去打工、骨肉分离的男人和女人，跟他们的老人和孩子在一起，让他们从遥远的地方，回家。想到这，杨松涛的眼眶湿了，他太理解不能跟自己的父母在一起生活的孩子，内心有着怎样的热望和企盼。那足以影响一个人的一生对情感的理解，与这个世界建立的关系。

杨松涛第二天一早就去找村两委研究方案，跟村主任孟宪余跑了很多地方，去看中草药、花卉、木耳、香菇，一路研究对策，听取专家的建议和意见。因为水库边上空气湿润，通风条件好，适合木耳种植，最后村两委提议，壮大集体资金，对木耳种植项目进行村民大会表决，按照"四议一审两公开"程序进行集体决策，得到了全体党员和村民代表的全票通过，用争取到的省里拨付的20万元扶贫资金中的10万元先期投入，做基础设施，购买木耳菌棒。

这个项目，杨松涛反复求证，四方打听，最后才下的决心。但有人偷偷告诉杨松涛，你要有思想准备，村里的一切事情并不像你想象的那么简单。这让杨松涛心里画了一个"魂"，这个"魂"在以后的日子里，让他深切感受到了，是多么的陡峭与凌厉。

杨松涛四处筹措资金，首先得到了水库移民局的大力资助，建了三个长30米、跨度10米的木耳设施种植大棚，并投资180万元修建了二道村民组到抚顺下家河子的3.6公里的土路。当轰鸣的机器声在马城子的上空响起，村民已经太久没有见过这么热闹非凡的场面，都纷纷从屋子里出来观看。

可是一到冬季，马城子村东山组部分村民家里就会季节性地断水，因为山里的直流水管线老化，造成冬季管子都冻实了，尤其是过春节，有几户人家都要走近300米去山下老井去担水，一跐一滑危险不说，大过年的去担水，那种感觉更让人心酸。

杨松涛又去找水库移民局，要了50多万元，把东山村民组饮水设施重新布线，那个"魂"来了——村民不让干，扬言挖沟布管线动他们家一棵玉米要100元钱，动一块地更要补偿。杨松涛愣在当场，一时间有点反应不过来，他费尽周折给大家要来了资金，解决吃水难的大问题，怎么却拦阻在了自家的门口？这太不可思议了。杨松涛就挨家挨户做工作，说，政府是给你们家弄水来了，你们再也不用大冬天大过年的挑水做饭了。

杨松涛知道了，他们穷了一辈子也没走出过大山，他们是穷怕了。杨松涛就一遍一遍地上门做工作，可是这边刚做好了亲侄子的工作，那边亲叔叔又不干了。

本来，一个月能完成的布线饮水工程，足足拖了三个多月，嘴皮都磨出茧子了，但依然步履维艰。有的村民当面就指责杨松涛，你为我们干啥了，把我们这么折腾，还不如把那些钱直接给我们分了得了。杨松涛还是苦口婆心地解释、劝说、讲道理，反反复复。他没想到给村民做工作会这么难，甚至比筹措资金还难，这是他当初万万没有想到的，但除了面对和克服，别无他法。杨松涛心疼，他的心里生起一股说不出来的同情。然而，这种同情得需要多么强大的能量，还有心智才能抵达。

杨松涛做到了。

## 十多年了，村部终于有了第一笔收入

项目确立了，点子有了，只是万里长征的第一步。杨松涛开始查询相关扶贫政策，为项目募集资金，县水库移民局帮扶三个种植大棚，一个晾晒大棚，以扶贫价格谈下来的4万棒木耳菌棒正式开始培育，2018年，马城子村产出1000余公斤，收入10万元，成为村部十多年来的第一笔收入，解决了老百姓剩余劳动力36人。

当这笔收入打入村部的账户时，村会计刘红的眼睛红了。她说，这么多年，我这个会计终于派上用场了。虽然是一句笑谈，但里面蕴含着多少难言的隐痛。

万事开头难，虽然开了个好头，但前进的路上总不会一帆风顺。本溪县百年不遇的高温干旱，严重缺水，山泉水直流压力灌溉难以雾状喷淋，会造成菌棒干枯，直接影响木耳产量。为了解决这一问题，杨松涛向市供电部门反映了情况，供电部门特事特办，在木耳大棚里架设了动力电抽取地下水，仅用五小时就解决了用电难题。那五小时，大家的心都提到了嗓子眼，如果电路问题不能解决，前期一切努力都将付诸东流。当电闸推合，水从喷淋孔喷洒而出时，在场所有的人都欢呼起来。

一场木耳大战正式拉开帷幕。

杨松涛深知，马城子村的木耳产业要想做大做强，就要有一整套的整体规划和设计。2018年9月18日，马城子村正式注册本溪县山泉人家农民种植专业合作社。国家商标局对"冷山泉"进行了商标注册，并于9月24日，带着村民们自己种植的木耳参加了第十八届沈阳农博会，介绍了用海拔890米的冷山泉浇灌的冷山泉木耳，现场浸泡，让大家看到马城子木耳饱满的色泽和品质，带去的150多斤木耳售罄。

## 为了马城子村，他付出了全力

马城子突降暴雨，东山村民组遭遇山洪和泥石流，村民的篱笆都冲倒了。杨松涛带领村两委班子及部分党员察看灾情并采取救灾行动，车子根本无法行进，杨松涛光脚下车。但排水渠让老百姓的杂物和柴火垛堵死了，水流直接冲到了街道上，如果不淘开，水就会进到村民的家里。杨松涛跟村主任孟宪余拄着棍子、耙子去排水渠和涵洞。杨松涛站在没膝的大水中，被癞蛤蟆包围和"抚摸"，他已经无暇顾及自己的恐惧，哪怕是刀山火海，他也要冲上去，他告诉自己，我不能后退。村民在大雨中喊，里面有玻璃碴子，给他拿鞋穿上。大家都被感动了，也跟着干了起来。杨松涛说，那次经历最大的收获不是克服了自己从小害怕癞蛤蟆的心理障碍，而是村民终于和我们心连心了。

驻村近一年半，杨松涛通过派驻单位领导和自己的努力，多方申请奔走求助为村里解决了235个路灯。在山弯路段共加装交通安全瞭望镜8处。修路3.6公里。争取"美丽乡村建设"资金。修建10个木耳大棚。落实村民饮水工程。累计为马城子村投入建设资金近500万元。

　　500万元，如愚公移山，一步一个脚印，一砖一瓦向马城子山区不断挺进。但其中的艰苦没有人知道，杨松涛争取到了"美丽乡村建设"项目，资金投入近百万元，修建2000多米的文化墙。这个项目让那些在外打工的村民终于可以回家了，他们的技能都派上了用场，并且是盖自己家的院墙和休闲长廊，却挣着工资，这在以前是从来不敢想的事。

　　可是，在实施的过程中，有的村民不让拆他们已经要倒塌的旧墙体，说会碰到他们家的苞米篓子，要拆墙，必须先给修新的苞米篓子和猪圈，如果不答应就不让拆墙。杨松涛天天去村民家中做思想工作，讲政策，说道理，村民就是不同意。经过村两委和施工单位协商研究决定，先帮村民修即将坍塌的苞米篓子和猪圈，并上了新瓦，一边修还要给村民做出承诺，不能出现任何不符合他要求的问题。这样的事经常发生，正给他们家砌墙呢，干到一半，个别村民不让干了，把挖掘机和搅拌车给挡上了，说扒我家墙的旧石头你重新给我用上，需要施工方给我钱，这石头是我的。不给钱不让干。那个人明明是错的，大家也跟着无理帮腔。孤军奋战的杨松涛，从没有强硬过，他就是用无尽的耐心和爱温暖着马城子每一颗贫穷的心。

　　杨松涛经过一年多与马城子村民的相处，通过自己真心为民、有效沟通和一颗诚心感动了马城子村村民。

　　马城子留守儿童现在20多人，杨松涛联系沈阳农业大学的大学生，每个假期给留守儿童开展支教活动，关于文学的历史的礼仪的舞蹈的安全的手工的美术的环保的，每一批支教10个大学生，每批10天，在结业礼上，孩子们和大学生一起跳起了自己编的舞蹈，说相声，村民也跳起了广场舞。杨松涛还自己花钱给每一个孩子买一份礼物，有保温杯、书包、名著。杨松涛说，我希望这里的孩子有一天走出大山，会记得在他少年的时候，有一段记忆，关于成长，关于感动，关于温暖和爱。

## 创建辽宁第一书记扶贫平台

现在，路修好了，项目确立了，资金到位了，人回家了，怎么才能把产品更多更好地畅销出去呢？杨松涛帮大家建立了一个本溪马城子帮扶平台微信群，里面的人都是自己的亲朋好友和社会爱心人士，他把马城子村民家里的产品都发到群里，有人要购买，他就利用每个周五回沈阳，把村民的东西都装在自己的车里，每次东西都顶到了车篷，几十只笨鸡，几筐咸鸭蛋，几把山菜，几十箱软枣子，几十袋子苹果，上百箱木耳，几十桶陈酿，十几万元的货都是杨松涛一点点装进自家的车里，一点点送到别人的手上，再一笔笔地记账，回去把钱交给村民。有一次，单位同事买了些笨鸡蛋，连打五个都是黑的，过后跟杨松涛无意中说起，这让杨松涛很不好意思，回去告诉村民，什么是诚信，什么是民风，对下一代的影响，对整个社会的影响。

有个村民患了抑郁症，冬天光脚走在半米深的雪地里，十个脚趾全都冻掉了，只能用脚后跟走路。杨松涛帮他家把苹果都卖掉了，正常是几毛钱一斤，杨松涛的亲朋好友给到5块钱3斤，一共卖了约6000斤，收入近万元。

杨松涛睡不着的时候，脑子又开始想事了，自己下村只有三年就回去了，刚刚有些起色，今后村民怎么办？那时，没有人再给他们免费拉货往出卖了，他们会不会又回到了原点？

杨松涛找到沈阳五洲易购科技有限公司总经理王兆波，把自己的想法说了，问人家，我们能不能搭建一个更大的平台，把全辽宁的第一书记产品都集中到一起，放到一个电子商务平台上展示售卖，这个是助力乡村振兴，利国利民的大好事。王兆波向集团领导汇报情况，得到总部的大力支持，同意投资500万元搭建了辽乡红商电商平台，并率先与本溪市签订了电商平台先导区合作协议书，现在全省有近百个产品在线销售。杨松涛说，这个平台就是为村民打造了一条大船，将来会成为辽宁特色农副产品销售的重要电商出口。

现在，每个周一杨松涛从沈阳回到马城子，村两委自愿在村部大门口等着他，说，我们的家长回来了。

从马城子采访回来，从那个被子是潮湿的，没有自来水刷牙，夜晚蚊虫扑面的村子走出来，虽然只有短短的两天时间，却仿佛经历了很久，因为辛苦，因为艰难，但我的耳边却总是回荡着沈阳农业大学支教的学生，在每次吃饭之前都会唱起的校歌《我们是大地的儿女》：昨天我们经历多少风雨，今天这里又是一片生机，沃野上成长着大地的儿女，为了国徽上的谷穗永远饱满……

## 一片丹心立口碑
——记丹东凤城市通远堡村第一书记陈林

孙成文

"好像初次的舞台,听到第一声喝彩,我的眼泪忍不住掉下来。经过多少失败,经过多少等待,告诉自己要忍耐。掌声响起来,我心更明白,你的爱将与我同在……"在凤城市通远堡镇纪念中国共产党建党98周年庆祝活动上,通远堡村驻村第一书记陈林演唱了这首《掌声响起来》。这种告白式的深情倾诉,赢得了观众的阵阵喝彩。

我非常喜欢凤飞飞演唱的这首《掌声响起来》。尽管陈林的这次再现还缺乏凤飞飞那种圆润以及细节处理的专业技巧,我倒觉得陈林演唱这首歌时,那富有磁性的嗓音和自然的微笑以及洋溢着泥土气息的风格,还是与凤飞飞有很多相似之处,但是其深情程度要比凤飞飞饱满。

陈林在跟我谈起当时选择这首歌的时候,也依然是饱含深情:"这首歌的寓意所在,正是我真实的心声。基于我无悔的选择,基于我选择后的坚持,基于我对这片土地的热爱,我应该给自己掌声,同时也希望赢得更多群众的掌声。"

人都说眼睛是心灵的窗口,在倾听陈林这一番表达的同时,我发现眼前这位看似柔弱的女书记,透过她那双会说话的大眼睛,传达出的是一个女性特有的柔中带刚的力量。

# 一

2018年春节长假过后的一天，丹东市政府办公室金融协调科内的气氛有些异常。细心的陈林发现，科里的几位男同事被科长找去谈话后，以往开开朗朗的变得沉默寡言，不善言语的似乎心事重重。究竟发生了什么事？陈林想关心地问一下，但看到人家的严肃表情，欲言又止。

临近中午的时候，单位召开了全体人员大会。在会上，领导传达了《丹东市关于选派干部到乡镇和村工作的实施方案》，在动员讲话中，领导希望大家能站在政治高度，踊跃报名。

直到这个时候，陈林才知道，对于下派驻村，其实领导心里是有人选的。只是这几位男同事的确是因为家里的各种实际困难等原因，产生了畏难情绪，但是又觉得辜负了领导的希望和信任，所以才会表情凝重。

开会过程中，方案里"选派敢于担当，吃苦耐劳，热心为基层服务的干部，任期三年"这些关键词反复在陈林脑海里跳荡。这个18岁就加入中国共产党的年轻党员，越听越兴奋，一股热流在心头涌动。她的眼前浮现出了广阔的田野、清清的溪水、朴素的村庄、泥墙院落、欢实的鸡鸭鹅狗猪，还有勤劳朴实的农民……仿佛看到了"晨兴理荒秽，戴月荷锄归"的农耕之美，感受到了"结庐在人境，而无车马喧"的田园生活。这些景象，在陈林的心里是那样新奇而又亲切。这个被同学戏称"争强好胜的小女子"，此时只有一个强烈的念头：我愿意到农村去！

得知陈林要驻村，关心她的人都说农村条件不比城市，比如居住、卫生、餐饮，你能受得了吗？陈林很自信地回答，怎么受不了？人家农民不是过得挺好吗！现在的农村不是你们想象的那样，农村有很多城市不具备的优势呢，再说了不深入农村，怎么能了解基层，对于像我这样出家门进校门，出校门进机关门的"三门女干部"来说，机会多难得呀！

正所谓"理想很丰满，现实却骨感"。信心满满的陈林不得不面对另一个事实：家里行吗？正在上幼儿园的女儿能离开妈妈吗？公公婆婆和父亲母亲的身体状况可以吗？家里的事务留给他们能吃得消吗？照顾老人和孩子的辛苦由工作繁忙的爱人一人承担，会不会影响到他的工作？她有些犹豫了。

室外依然是寒流笼罩，但是陈林心里的热度却没有减弱。事情很急，因为下午就要报名了。她寻思了一会儿，就利用午休时间，给爱人以及公婆和父母打了一通电话。出乎意料又在意料之中，全家上下竟然一致通过"决议"：坚决支持陈林下乡驻村工作。五岁半的女儿思诺的一句奶声奶气的微信语音"妈妈，我也支持你的工作，在家里我会听爸爸的话，你放心吧"，让陈林再也克制不住自己的感情，感激的泪水夺眶而出……

"主任，我决定报名参加下派！"下午刚上班，陈林就找到领导，自己满满的信心加上家里全员的支持，让陈林底气十足。主动报名！一个柔弱的女子，这让领导大吃一惊。他甚至私下问了陈林一句：不会是你们夫妻之间出现了什么问题吧？陈林听罢，不禁笑了起来：谢谢领导关心，关系一如既往的好，正是有他的鼓励和支持，我才可以没有后顾之忧地报名啊！听罢，领导有些脸红，但对陈林的选择给予了充分的肯定和赞许。

## 二

凤城市通远堡镇是一个建制镇，而通远堡村又是镇中村，镇里3个社区的居民与通远堡村4个村民组的村民交错杂居，这为陈林走访村民自然设置了一个不大不小的障碍。但随着一张村级路网图的绘制，陈林用自己的脚力清除了这个障碍。

2018年3月12日上午，披挂着一身寒气的陈林，来到通远堡村上任了。她上任的第一件事就是绘制通远堡村的村级路网图，这是在"丹东市选派干部培训和动员大会"上，领导布置给驻村第一书记的任务——"村级路网图的绘制工作及村级新建道路需求普查工作"。

因为这项任务市委要求在一个月内完成，她向大家说明了工作的重要性和紧迫性。一番讨论后，村干部普遍对这项工作有畏难情绪，除实地勘察测量工作量大以外，对如何绘制更是无从下手。

"没关系的，这件事我来做，初来乍到，人生地不熟的，所以辛苦村里安排人陪同我一起走，一来作为我的向导，二来有人陪我，我就不怕那些突然蹿出来的小狗了。"说到这里，陈林脸红了。她小时候去农村亲戚家被狗撵过，还差一点被咬伤……

从驻村的第二天开始，陈林就在村干部陪同下，在村落间边走、边看、边记、边画，晚上回到宿舍里，就思考怎么能把走过的路线图准确地画到纸面上。没有统一的绘制方法，陈林只能靠自己发挥想象，用平日里健身用的咕咚软件记录下当日的行走路线，然后对照卫星地图在纸上绘制。

村子走完一遍，陈林对哪条路是村里的已基本心中有数。但是画地图标注路况细节，一遍是不够的。陈林不好意思再辛苦村干部了，于是，对一些弄不准的路线，就一个人再去走几遍，反复测量。

打驻村的第一天起，陈林就再也没穿过高跟鞋，几双运动鞋记录着陈林每天20公里左右的行走里程，雨雪天她在走，风沙天她还在走。走，成了陈林了解村况、亲近村民的唯一路径。用镇党委书记田中元的话说就是：通远堡村的村级路网图是陈林一步一步走出来的。

不到一个月，多风的春天把面容白皙的陈林妆成了面色黝黑的"非洲女"，但她对村里的全部路况和新建道路需求进行了详细的梳理，高质量地绘制出村级路网图。

不到一个月，陈林的体重降了四五斤，用她自己的话说是身轻如燕了，但这期间很多村民都认识了一个天天在村子里走、爱笑、爱和大家聊天的姑娘，渐渐地也都知道了这就是新来的驻村第一书记陈林。

不到一个月，陈林的腿肿了又消，消了又肿，但是整个村子的布局、路网、很多村民家、46名党员的家、52名低保户的家所在的位置都深深印在她的脑海里……

## 三

通远堡村原来的村部位于通远堡镇的中心地带，是20世纪80年代建造的一幢二层小楼。小楼的二层用于村部办公：书记、主任一间，妇联主席和会计一间，另外一间则是仓库，堆满了图书和杂物。

陈林清晰地记得，2018年3月12日去村部报到那天，是沿着小楼靠边的一个侧门进去，从阴暗逼仄的楼梯爬上二楼的。那楼梯建得很不规范，比较陡，陈林还差一点摔了一跤。当时她就想，假如那些年岁大、腿脚不灵便的村民来村部办事，爬这样的楼梯多不方便哪……

3月15日，是陈林驻村的第三天，也是村每个月的党员活动日。当天召开了党员大会和村民代表大会，由于没有会议室，将近50人都挤坐在书记和主任共用的仅30平方米的办公室里。

屋里的通风不好，加之外面还没有完全退去的寒潮，所以窗子也不能打开。陈林当时就坐在一个角落里，抽烟的人很多，不一会儿狭小的空间里便是云山雾罩，她只能听见有人说话，看不见是谁在说。烟气刺鼻辣眼，呛得陈林不停地咳嗽，这是她有生以来第一次遭遇到的情况，也因此咳嗽了好长一段时间。

正是这次会议，陈林发现了村部办公条件的落后已经严重影响到村党建工作及日常工作的开展。陈林还从村书记和村主任那里了解到，村里想新建村部的事已经提了很多年，但是由于种种原因，一拖再拖。

在走访并广泛听取村民意见之后，陈林与村干部达成共识——新建村部。为了解决建设资金问题，村两委打报告向上申请，争取到了省级专项村部建设资金25万元。

新村部建设工程紧锣密鼓地进行着，但是，尚有10万元资金缺口。看见书记和主任一脸愁云，善解人意的陈林安慰他们："别着急，这事我来办！"陈林坚定的语气，让书记和主任脸上的愁云消散了许多。可是再看着面前这位柔弱的女书记，他们的心里还是有些不托底，毕竟10万元不是一个小数目。这时的陈林也看出了他们的心思，紧接着补充了一句："放心吧，肯定能行！"那口气不容置疑。同时，陈林的大脑也在高速运转，她正在筛选自己可以利用的资源。

2018年7月末到8月初，丹东遭遇了历史上罕见的高温天气，别说在外面行走，滔天的热浪蒸烤得令人窒息；即使在屋里坐着，吹风扇和空调也细汗涔涔。就在这样的天气里，陈林上路了。包里装着藿香正气水，腋下夹着文件袋，手里拎着矿泉水，走，走，走！上组织部，去发改委，到财政局，走银行，跑民政局……几天下来，又是近百公里的徒步记录。

很快，10万元资金落到村里账户上，最终350余平方米的新村部顺利建成交付使用。

2018年10月15日是新村部建成后的第一个党员活动日，党员们瞅一瞅宽敞明亮的大会议室，摸一摸崭新的桌椅，脸上的笑洋溢得收拢不住。当村书记告诉大家陈林为了新村部的建设做出很大贡献时，响起了长时间热烈的掌声。而陈林只是向大家摆摆手，微笑着说了一句："大家可别那么外道，我是咱们村里的人，给村里做点事是应该的。"

记得驻村工作不久，在一次走访中陈林认识了第四村民组的低保户李淑艳。虽然之前陈林也在电视和网络上看到过许多贫困户的住房，可第一次进李淑艳家，还是着实让她吃了一惊。房屋狭小、阴暗，由于长期漏雨，屋里脏乱、多处发霉、墙体开裂。由于早年遭遇婚姻变故的打击，李淑艳患上了间歇性精神疾病，至今独居。

此情此景，让陈林于心不忍，命运给这名村民的坎坷已经够多了，既然我来了，就要尽量给她多一些的温暖和关爱！陈林了解到，尽管镇村已经为李淑艳在民政部门申请到了2.5万元的危房改造金，只因为李淑艳个人资金不足，改造工程迟迟不敢开工。当从李淑艳那里得知再有5000元就可以开工后，陈林出了她家门就立刻拿起电话联系，很快就在丹东市慈善总会为其争取到了资金。由于开工及时，在雨季来临之前，李淑艳住进了新房。

## 四

陈林的办公室和宿舍里都放着很多书，她说每天的阅读时间就是自己最好的休息时间。

在村里，她也发现有很多热爱读书的村民，这让她很是兴奋。记得刚驻村工作的时候，陈林看到旧村部仓库里的书架上堆了很多书，后来了解到，这就是通远堡村的农家书屋，因为旧村部条件所限，只能这样一堆。即使在这样条件下，还是有村民前来借书，在书架上翻找着自己喜欢的书籍，尤其还有几个中年妇女来借文学书籍，这更让陈林既惊讶又感动……陈林暗下决心，一定要在驻村期间给村里打造一个舒适宽敞的农家书屋。

2018年年底，凤城市委开展了"解放思想推动高质量发展大讨论"活动，陈林以一篇调研报告《关于如何建设好农家书屋，充分发挥农家书屋职能的思考》被评为优秀个人。不承想，陈林这篇调研报告里的很多措施，与2019年2月26日中宣部等10部门印发的《农家书屋深化改革创新 提升服务效能实施方案》里的内容十分接近。通远堡镇党委书记田中元对此笑称陈林有"先知先觉"功能，但他的确对陈林的前瞻性思考深深地钦佩。

2019年春节期间，陈林接到很多同学的电话和微信，同学们很关心陈林的驻村工作，陈林作为同学中第一个驻村干部，是他们的骄傲。当得知陈林要在新村部做书屋建设升级工作时，她在首都经济贸易大学研究生班的一个同学第一个站出来，不但找到了专业的书屋设计人员为通远堡村的农家书屋做了总体设计，而且又出资7000元为书屋购置了桌椅、装饰等必要的设施，让书屋焕然一新！

同学的"雪中送炭"，助燃了陈林对村农家书屋的建设升级和管理的热情。为了做好书屋建设，陈林很快学会了关于农家书屋管理的相关知识，将村里近3000本藏书分门别类地摆放。

环视这40平方米的书屋，陈林的心宛如塞满了蜜糖。在陈林看来，这不仅仅是一间简单的书屋，而且是村民通向阅读的一座桥梁。主动到村里来借书的村民少，陈林就利用入户走访等各种机会向大家推荐图书，让大家多走进村农家书屋，或者干脆带着一些书入户。就这样"请进来""送出去"，看着书架上的书变少，变旧，陈林很高兴，书终于流动起来了。一种习惯，一种新的生活方式也正在通远堡村蔓延开来……

## 五

垃圾分类试点工作在通远堡村的开展，让陈林更忙了。微信运动显示：她的步数每天都是两万三四千步。

"家庭妇女是家里收拾卫生的主力军，对她们加大宣传教育力度，加上自己也是女性的先天优势，对垃圾分类会起到事半功倍的效果。"陈林在自己的日记里信心满满地写道。

随陈林一起去村民家里送垃圾分类宣传单时，正好一位大姐在地里摘黄瓜，远远地看见了陈林，就喊了一声："老妹儿，来吃根黄瓜吧。"说罢三步并作两步，从地里出来，随手递给陈林一根黄瓜。陈林也没客气，跟大姐一样用手把黄瓜上的刺撸巴撸巴，就嘎巴嘎巴吃了起来，边吃边交流垃圾分类"五指法"的心得。

在另一农户的葡萄架下，四个家庭妇女正在彩排三句半《垃圾分类好》，她们正在为村民自发组织的垃圾分类宣传演出准备节目。看见陈林进来，又是拿凳又是递矿泉水，陈林也是一口一个大姐叫着询问节目排练等情况。

看到陈林跟村民这样的热乎劲，同行的驻镇第一副书记、丹东市委组织部的下派干部陈云鹏不禁对我感叹道："在陈林身上有三个没想到：一个没想到的是，她一个柔柔弱弱的女生，竟然成了全丹东市第一个主动要求驻村的机关干部；第二个没想到的是，平时在机关显得文静不太爱说话的人，跟村民却有唠不完的嗑；第三个没想到的是，村民的大事小情，都愿意找陈林帮忙解决。"

我们可以忽略陈林驻村之初在网上买了一台电钢琴，只为缓解工作压力和保持跟正在学钢琴的女儿交流沟通；我们可以忽略陈林驻村的第一个周末去幼儿园接女儿时，正在收拾书包的女儿突然看见她叫了一声妈妈时陈林顿时的满眼泪水；我们也可以忽略陈林在夜深人静时跟爱人在电话里追问自己抛家舍业来驻村究竟出于私心还是为了工作；当然，我们更可以忽略陈林刚驻村时，村干部和很多村民认为她无非是来"走马观花"和"镀金"不会有什么实际作为的冷淡。

但是，我们不能忽略驻村两个月之后，村干部以及村民再找陈林办事或谈话时，躲着陈林抽烟对她开始的接纳和尊重；不能忽略村里老人，都叫陈林好闺女，比陈林稍微大一点或者小一点的都称她好妹妹和好姐姐；也不能忽略陈林"无事找事"的工作作风影响着村干部变被动为主动想事、做事的工作态度；更不能忽略老党员关广宏和村主任于海江对陈林一年多来为人为事的一致评价。

陈林诚恳地对我说过，其实采访她，她还是挺有压力的，因为她太过普通，没能像其他驻村书记那样为村里引进大项目，帮着村民致富，而她做的都是小事。但跟村民相处犹如亲人，跟村干部团结就像家人，能为村民和村里做力所能及的事，她感到很高兴。

的确，陈林做的都是别人想做能做却没有做的小事，想别人能想却没去想的小事……生活中不常有惊天动地的大事，更多的都是平凡和朴素的小事之中积淀的精神。这也是为什么仅仅一年半，村民们就把陈林当成了自己贴心人的原因。

"总是在坎坷的路上行走，总是让命运穿过激流，每一次把希望还给大地，每一次把苦涩埋在心头，走过冬夏，走过春秋。多少次跋涉，无言的追求。风吹雨打，永不停留，带给人间欢笑悠悠。"在整理对陈林的采访笔记时，我突然想起了这首20多年前的老歌《无言的寻求》，觉得陈林的人和事跟这首歌的主题比较匹配，于是我就用微信发给了她。过了好长一段时间，陈林回复我："真的很好听！"紧接着又说了一句："一年半过后，如果组织还给机会，我还想来这里。"

## 写在高岭地的成就感
——记丹东市宽甸满族自治县高岭地村第一书记肖玉生

唐振海

## 引　言

　　高岭地很有名，甚至超过它所属的乡镇——步达远。步达远，如果顾名思义——不大远，那就大错特错了，这无疑是宽甸满族自治县东部最偏远的乡镇之一。而高岭地村又位于步达远东北角，与桓仁满族自治县沙尖子镇只隔着一条浑江。

　　既以浑江为界，高岭地当然属于宽甸。但高岭地这里偏偏在干沟子村尽头以壁立的悬崖给甩出去了，成了一个比较尴尬的所在。

　　据说20世纪60年代，一群热血青年上山下乡来到宽甸，听到步达远有高岭地这个地方，就争着报名。也难怪，地方"不远"，又有高粱米饭可吃，凭什么不去呢？结果有幸被选中的青年就上了拖拉机，经过半天颠簸，夜晚到镇里胃已经翻江倒海了。第二天又背起沉重的行囊，步行两天两夜，才到达高岭地。

　　转眼又是40多年，直到2010年，高岭地悬崖的半腰，才悬挂了一条"公路"。据说当时炸山炮把对岸民房都震塌了，于是他们就划船过江来讨说法，高岭地村民组织起来严阵以待。一时间沙子土块从这边的半山腰直向崖下倾泻，登陆者显然抵挡不了，只好鸣金撤回。

"我亲眼看见有的妇女裤子都跑掉了。"至今还有人对这个细节记忆犹新。

2014年8月,辽宁省人大扶贫工作队进驻这个村里。

2017年6月,省人大43岁的青年干部肖玉生作为工作队队长被派到这里,成为驻村第一书记。

一

"高岭地地形活脱脱就是一只神龟。"肖书记说。

从卫星地图上看去,高岭地就是一只龟,由东南向西北抻出长长的脖子。在西、北、东曲曲弯弯画出这个轮廓的,正是浑江。就是说,高岭地南面靠山,三面环水。直到20世纪末,陆路还只有一条小毛道从悬崖峭壁小心翼翼伸出去。水路木船木排倒不少,汇鸭绿江漂往丹东,这还得看水势,很多时候浑江两岸满是纤夫的号子。

这样的地方,故事传说自然也多。百年曲柳、狐狸洞、庙山、龙岗等,无不具有传奇色彩。高丽沟的半山腰赫然矗立着朝鲜抗日爱国志士柳麟锡的一块石碑,山顶上还残留着多处解放战争的战壕堡垒。21世纪初,一群考古学家来这里,带走不少有价值的古物。

但这是个死胡同,从山外进来就只能望江兴叹了,村内还交织着一张河网,赶上雨季邻里交往就只能隔水打着手势。这里的女孩嫁出去,就再也不想回来。村里的光棍也特多。

于是,省人大驻村工作队进驻高岭地了,在设施、产业等方面大力开展扶贫工作。五年来,工作队协调资金900余万元,对村内水、路、房、电、网实施改造,其中新建村广场1300平方米,硬化路面10公里,路基改造5.4公里,修建桥梁5座、管涵3处、村级卫生所1间,筑堤1770米,安装路灯50盏,危房改造39户。同时因地制宜,发展西洋参、大榛子、蓝莓、刺嫩芽等产业,建立光伏发电项目。对贫困户的捐助折合30余万元。

高岭地焕发出前所未有的勃勃生机。

## 二

我将去高岭地采访时，肖玉生书记正奔波在县、乡政府有关部门之间，大概又为村里争取着什么项目。

"一年中有相当一部分时间都用在这上面了。"

"等我开车去宽甸接你。"肖书记言辞恳切。

当我一再申明要坐客车"体验体验"时，肖书记笑着说："那好吧，我敢保证你走一次就再也不会想这个地方啦！"

于是我上了客车。摇晃一个半小时，到步达远镇，然后在昏昏欲睡中转入干沟子。道路明显变窄。我问高岭地还有多远，女乘务员说："这才哪儿到哪儿，远着呢，这里山路十八弯哪——"正说着，车忽然嘎地停住，对面一辆农用车从转弯处冒出头来，猛一打轮，路边摇曳的黄花呼地被轧倒一大片。

车在干沟子尽头爬上半山腰，眼下一派大江，就是浑江。江那岸就是桓仁沙尖子镇。

"跟对岸那场战争就发生在这个地方，当时船把江面都盖满了。"乘务员指着崖下的江面说。

我想到历史上的赤壁之战。

客车在沿江的石壁又悠荡了几个弯转——这哪里是坐车，简直就是乘船。

我正忍着胃里的反应，乘务员说："高岭地村部到了。"

村部依山坡而建，整洁雅致，西侧是新建的卫生所，前面是宽阔的广场，周围排列着各种健身器材，西面一个很现代化的棚子，大概就是新建成的30千瓦光伏发电项目了。

我这才知道这趟车以前只通干沟子村，通高岭地只是近年的事。

刚进村部广场，就见村部两个人迎出来。年长一点的是村书记李长慧，2010年正是他主持修成了高岭地通往外界的公路。那个年轻帅气的无疑就是主人公肖书记了，他有着一张标准的国字脸，眉宇间透着一股严正之气，我无端地想到他还应该穿一身军装。

## 三

原来沿江一带正是高岭地一组到三组，这四组是村部所在地。肖书记开车带我先到五组，接着是七组，返回到六组时，我眼前豁然一亮，车驶上一条宽阔的大道。这路比我经过的"官道"气派多了。

"现在沙石料也已经备好，准备上秋就铺上柏油。"肖书记说。

车经过江面一个水电站，李长慧书记说："这就是双岭子水电站，属桓仁的，是跨浑江唯一的水上通道，目前只摩托车可以通过——要是浑江上能有一条正儿八经的通道，高岭地就不是死胡同了。"

我知道即将前往的八组，就是卫星地图上乌龟的脖子和头。

"眼下油路还只通一到七组。八组位于最西端，像一个独立王国。只一条崎岖狭小的土路通向外面。"肖书记说。

"这条路其实就是为八组修的，总共5.4公里。"

车继续前行，渐渐能看见人家了，李书记指着山坡的一条便道说："从这条路上去就可直通渡口，也就是八组的尽头。我们新修的公路其实是沿着乌龟的头绕了一圈。"

那边树荫下立着两个圆圆的大树墩子，两个小女孩一边一个，正趴在上面写作业。回头看见我们的车，莞尔一笑，就又埋头用功了。

"我们村现在每年都差不多有两三个考上大学本科的。"肖书记说。

我想起刚才在客车上，就遇见两个高中毕业生是去取录取通知书的。

道路在江边消失，岸边停泊着两条渡船。江面不时有灰鹤、苍鹭，还有野鸭子飞起。肖书记指着对岸说："那边就是赫赫有名的大牛沟村，仅一江之隔，旅游项目的开发已经有了些规模。"他又指了指江那岸高入云端的大山，说，"那就是有名的大顶子山，海拔将近1000米，站在山顶看云海，是宽甸一大奇观呢。"

"我做梦都在想着这里能有一座跨江大桥。"

"其实站在大顶子山看我们八组这个地方也是相当美的。大牛沟村也曾跟我谈过把这里当作一个景点开发。这里发展旅游也是大有潜力的。许多景点外界都认同。有了路就不愁发展了，只要八组这个神龟的头动起来了，整个高岭地就活了。"肖书记说。

## 四

从谈话中得知，在进入省人大工作之前，肖书记真的做过警察工作，而且一做就是11年，供职的单位是沈阳市公安局交警支队车管所。

"我大学毕业后考的交警，4000多人报名，那真是百里选一呀，我考了第九。"

看来他那一身军人气质不是没有来头的。

"后来我又调入省人大，再后来我就走进了高岭地——"

我知道，也正是在高岭地，这位来自省部级单位的年轻干部开始书写他人生更精彩的篇章。

"我一进这个小村庄，就感觉身上一种力量被唤起了。"

肖书记在他日记本的首页记载着这样一段话："这个村子太穷了——路难行是制约该村经济发展的瓶颈，我一定要啃下这块'硬骨头'。"

于是他放下了自己爱好的篮球，放下了自己喜好的赛车，换上一身粗布衣裳，穿上布鞋，每天早出晚归，与村干部一起爬坡上坎，一忙就是几个月。很快地，他成了这十几里地质地貌的专业人士。如果有人问这段路需要降几个坡，这道弯需要填几立方米土，这块地是谁种的，这片林子是谁家的，他对答如流。

他很快掌握了第一手资料，并预算出修路所需费用。可是钱从哪儿来呢？在一次由辽宁省人大常委会办公厅主持召开的为选派干部解决实际困难的座谈会上，领导提示他：只有五分钟汇报时间。他想也没想，就来了一段当地顺口溜：

> 高岭地真奇妙，
> 大车小车走河套。
> 高跟鞋全崴掉，
> 新娘出嫁下不了轿。

短短四句话，胜过长篇大论。省人大常委会党组、省人大常委会机关党组马上重视起来了，两次协调省直相关部门，争取资金共计385万元。2018年9月，道路修建工程正式启动。为了珍惜这来之不易的项目，他白天蹲守施工现场，监督施工质量，晚上针对出现的新问题，研究分析解决方法。当发生修路占地、苗木补偿等情况需要与村民协商时，他总是第一时间到达现场。

这就是我们眼下见到的这条公路。

## 五

"渐渐地我发现，老百姓看事跟我做警察坐机关还是不一样，即便自己的事，关系到切身利益，但真正实行起来还真不能简单化。"

肖书记又说到修路了。

有一个路段需要改造。但邻近一家为泄洪排水，在该路段上自己出资安置了泄洪管道，修路拆除时有所破损，那家就提出赔偿。肖书记说，我们政府花这么大的气力修路，还在你家门口修了桥涵，不就是为了你的出行和财产安全吗？现在你的根本问题都解决了，怎么还能索要赔偿呢？

于是肖书记专门找到他，想掏心窝说几句话。他说："别人都有赔偿，亲友也都唆使我，我就这么提了。肖书记，我们知道你是真正给我们办事的，别说了，我支持你！"

道路修到最后一段，也就是靠近渡口那一段，邻近一家户主说轧道机把他的房屋山墙都震裂了，希望政府能够赔偿。

"我们没有答应。其实这一家当初要求修路的呼声最高，而且家里养着三辆农用车。我们相信能做好他的工作。"李书记说。

肖书记接着又说："修这条路，遇见的第一个障碍是前任村书记。他和另外两家合包的自留山正挡着道眼儿。我就找他谈，可他根本就不接电话不照面儿。那天我又约他，他家里人接了电话，我说要约他喝酒。谁知到中午了，他还不回来，我就一直等到晚上。他很晚才回来，怎么也没想到我还在等他。于是我们两人就又喝了起来……"

问题就这样解决了。

## 六

肖书记很善于协调上级政府和社会团体的力量，对于不折不扣的贫困户，总是想方设法帮助解决实际困难。

贫困户于勤发因伤致残，情绪低落。肖书记得知后带着慰问品及慰问金去他家，并积极协调残联为其争取免费肢具。焦忠义体弱多病，家庭特别困难，两个孩子正念书。书记积极协调相关部门，争取了6000元助学金。吴宪贵患有脑血栓，半身不遂，生活贫困，离异多年。书记帮助他种上了大榛子，年增加收入3000余元。2019年春节前夕，吴宪贵开心地说："现在有积蓄了，明年我还想娶个媳妇。"

肖书记也逐步了解一点农民思考问题的方式了。

修志林是一组贫困户，居住的土坯房属D级危房，2018年年初申请改造，但当危房改造工作进行到他家时，他却拒绝。经多次走访，书记了解到原来他想建一个大一点的房子，想借此机会让国家多帮扶一点。肖书记就立即找来村书记，第七次来到修志林家，坚定地对他说："建房都有统一标准，国家补贴的钱也都有数，一分也不能乱用。如果在生活上有困难可以另提。"

书记最终感动了修志林一家。修志林的儿子同意在国家建房补贴的基础上，再拿钱贴补给老爸，房子很快就建上了。

"对于村里那些想借建房、修路伸手向国家要钱的人，必须建起一道牢固的屏障。"肖书记说。

他也说起在扶贫工作中遇到的伤心事。

2018年7月连降暴雨，村民于某家房屋坍塌。两口子都体弱多病。肖书记立即召开村委班子会研究，事后又向乡县打报告。后来又通过自己所在部门省人大法制委员会找到了辽宁超达建设实业集团董事长白胜春，该公司协调一家慈善机构，答应捐赠2.5万元。做这一切，肖书记不知跑了多少个部门，费了多少口舌。但等验收时发现，这家的建房标准很高，远远超出想象。

肖书记第一感觉是被"贫困"的假象给欺骗了，于是当机立断，决定只给1万元，剩余1.5万元仍返还慈善机构。

"在扶贫工作中，我还发现，有的家房子都快塌了，家里养着两头牛，据了解还真有钱，都是给儿女攒的。我问：你不建房，钱还给儿子？那家一想可也是这么回事呀。"

肖书记又说："现在农村年轻人都出去闯荡了，能让这些留守老人和儿童过幸福生活就是我最大的愿望。"

## 七

"我做交警时很牛，整天是这个样子的——"

说着他站起来，两手向后一背，头仰起，下巴抬得老高，昂然高步，在屋里就地走一圈，表现出不可一世的样子。我和李长慧书记禁不住大笑。

"当时我负责车管所检测，真的，谁见我都毕恭毕敬的——而且我差不多年年先进。可是我没有成就感。

"后来才知道，当时我调离交警后，我的那摊活被分给三个人做。到了省人大，我也几乎每年都是先进，可仍没有现在这样充实。现在我走在村里，看着一些设施、产业都跟我的努力有关，我就感到特别自豪。

"每当夜幕降临，各组的老爷们儿用摩托车带着他们的女人来到村广场。女人舞姿翩翩风情万种。我知道她们跳的是喜悦，是幸福。而这时男人们吸着烟，看得如醉如痴。

"当然这个时候我也很容易想家。儿子读高三，正是叛逆期，这些年就他母亲带着，这也是我时常感到亏欠的。"

肖书记还说了他刚到村里时的糗事。

"人都待理不理的，寻思又哪个城里人吃饱饭撑着没事找事来了，我还真掉了几次链子的——

"比如，我问：你们这里的牛怎么都是公的，母牛也长着角吗？他们愣了愣，忽然蹲下来，大张着嘴，原来是笑岔气了。

"你们的土豆秧子怎么光看见开花，不见结土豆呢？这时就见妇女们赶着鸭子说：不下蛋就赶紧回到水里去。

"但是现在不了，这里凡上了点岁数的，见了面都喊我大兄弟，还不厌其烦地告诉我这那的，春天他们还教我怎么扶犁蹚地。"肖书记说起来蛮有风趣。

肖书记还请李长慧书记讲村里的历史掌故，当我问及十年前为修路跟江对岸的"战争"时，他笑而不答，却详细讲了自己为修路到省城的种种遭遇。

"过去老百姓想找上面办事真是太难了，哪怕你办的是公事——"李书记感叹说。

"确实，当年我在交警窗口也感觉到了这一点。现在情况好多了，当我为村里的项目资金跑上跑下，哪怕一筹莫展了，也总有贵人相助峰回路转的时候,这个时候我更学会了感激,替高岭地的老百姓感激。"说着肖书记两臂下垂五指并拢紧贴裤线,军人的动作,肃穆的军礼,配着他那张严正的国字脸,在这个氛围,直笑得我和李书记喷饭满桌。

看着这珠联璧合的两位村书记,我感到高岭地有他俩掌舵,也是一种福分。

"心烦的时候,我就登上庙山,小村风光尽收眼底,我甚至感觉这一片天地都是我的,我就重新获得了力量。"肖书记说。

# 八

肖书记也带我一起登庙山了。

那山不高但很神奇,位于高岭地村五组,整个山体是一块凸起的巨大圆石,半山腰一块石头向着村部的方向凌空伸出很远,仍像一只龟探出头。

那下面就是大庙,里面不少佛像,早年曾有尼姑在这里修行。

"我倒是不信,但这里人都说挺灵验的。"肖书记说。

通往庙山是硬化的水泥路面,路上不时有野兔、野鸡慢腾腾走过,路边盛放着野玫瑰、山芝麻,还有各色野蒿子花,花上有蜜蜂、蝴蝶飞来飞去。

"我小时候也是在农村长大的,连我的名字都是生产队队长给起的。当时我父亲因说了真话被打成右派,全家被下放到农村。

"我母亲常对我讲:农民不容易,你一定要耐心、细致、踏踏实实,坚决不做假大空。自身要做到一尘不染,帮助别人,快乐自己。"

说着肖书记把电话递给我,里面正是他母亲的语音,那殷殷的叮嘱,听得我差点流泪。我知道老人家已经84岁了。肖书记那些厚厚的工作日记正是母亲督促写的。

"现在我的思想之内,就只有让老百姓过好日子。不真正哈腰做点事，就是白来一趟，也对不起老妈。

"现在村里发展了'飞地经济'，蓝莓产业已形成规模，下一步就将在四组发展山里红产业——"肖书记用手指了指四组的方向。

"如果这两项产业都做好了，就等于高岭地经济插上一对翅膀。这样村里年收入可达17万元。"

"再说了，这里还有多么优越的旅游资源哪！"肖书记信心满怀。

我知道，高岭地，这个浑江哺育的小村，正逐渐展露着她无与伦比的美丽。

# 在田野上描绘蓝图的人
——记锦州凌海市新庄子镇第一副书记王力岩

张 力

> 我的采访对象是来自辽河油田欢喜岭采油厂的王力岩，这样一个副处级的企业领导干部，应该说是衣食无忧，工作家庭都很安稳，可他为什么还要主动要求去农村做一个扶贫干部，确实让人不解，我怀着极度的困惑来到凌海市新庄子镇，当见到并面对这位浓眉大眼的帅气的男人时，我看到一个领导者从骨子里迸发出来的胆识和气魄，他不时流露出儒雅谦和的气息，让我充满了期待，并为之寻找答案。
> ——笔者与王力岩初见时的印象

## 因为热爱

2018年4月，为大力实施"五个一批"精准扶贫工程，按照省委组织部要求，辽河油田党委下发文件，共下派乡村5位扶贫干部，其中一个岗位是新庄子镇党委第一副书记，指定要配备副处级干部。

油田党委书记对4个村的第一书记的配备并不担心，因为以前派出的干部都是科级，报名十分踊跃，而这次需要的是一个副处级干部，觉得会有些难度。辽河油田毕竟是一家大型国有企业，处级干部都是一个萝卜顶一个坑，有人还会考虑到经济效益，也许会处在掂量犹疑之间。

文件发出后，书记有意到组织部探听，见到组织部部长便问道："那个镇第一副书记有人报吗？"组织部部长看出书记的顾虑，笑着说："有哇，人家不只是今年来报名，这个人去年就来报过名。"

书记十分意外，急切地问："谁呀？"

"就是辽河油田欢喜岭采油厂副厂长、安全总监王力岩哪！"组织部部长语带轻松地介绍，"他去年就曾主动地找过我，请缨去农村参加扶贫，只是去年没有处级干部的指标，今年他听说后马上报了名。"

书记不无担心地说："我听说王力岩儿子今年考大学，现在正是需要他帮助的时候，加上他还是咱们油田的培养干部，去农村几年可能会耽误他的成长进步，你是不是再征求一下他的意见？"

看到书记不放心，部长立即打电话给王力岩，此时的王力岩远在四川集团公司参加审核工作。部长开门见山地问："王力岩，你报名去扶贫，不知你到底是咋想的。"

王力岩回答十分简洁爽快："部长，你看我合格不？"

"当然合格了。"

王力岩坚定地说："那你就不要再问了。"

其实，王力岩心里清楚，持这种怀疑态度的大有人在，这也情有可原。确如书记所担心的那样，当初报名时，他也做过思想斗争，心里很矛盾。作为1971年生人的年轻副处级干部，他是辽河油田的领导干部培养对象，当副处级干部时间已有了十年光景。大学毕业后，他从实习生干起，一步一个脚印，企业的业务岗位他几乎都做过，提拔他为副厂长那一年，整个辽河油田的处级干部里，他是最年轻的一位。

还有就是儿子正处于准备高考最后两个月的冲刺阶段，非常需要他这个做父亲的强大臂膀有力支撑。可一旦去了另一座城市的农村扶贫，这一切都要交由爱人一个人承担。在这一点上，他觉得自己亏欠爱人的太多。他们是中国石油大学上学时的同学，爱人家在新疆，为了爱情，人家离开父母，自愿来到了东北，与他结婚生子，并主动承担起家庭的责任。

王力岩把自己的担忧说给爱人，爱人通情达理地说："你去报名吧，家里有我。"

话虽短，但掷地有声。有了爱人的支持，他毅然决然地报了名。

爱人太了解王力岩了，若以一个丈夫、一个父亲的角色去衡量，王力岩的得分不一定及格；但若以一名共产党员的角色去评估，王力岩无疑是优秀的。这么多年他把精力投放给了工作，当然这里有着爱人在背后默默支持。作为爱人，她清楚去农村扶贫是王力岩的一个情结，也是他的一个梦想，往往这样的梦想会催生出丈夫的伟大翅膀。

王力岩曾在农村生活15年，那时他父亲在八道壕煤矿供应科当管理员，一个月的工资只有52元钱，王力岩兄弟姊妹4个，都只靠父亲的工资，生活十分拮据。王力岩每次看到邻居家那些下井挖煤矿工吃馒头，他都会羡慕得流口水。为了改善生活，父亲在1980年调到油田工作，第二年15岁的哥哥不得不辍学，也去了油田上班，不到10岁的王力岩便将自家的农活承包下来，天天放学后，便一头扎进农田里，虽艰苦劳累，可练就了他坚韧的体魄。1985年，他终于来到油田中学上初中，随即上高中，一直到高考，他刻苦学习，如愿以偿地考上了中国石油大学，毕业后又回到辽河油田工作，这一干就是23年。

他对农村对土地的感情始终没有撂下，在油田按部就班地工作，让他产生了思考，他幻想着到农村改变一下生活工作环境，人生也许会活得更加有意义。有了这种想法，心中的这种梦想悄然而热烈地燃烧起来。

2004年在王力岩当材料厂交通科科长时，他就资助过一名大学生。2009年当副厂长时，他又资助了甘肃两个贫困大学生。他还想过自己去支教，为此，他偷偷地联系武汉的支教管理单位，不管是三个月半年，还是一年时间，有没有工资都没问题，只让对方给单位发个函，这样他可以去请假。而人家却不敢相信，反过来让他的单位给对方发函，这一下子陷入"鸡生蛋还是蛋生鸡"的死循环中，没能运作成功。

2018年，也就是在去新庄子的前一年，辽河油田的另一个扶贫定点单位需要扶贫干部报名时，王力岩找到过组织部部长，要求去扶贫，可因条件所限而未成功。

鞭策生活也许因为有波澜，人生才会有跌宕起伏。

王力岩听到习近平总书记在新年贺词里专门对280万支农干部表示："我时常牵挂着奋战在脱贫一线的同志们，280多万驻村干部、第一书记，工作很投入、很给力，一定要保重身体！"那一刻王力岩热血沸腾，这是他选择的方向，前进的动力。

在下发文件的那一天，身在外地的王力岩听到消息后，打电话给组织部部长，主动报名，毅然做出了新的抉择。

2018年5月第二批驻村工作队进驻扶贫第一线，作为镇党委第一副书记的王力岩，带着油田扶贫4个村的第一书记一起奔赴凌海市新庄子镇。

他的心中充满美好阳光，这会让他的支教扶贫情结得以发挥，精准扶贫。更让他欣慰的是随后儿子参加了高考，并以优异的成绩考入东北财经大学，这让他全身心投入新的工作中去。

因为热爱，王力岩才会奔赴农村，实现自己的梦想，他的愿望，就是做希望田野上的及时雨，成为村民致富路上的筑梦人。

## 因为真诚

自从王力岩担任锦州凌海市新庄子镇党委第一副书记那一天起，他意识到这不只是一种了然于胸的热爱，而且还有一份沉甸甸的历史责任。望着一望无际的绿色田野，他深切地感悟到伟人的那句名言：广阔天地，大有作为。

作为镇里党的领导干部，需要的是诚信，需要的是全身心地投入,倾心竭力地为村民分忧解愁。

在调研中,他发现下属村的集体经济基础薄弱,镇管辖的14个行政村,空壳村占了多数,空壳村即无集体经济村。

发展壮大村集体经济,变"输血式"扶贫为增强村级自身"造血"功能,是扶贫工作的主要渠道。建立农村集体合作社,上面有优惠政策,会有更多福利,可以为每个村带来固定收入,用以帮助贫困户解决温饱问题也就不在话下。对于农民来说,他们靠劳动获得收益,而不是给他们"输血式"的扶贫款。

在王力岩倡导下,首先在姜木村建起了油缘服装加工厂,这个厂依托辽河油田锦州采油厂公司,注册资金15万元,招收了村里8—10个富余劳动妇女为工人,主要加工油田职工的劳动保护用品,仅此一项预计创造产值70万元,增加村里集体和个人收入15万多元。仅生产不到半年时间,效益可观,名声大振,多家企业合作商跑来谈意向谈协作,有力地助推了集体经济的发展。

有了集体经济发展的这块试金石,他又从企业争取来资金,先后在各村搞起了集体经济建设项目。投入17万元,建设起了占地13亩的两栋大棚,并以集体资产形式出租给农民,每年为村集体增加收入5万多元。为北马村争取到18万元的投入,包了155亩稻田地,一年种两茬,年收入达7万元。在他的努力下,还在各村建了粉条加工厂,开展高效农作物种植、花卉苗木种植等,集体经济投入和建设方兴未艾,一举甩掉了"空壳村"的帽子,转变成了集体经济村,呈现兴旺发达之势。

在"振兴乡镇的集体经济"精神指导下,王力岩又从公司争取来53万元,准备为大明村盖暖棚,这样的租金会更高,集体经济的收入会更多。

王力岩施以真情做了这么多实事,获得从上级领导到百姓的交口称赞,可是他并不满足现状,他依旧眉头紧蹙着,似乎还有什么打不开的心结,其实他在谋划一个新的大型项目,用来造福百姓民生。

他看到锦州烧烤业的蓬勃发展,而需要从南方购买大量小龙虾,便陷入深深的沉思,他探讨能否利用凌海的水利资源养殖小龙虾,如果能够成功打入市场,锦州烧烤的客商又何必舍近求远。

他因地制宜的想法一经提出,立即得到上下左右的支持和响应,事不宜迟,马上付诸行动,以免被别人抓到先机。

王力岩先是进行市场调研,然后带领相关技术人员,将凌海管辖内的有水的地方都去了,他们一路寻找到海边,详细地进行土质水质调查。原想用大凌河的地面水,可是试验发现,小龙虾十分金贵,只要有一丁点的污染或是农药,就致使一池子小龙虾死得一只不剩。有人打起了退堂鼓,说小龙虾来东北是水土不服,也有人说凌海这地方有土就会有化肥就有农药就有污染。

面对种种非议和难题,王力岩没有退缩,知难而进,义无反顾地迎接挑战。

他多次去养殖小龙虾的江苏淮安洪泽湖考察,还去其他相邻的几个县,请来了养殖专家,然后反复进行两地的土质水质比对,地表水不符合要求,那就试验经过大凌河过滤过的地下水,经过多次试验,终于达到了水质标准。

选地征地用地顺利进行,建设项目用地65亩,开始预计投入的29.2万元远远不够,他们遇到了资金问题,如果进行水稻种植和虾苗投放,还需要继续投入一倍的资金,有人提出让村民融资入股。可王力岩坚决不同意,他表示"绝不能让农民参与进来,这毕竟是试验,还存有风险,如果失败,让老百姓承担经济损失,那还叫扶贫吗?"

为此,王力岩不辞辛苦,多家联系多次上门,终于打动了专营农业的川禾农业股份有限公司,双方达成了合作协议,由他们提供虾苗稻种费用。

在水稻种植、虾苗开始投放的那些日子里,王力岩吃住在田边地头,伴随着他巨大的精神压力,说不清有多少个不眠之夜,通宵达旦蹲守着他心爱的虾苗,一同迎接着黎明的曙光。每当看到那些活蹦乱跳的小虾安然无恙时，他都会像个孩子一样，手舞足蹈，露出幸福的笑颜。

爱因斯坦定义过成功的秘诀是"成功=艰苦的劳动+正确的方法+少说空话"，王力岩用行动践行了这一法则。

凌海的得天独厚地理环境，具有大凌河水利资源，由此生成充足的地下水。他们这块用地下水反复冲洗出来的稻田地，矿物质丰富，绿色无污染，人工种植出的绿色水稻极具营养价值，稻田里的小龙虾吃草作物，自然生态循环，泥鳅、蟾蛙物种齐全，形成良好的生物链。与之相邻的田地里却死寂一般，那都是施化肥打农药造成的结果，基本见不到生物。正因为如此，王力岩设置了二十四小时监控录像，专业技术员值守不离现场，唯恐稍有不慎带来些微的污染。这块独特的试验田，为绿色田野涂上了一抹最亮丽的风景。

南方专家再次来到他曾指导养殖小龙虾的试验田，眼前的景象令他吃惊不已，他赞赏说他们养殖的小龙虾绝不比南方的差，并竖拇指夸奖："这地方太适合养小龙虾了！"

专家还与王力岩粗略算了一笔经济账，就是1000元的虾苗，收益至少要到7000元，若长到5个头，刨除正常死亡数量，还可涨到5倍，5000公斤小龙虾，锦州烧烤收购价为40元一公斤，收益就在20万元以上。若南方客商回收，价格还会上涨。再算上虾米稻，亩产可以达到200—250公斤，这种生态米也是辽西第一家，自然会升值，在盘锦同样的1公斤米只卖到26元，而在南方超市里就可卖到60元，产值至少翻了4—5倍。

作为试验田，这个项目试验要三年，若要成功，并将试验成果运用，在凌海市乃至锦州市，大凌河两岸都可以推广。王力岩的种植养殖试验技术口口相传，声名大振，前来认养合作的客商络绎不绝。

王力岩真心实意地为农民办实事，他的无私奉献、真诚豁达，感动受益的农民，用正能量燃起不息的真情，成就他初始的梦想。

因为真诚，才能真正地融入人民，才能根植于土地，才能春风化雨,才能为梦想去打拼,才能用汗水换来幸福生活。

## 因为理想

农村集体经济的可持续发展,一直是王力岩来到农村后深刻思索的内容。他认为有的扶贫人员下来,要的就是政绩,也就是要经济成果,是一种形式主义表现方式。扶贫不只是表现在经济上,而重点应该建立在思想上,一个干部能够做好工作,主要靠的是人心所向,才能所向披靡。要让梦想成为现实,就是要把党的建设工作搞起来,发挥党的作用,党员作用。

冷静的思考,让王力岩思路豁然开朗。

过去新庄子镇基层党建工作涣散,村部、工厂、卫生所等场所都变卖了,党员开会一般都要去村书记村主任家,让人觉得公私不分,很不严肃。王力岩反映这个问题,镇党委班子成员也意识到恢复组织的办公地点的重要性,村部不管多大,都表明了党组织的存在。

在王力岩的倡导下,建设了村级党支部办公室。办公地点有了,但要把思想融入老百姓的头脑中去,再转化到农业生产实际当中去,其切入点就是只有搞好党的建设工作,才能发挥党组织的核心作用,这是任重道远的造血工程。

老话说得好:村看村,户看户,村民看党员,党员看干部。

王力岩利用辽河油田党建工作的优势,引入企业和地方党建结合,称之为油地党建合作。一方面让村干部党员走出去,到油田近距离观察企业发展成就,学习企业党建工作。另一方面把石油党务干部请进来,为村干部培训上党课。

通过互访活动经常化,两地紧密联系,已经有5个厂子与5个村结了对子,厂党委组织党员在秋收时给农民送来镰刀等生产工具,冬天时给贫困户送米面油,"七一"慰问老党员等帮扶事例层出不穷,这些活动如同一条无形的纽带,将双方紧紧联系在一起。

油地间的互联互通，带来了共帮共建，单就油田临时用工一项，他们会优先从共建的村子里进行选择，从而增加了农民收入。油田企业反哺来村里采购肉菜粮油，从而又盘活了农业经济。借用互联互通平台，拓展无限的空间，合作不断推进，把扶贫工作也做得红红火火。

要促进党建工作的长远发展，使农村彻底脱贫，王力岩眼光又瞄准了下一代，他提出党建工作要从娃娃抓起。新庄子镇中小学有500多名学生，他们的成长进步，就是党的后备力量，就是农村发展的未来。

王力岩部署并授课，这与他的支教初衷有关。他为学生做了30次课的计划，还请石油组织部拟设讲课题目，请来上课的是5位专职党支部书记，他们党建工作经历丰富，加上这些书记的表达能力强，思维灵活，通过说党史讲故事方式，寓教于乐，让学生增加了爱党爱国情怀。在讲课期间，还捐赠了20台电脑，用于党课的视频学习，让学生对我党的发展史有了更深刻更直观的了解。

发挥党的核心作用，形成稻米品牌，创造物流平台。这是王力岩的三个农村梦，其实梦想就是想象力，也是他的理想所在。王力岩再次把目光投放在了生机勃发的绿色田野上。

新庄子具有得天独厚的自然资源，一马平川的土地有10万亩，其中水田1万亩，林地2万亩，旱田7万亩。在这里什么农作物都能种，产量颇丰，只是销路渠道并不充分。王力岩把为辽河油田供菜的菜鸟集团"请进来"，在新庄子建立了一个分公司，这样可以把村民种的地头菜进行集中，然后直接卖到辽河油田。

如此一来，远近镇乡村农民，甚至邻近城市的乡村都来送菜，从而形成了集市贸易，天天人流如潮，呈现繁荣景象。

经过联系参与观察调研，细心的王力岩又发现了一个秘密。这个集一个月的蔬菜需求量就可达15万公斤左右，仅靠一个镇，哪怕一个县的农菜产量都远远不能满足收购需求。

王力岩不禁萌生出一种新的创意。随即他向县镇两级领导进行了汇报，他说："过去我们总要去南方招商引资，可咱们守着产值过百亿相邻的油田，他们下属企业就有156家，每个企业年产值都在3亿—4亿，油田职工和家属就有3万多人，给辽河油田的生活服务供应商就有1000多家，只要咱们有这么多的蔬菜和大米品牌，何愁他们不来购买？"

　　王力岩的长远规划，就是要打造一个辽西青菜农作物的集散地，以辽河油田购买力为切入点，形成品牌后，逐渐扩大市场，拓宽成东北最大的农业产品物流中心。他建议："万丈高楼平地起，首先应该在凌海召开特色农业展示大会，邀请全国关注农业发展的企业家们都来参会，然后推广拓展市场，逐渐向东北延伸。"

　　王力岩满怀憧憬描绘着他心中的蓝图，他的真情和理想打动了每个领导的心，县委书记笑着戏谑道："力岩，你的野心蛮大哟。"书记看到因不好意思低下头去的王力岩，拍着他的肩膀鼓励说："万事开头难，只要有理想，有信念，你的建议就一定会实现，我代表县委县政府支持你。"

　　王力岩脸上洋溢着幸福的微笑。

　　因为理想，王力岩又一次站在田野上，沐浴着雨露阳光，在他的视野中，辽阔深邃的绿色预示着一种希望，是他将要描绘出的最美的人生画卷。

# 一个人，一座村
## ——记锦州北镇市富有村第一书记涂破

杨家强

这是位于辽宁省北镇市医巫闾山东南麓的一座村庄——富有村，这是座名为"富有"实际却极其贫穷的村子。它由富有和佟屯两个自然屯组成。村中多为不利作物生长的盐碱地，且常年缺水，自然资源极其匮乏。光建档立卡贫困户就多达65户，村集体负债十多万元，是名副其实的省级贫困村。

2017年9月，作为锦州市派驻北镇市中安镇富有村第一书记的涂破首次来到村里，从此，这个普普通通的小山村成了名副其实的富有村。

来到富有村的当天，涂破没有去镇里为他安排的舒适住处，而是留在了村部。他想驱车到整个村子转转，摸摸底儿，以便开展工作。可是，村中道路不但狭窄，且多数为死胡同，杂草丛生，垃圾成山，别说行车，有的路段就是步行都难。

涂破只得下车一个人步行在凹凸不平的村路上。因前几天下过一场雨，道路泥泞不堪，村街上积满了臭气熏人的脏泥，他的皮鞋几次陷进淤泥里。无奈，他只好拎起鞋光着脚走。不小心，涂破的脚心被玻璃划破了。这一刻，涂破的心被刺痛了。

涂破一瘸一拐返回村部，已是夜晚。过惯了城市生活的他，面对黑洞洞、脏兮兮、臭烘烘的村庄，陡生一股难言的苦涩。他更加感到自己肩上的责任重大，这一切也激发了他带领村民致富的强烈愿望。他暗自打定主意，首先要为村子修条像样的路，让村里的每户人家门前都通上水泥路，只有路畅通了，村民以后的生活才会好起来。

然而，在锦州公路部门任职的涂破比谁都清楚，修一条路不是件容易的事情，尤其是修这种偏远乡村的公路，更是难上加难。他首先将富有村的实际情况向锦州市公路处党委做了汇报，并得到了锦州市公路处领导的高度重视，他们不仅多次到富有村现场调研，制定路线设计和建设方案，而且还数次到省交通运输厅面对面汇报沟通，终于为富有村单独争取到5.3公里农村公路建设计划指标。

修路指标虽然有了，但落实起来并非易事。虽说村民对修路一百个赞成，但修路会改变各家各户多年来形成已久的生活习惯。比如柴垛、厕所、垃圾堆等附属设施的清理、移位，个别村民虽嘴上喊着支持修路，但心里有抵触情绪。涂破为了保证公路顺利修建，挨家挨户走访，调查，做思想工作。

走访中，涂破发现村里部分党员觉悟不高，并未发挥出党员的模范带头作用。为此，他召集全村党员，开展了"富有村要富有，我们怎么办"大讨论，以此不断提高全村党员的党性修养和带头致富能力。大讨论在全村党员群众中掀起一场"头脑风暴"。这场"风暴"扫清了富有村百姓脱贫致富道路上的绊脚石，大家统一了思想，鼓足了干劲。

有了党员的积极带头响应，村组织的凝聚力增强了。修路前夕，涂破与村委会成员带领全村党员干部和广大村民每天在村中各个角落清理无数垃圾堆，共清理垃圾200余车。村民们看到涂破像个泥人儿似的不怕脏不怕累，每天忙前跑后真心实意为老百姓做实事做好事，便都积极配合公路部门顺利完成全村5.3公里水泥路面修建工程。

开工那天，涂破在日记里写道："今天，全村新建的5.3公里水泥路终于开工了，老百姓热烈响应，奔走相告，积极配合。再过一个多月,全村的老百姓实现'户户通'水泥路,将彻底改变晴天一身土,雨天一身泥的历史。让全村老百姓走上平坦的富裕路,是父老乡亲的期盼,也是我的愿望。"

从此,富有村结束了从古至今无水泥路面的历史。此前的富有村,每当雨季,整个村子都陷在泥水里,连孩子上学都要靠大人背着接送。现在孩子们像一群小鸟似的欢呼雀跃着上下学。

有了水泥路,村民出行方便了,连多年不出屋子的脑血栓病人和行走不便的老人也来到村街上看风景。一位叫马玉福的村民有感而发还创作了一首小诗:"清晨站在高高山上,眼望公路修到家乡,公路铺满大街小巷,给贫困山区带来吉祥,出门迈步大路溜光,感谢领导感谢党,让我们贫困山区迈步跟上,共同致富奔小康。"诗的语言并不华丽精致,却道出了每个村民的心声。

路通了,发展经济的命脉也就打通了。但这只是富有村破解村集体经济发展难题的第一步。涂破心里清楚,如何"图"发展才是工作的重中之重。他在日记中写道:"贫困之冰,非一日之寒;破冰之功,非一日之暖。对于消除贫困、改善民生、实现共同富裕,我们不但要有'面壁十年图破壁'的信心和耐心,也要有'不到长城非好汉'的勇气和魄力。"

涂破本着"已建成的尽快见效益,有眉目的抓紧落实,有消息的全力争取"原则,带领村两委成员争资金、办手续、跑市场,全力推动各个项目的真正落实。经过不懈努力,60千瓦集中式光伏电站已并网发电,288千瓦分布式光伏项目投入生产;棚菜小区一期6个高温暖棚投入生产,二期6个暖棚也已投入使用。2018年,富有村集体经济收入已达到8万余元,而2019年则翻了一番多,达到20多万元,成功实现了消灭"空壳村"的既定目标。更让村民想不到的是,这年,村中集体打了一眼200米深井,这让全村村民用上了自来水,解决了富有村有史以来饮水难的问题。

涂破了解到,富有村有着百余年的编笤帚历史,村中有编笤帚工匠300余人。过去因为交通不便，村里的编匠只能在家小打小闹编些笤帚，满足附近用户需求。而今有了水泥路面，十几个大户，开起货车，装满笤帚，走出村子，向各地"进军"。他们一路走、一路卖，大工地、小日杂，四处推销，销量虽然比以往有了较大增长，但松散的、单打独斗的小作坊经营方式难成大气候。

涂破一直琢磨着如何让普通的笤帚"提档升级"。按常理，笤帚也就是扫扫地，还能整出啥名堂？涂破给出的答案是：向工艺品、高端化转型。为此，他专门拜访村中老艺人，挖掘出传统满族编艺。打造纯手工民间艺术品牌，让原本普通的笤帚有了极高的身价。其间，涂破又请设计师为笤帚设计了精美图标和礼品盒，里面一共五种款式的笤帚，售价100多元。价格比传统产品高出四五倍，却大受欢迎。为了壮大集体经济，带动全村共同致富，富有村建起了工厂，注册了商标。

为了让更多村民掌握编笤帚手艺，涂破组织邀请了村里技艺高超的师傅传授村民编笤帚手艺。开班这天，富有村热闹得像开了锅。挂着"富有村笤帚培训班"的横幅下，村里的"大师傅"许维建、许朋、唱贺鹏、程忠合边示范、边讲解。挑、破、浸、压、缠、勒、绑、剪，师傅教得细致，学员听得认真。这次集中授课，共培训800多人掌握了编笤帚手艺。涂破说："我们要一人带一批，全村编笤帚。"

如今，富有村的笤帚已远销黑龙江、新疆、江苏、内蒙古等地。年售笤帚300余万把，产值达2000多万元。

此外，他还打算建网站，在淘宝和京东开网店。让"吉祥"笤帚有更广阔的市场空间。

富有村名副其实地富了。为了让村民过上文明健康的幸福生活，涂破积极筹措资金，在村委会前面修建了文化广场，在文化广场上还设立了文化墙，文化墙上记录着为村中做过贡献的人物。通过这些典型人物的事迹，激发村民积极建设美好家园的热望。在建设村文化墙的同时，还积极组织对本土文化人才进行培训，培养一批"土专家"，帮助他们更新知识，提高技能水平，为本地乡村文化建设出谋划策。

涂破深深地意识到，乡村是我国传统文明的发源地，乡土文化的根不能断，注意乡土味道，体现乡村特点，保留乡村风貌，坚持传承文化，发展有历史记忆、地域特色、民族特点的美丽乡村是富有村发展的一条文化主线。

为此，他在村中大力开展精神文明建设，先后制定了村规民约，开展"好丈夫、好媳妇、好婆婆、好儿媳、村内好人"评选和致全体村民的一封信等活动，引领村民继承和发扬中华民族的传统美德，互相帮助，共同发展。

随着村集体经济的增长，为了让富有村发展的成果更多惠及村民，涂破组织村委会制定了村民福利待遇制度，对村民实行大病救助，在老年节开展尊老敬老爱老活动，对村内考入大学的学生给予学费补助，对村民去世给予丧葬费补助，对村内家庭发生重大事故的给予救助……这一系列活动，这些措施，使村民的幸福感获得感显著增强，得到了全村老百姓高度赞誉和拥护。一位叫王玉英的村民感慨地说："富有村1948年建村，村内有福利真是开天辟地头一回呀！"

其实，涂破为富有村开天辟地做的事情还有很多：他通过多方努力，协调花卉企业，在村内主干路两侧栽种柳树1000多株，栽植白蜡树2000多株，并以白蜡树作为富有村的村树。每年栽种应季花卉4万余株。为了让更多的人能知道富有村，他组织村民在国道旁的岔路口立了一块大型卵石，使过往行人远远就会看到那红彤彤的三个大字"富有村"。为了让村中积水顺利排放，他为村中铺设排水管道200余米。为了让村容村貌常年干净整洁，他在村中成立了专业保洁队伍，实行人工和机械结合，使富有村的环境不但优美而且整洁。为了让村民夜间出行方便，涂破想尽办法筹集资金在村路两旁安装了路灯，他的目标是让全村每一户人家门前都亮起来，让党的光辉照亮千家万户……

他时刻不忘习近平总书记提出的"建设好生态宜居的美丽乡村，让广大农民获得更多幸福感"的伟大号召。而今，每当夜晚，富有村吸引了周边许多村子的村民来富有村遛弯儿观光，村里村外的农民都说，富有村来了个好书记，让富有村有了翻天覆地的变化。每每听到这些赞誉，涂破总是说，都是党的政策好，让我有机会为乡村做点实事。

在涂破的言谈中，说得最多的就是"党"字。他身为一名共产党员，国家干部，处处以党员的标准严格要求自己，以实际行动在偏远山村彰显共产党人的风采。两年多来，他积极在村中发展年轻党员，让他们在村中发挥骨干作用，为建设美丽乡村贡献力量。

刚开始发展党员时，涂破有些难堪。他找了几个在村里表现不错的年轻人，想发展成预备党员。可让他想不到的是，提起入党，一些年轻人热情不高。面对山村党组织建设的落后局面，涂破无数次耐心地做思想工作，年轻的村民终于转变了态度，积极主动入了党，现已成为村中的楷模。

涂破是个只顾做事，却不善言谈的人。当问起他为富有村所做的一些具体事情时，他总是淡淡地说，没啥，没啥。无奈，我只得靠走访村民了解情况。

我知道，涂破为富有村做了许多事情，而我所呈现的只是冰山一角。对于这个只做不说的外乡人，我不知道他心里又在为富有村谋划什么蓝图。但我知道，他倾注了全部心血在为富有这个小山村做事。

经过两年多的努力，涂破让这个贫困的村子得到了彻底的改变，成了远近闻名的先进典型村。村里的环境美了，村民的日子好了，一位叫王宝才的村民有感而发，写下了歌曲《我的家》，现在已经成为富有村的村歌，其中最后一段写道："告诉远方的孩子们，不用惦记家中的亲人，现在的生活非常好，就像芝麻开了花，节节高，节节高！"

　　一个人改变了一座村，一座村造福了众多村民。而涂破作为驻村第一书记，一驻就是两年多。两年多里，他以忘我的精神在为富有村村民做事。只有夜深人静时，他才会惦记起远方家中的亲人……

# 将驻村日记写在百姓心上
## ——记营口盖州市杨运村第一书记滕卓

翟营文

放在我面前的是一位驻村第一书记厚厚的驻村日记。

我一页页读着,山村的风雨、村民的朴实和他驻村的经历,以及他在这里为消除贫困而付出的心血和汗水扑面而来。每一个字都是鲜活的、有生命力的、被百姓印证的。

麒麟山做证,这一代人为消除贫困而做的努力!

百姓做证,他们永远感恩党的政策!

### 日记之一

**2018年5月7日　阴**

前两天刚下了场雨,天气有些阴沉沉的。不过这并不影响我兴奋的心情,终于来到我的驻村工作地——杨运村,来履行我驻村第一书记的职责。

上午,副镇长兼杨运村书记唐怀远领着我来到村里报到。

来之前我查过杨运烈士的资料,他是1946年12月20日下午在身负重伤的情况下被敌人抓住的。他被俘地点就在杨运村麒麟山下的松树底堡子。有一种豪情涌上心头，我不能让这片洒过烈士鲜血的土地再被贫困笼罩，这是我唯一能做的，也是必须做到的……

滕卓刚来到杨运村时，村里的状况让他始料不及。

全村人均土地不足半亩。全村共有村民582户1780人，其中建档立卡贫困户173户375人，占全镇贫困人口总数1/3。

村两委班子几乎是瘫痪状态。原村书记兼村主任因利益划分上与部分村民产生矛盾，被村民堵在小卖部门前理论，越吵越激烈最后动起手来，被这名村民打倒在地造成脾脏破裂住进医院。住院期间，上级机关对他的问题进行调查，经研究免去其村书记和村主任职务。原妇联主席到南方打工，村里的工作撂下不干了。原治保主任在家干活时被老鼠咬伤手指得了鼠疫，在家养病也不想干了。镇里只好派副镇长唐怀远临时兼任杨运村村书记，来村里"救火"。

村里的经济状况更差，账面上的钱被上任班子花光了，还欠着不少外债，连村干部的工资补贴都发不出来。

滕卓就是这个时候来到了杨运村。

唐镇长把滕书记和驻村工作队的其他同志介绍给大伙。

在旧村部那间漏雨的会议室里坐了满满一屋子群众代表和党员代表，唐镇长介绍后，滕卓发言，他并没有说太多，只是铿锵有力地表态：以后我要和大伙一道改变杨运村的面貌，请大伙支持我监督我！

长时间的掌声响起，这掌声里有欢迎有信任更有无限的希望！

滕卓是这么说的，也是这么做的。

要想把村里的工作开展起来，首先要配齐村两委班子。而现在又不到换届的年限，只能采取临时聘用的办法。他深入群众中开展调查走访，逐渐摸清了村里的情况。经过了解，村里有一位老校长为人正直又有能力，在村民中威望很高，是最合适的村书记人选。滕书记好不容易做通了老校长的思想工作，答应做村书记，结果第二天老校长又找到他说老伴儿不让干，否则就离开他到孩子家去住。初战失利，滕卓没有被困难吓倒。原来的村会计由于和原来的村书记有矛盾早就撂挑子不干了，滕卓了解到该人有能力，有积极性，就几次去他家里动员，终于使该人出任村主任。他又做通了两名工作人员的思想工作，配齐了班子，使村里的工作又可以正常开展了。

驻村第一书记的职责之一就是建强基层党组织，帮助整顿好村级软弱涣散党组织，选好两委班子，督促并帮助村干部做好各项工作。

滕卓在工作中也感悟到，无论做什么工作，人是第一位的。没有好的班子和团结一致的干部队伍，自己打好脱贫攻坚战的许多措施和想法就无从实现，就无法带领杨运村的群众脱贫奔小康。

因此，两委班子换届刻不容缓。

他把这个想法向杨运镇党委做了汇报，镇党委对杨运村的情况非常了解，担心会有人不配合，滕卓分析了村里的形势并谈了保证措施，向镇党委保证一定圆满完成换届任务。

他回来后和一班人没有坐等，而是知难而上主动出击。

他主动到村里一位经常上访上告村干部的群众家里，反复向他宣讲党的驻村第一书记政策，村里的发展思路和美好前景。这名群众被感动了，表示不会破坏选举并积极参与。

2019年6月中旬的一天，杨运镇杨运村召开了两委班子换届会。会场上彩旗鲜艳，人们的脸上带着笑容。包括镇民政助理在内的镇有关部门同志以及50多名群众代表和党员代表参加了会议。换届选举获得了成功。

## 日记之二

**2018年6月12日　晴**

今天我到村民家要点开水泡茶，结果泡的茶水浑浊。我问这是怎么回事，村民说这地方吃的水就这样，这已经不错了，要赶上旱季不下雨，连这样的水也喝不上。

村民吃水是个大问题呀，不解决怎么能行，一定要想办法解决！

杨运村是山地，吃水历来困难。

地势高的地方想办法存点水，用管子接到村民家里就算是自来水了，但水质保证不了。有的村民费很大劲打口井，因为资金不足，只能打到二三十米深，旱季就抽不上来水了，人都没水喝，更别提浇地用水了。

滕卓找来村民代表和村两委班子成员一起想办法，大家七嘴八舌都说只有打深水井才能保证村民饮用水质量和旱季浇地用水。所谓的深井都要打到100米以上，那可需要一笔不小的资金哪。

机会是创造出来的，办法是人想出来的。

刚来村里不久，滕卓就在村里的文件资料中发现一份爱心企业和贫困村结对子帮扶的名单，其中北海爱维尔铸业股份有限公司几个字跳入他的眼帘。对呀，集大家之力才会汇成力量的海洋，才能解决大问题呀。他马上和村书记、村主任上门去拜访爱维尔铸业股份有限公司。

公司的梁云方董事长接待了他们。

梁董事长中等身材，眉宇间有一股干练和豪爽之气，但对他们的到来还是存有一丝疑虑，以为他们只是要几个钱过日子呢。滕卓观察到了这一点，整个谈话中没有一个字提到钱，只是谈了自己任第一书记后的一些打算，并热情邀请梁董事长到村里做客。

来而不往非礼也，梁董事长也想看看这位滕书记的话里有几分真。

2018年7月1日正是党的生日，村里搞活动邀请梁董事长参加。梁董事长带着一班人和米面油等慰问品来村里走访。通过走访党员、群众并亲身体验，梁董事长看到了村里的实际困难，也看到了这里的人们在第一书记带领下不等不靠、顽强奋斗的精神。临走时，他只轻轻说了句：我会尽我所能帮助你们的！

这位转业军人，经过部队的洗礼，对党对人民有着一份责任和担当。他一定要帮助杨运村脱贫，但他深感自己的企业能力有限，就把自己的想法向企业所在的营口市物流协会领导汇报。会长闫春曾援疆十年，看过并帮助过贫困地区的人们，当即表示，一定帮助杨运村做点实事！

2018年11月份的一天，梁董事长会同闫会长来到村里。他们没有听汇报，而是在村里转起来没完，又和村民聊了起来，对村里的情况有了一个大致的了解，就问滕卓书记，你们有什么困难就直说吧，我帮你们解决。掷地有声的话语，一时温暖了在场人的心，看来在精准扶贫的路上有一支强大的队伍，有一群充满爱心和力量的人。滕卓没再犹豫，就把想打几眼深井的考虑说了出来。闫会长说，这里是烈士战斗并洒下鲜血的地方，我们不能让这里的百姓连水都吃不上，我回去发动会员单位，多打几口井！

不多时日，32万元打井资金得到了落实。10口深水井终于可以开工了！

2019年4月9日是个让村民高兴的日子，几台打井机开进了村里，轰轰隆隆地干起来了。终于打出了清冽甘甜的地下水！

这10口深水井分布在全村12个居民组，每口井能解决浇灌300亩地和周围居民饮用水，看着汩汩涌出的水，乡亲们奔走相告：我们再也不怕干旱了，这真是我们的"保命井"啊！

既然是件好事，就要把它办好。

滕卓和两委班子研究，定了一整套管理办法，使每口井都有专人管理，使用覆盖到角角落落的每一户，不落下一个人。

但还是不断出现新情况新问题。

位于松树底的第七居民组的这口井由于距离变压器远，电压低无法带动水泵，抽不上来水。无奈，滕卓找到市电业局说明情况寻求帮助。他挨个领导反映，他的诚心和这种为民精神感动了电业局领导，他们研究后决定破例利用农网改造资金解决这个问题，顺势把村里的老化线路一并改造。滕卓想一定要把这件事盯紧，使之尽快变为现实！

这件事近期就会有结果。

## 日记之三

**2018年8月20日　阵雨**

　　这已经是去傅成祖家研究建村部占他家一块地的事了，傅成祖的老伴儿还是比较通情达理的，可傅成祖咬定这块地值1万元，别人给5万都没卖，村里白用肯定不行。我就反复做工作讲建村部是全村的大事，全村人都应该出力，再说建村部的资金还有缺口，到哪里弄钱买他的地呢？最后，我忽然想到，这户人家爱干净，在村里是出了名的，连农具都摆放得整整齐齐。我就从这方面入手，和他说：村部前面是一个文化广场，可以把你家后院和广场连上，弄得干干净净，然后再修一条排水渠，这样你家后院下雨就再也不积水了。这些话果然打动了他，他犹豫着说再考虑考虑，看来做通思想有希望。

　　外面还在下雨，太晚了，脸都懒得洗，明天还有不少事，睡了……

　　杨运村是辽南重要的苹果、李子、葡萄产地，并逐步形成了集水果种植、仓储、营销、运输的水果经济产业链。对于粗具规模的水果种植基地来说，水果的制冷仓储是非常重要的一环。经过调查研究，滕卓了解到村里有仓储冷库的专业户，而且经营近十年了，和各省的水果商都有联系。利用好这一优势一定会收到效果，为集体经济注入活力和生机。如果村集体投资建一座冷库，和本村的冷库专业户合作应该是没有风险的。建冷库的同时应该一并考虑村部建设，现在的村部已经十几年了，房子漏雨，会议室是后接的彩钢房，根本不符合新农村基层组织办公用房的要求，村部改造也需要资金。

滕卓想，我们来到这里就是解决困难的，没有困难要我们第一书记做什么！

他上下奔走，想尽一切办法，终于使两项资金有了着落。经和两委班子研究，决定把冷库和村部建在一起，一楼是水果仓储冷库，二楼是村两委办公用房及医务室、妇女儿童活动中心。地点选好后，经过丈量，村部前面的文化广场有一块地方要占用傅成祖家的果园。农民视土地如生命，何况傅成祖性格又是认准一条道十头牛都拉不回。

可这思想工作又必须做通。

了解情况后，滕卓带领驻村工作队的同志反复上门做工作。第一次上门，傅成祖说工地的灰尘把他家弄脏了。滕卓二话不说，拿起笤帚就打扫起来。第二次去，傅成祖说村里用了他的地，他的后院就小了。滕卓解释道，你的后院连着村文化广场不是小了，是变大了呀！你看着心里多透亮。第三次去，傅成祖说村部的地势高，下雨都流到他家院子里。滕卓就当场拍板，在他家院子和广场中间修一条排水渠，解决这个问题。第四次上门，傅成祖提出来，修了排水渠就把他家的后院和村部及广场隔开了，出入不方便，他可以让出自家的地，但村里要负责在水渠上他家的位置建一座小桥。滕卓爽快地答应了，并说一定把这座桥建得又实用又漂亮。

如果你现在去杨运村到傅成祖家做客，一定会看到在葱茏的李子树掩映下一座水泥桥架在水渠之上，这座桥被当地群众称为"连心桥"。

滕卓和两委班子立即投入紧张的施工中。

2018年7月开始招标，8月开工建设，10月中旬竣工。这座现代化的建筑拔地而起，成为杨运村的地标之一。

楼下是600平方米的6个冷库，楼上是120平方米的社区服务中心、80平方米村医务室、40平方米示范村警务室及村两委班子办公用房。他还筹措了40万元资金建成了1400平方米的文化广场和周边153米长的标准排水渠。

每当傍晚时分，夕阳西下，广场上有的在打篮球，有的在散步，有的聚在一起跳广场舞。这里充满了欢声笑语，有一种和谐的新农村之美！

## 日记之四

**2019年7月23日　阴，下了一场小雨**

今天贫困户孙广本来找我，说他在危房改造中新盖的房子出现下沉现象。要我去看看。我去看了，有轻微的下沉现象，要找施工方来研究一下。好事办好，真正体现党的扶贫政策的优越性！

对贫困群众来说，对现有的危房进行改造最能直接体现党的温暖，让困难群众直接受益，是精准扶贫的有效措施之一。

杨运村在这项工作中任务繁重、责任重大。全村有D级危房需要重建新房的17户，C级危房需要进行改造的8户，共25户，占全镇危房改造任务的一半以上。

要想完成好这项任务，困难是非常大的。首先，危房改造要赢得贫困户的支持，他们要与政府签危房改造协议，这是牵涉群众切身利益的大事。滕卓等一班人在工作中慎之又慎，本着稳妥扎实的原则向前平稳推进。

但是小家的利益和大家的利益相融合时还是会有一些摩擦。

贫困户孙广本家户口上是3口人，按照有关规定只能给他盖60平方米的新房。可是孙广本的儿女在外地居住，有时要回来照顾父母，最多时9口人，60平方米是有些狭小。滕卓等多次去他家做工作，说明政策规定，可孙广本怎么也不答应盖60平方米的新房。眼看危房改造工期在即，怎么办？滕卓想到了孙广本的子女，把他的子女都找回来开个会，或许会做通孙广本的工作。可他的孩子们有的做生意，有的身体不好，一直聚不齐。

孙广本看到村干部这么用心，也深受感动，主动要求签协议放弃这次危房改造的机会。协议虽然签了，滕卓书记并未因此获得轻松，反倒觉得心底压着一块石头。

党派驻村干部就是要帮助困难群众彻底脱贫，不管群众如何想法都要让他们彻底摆脱贫困。尽管危房改造中其他危房都已经竣工，滕卓仍没有放弃，他专门找了一个雨天来到孙广本家，只见外面下大雨屋里下小雨，有的地方已经往下掉土，非常危险。他对孙广本说，你的房子真的不能再住了，太危险！如果你只差面积这一个问题，那么我可以答应你，给你建75平方米，钱不够，我们村干部从工资补贴里拿钱补上。

回到村部，滕卓带头把钱包里仅有的500元钱拿出来，并对大家说，贫困户危房改造一户也不能少，孙广本家情况特殊，他的新房必须建，还差15000元，我们想办法给补上。在他的带动下很快凑够了建房款，孙广本家的新房终于动工了。

危房改造的又一个困难就是资金问题。国家给的政策是让危房改造户自己先期垫付建房款，验收合格后再下拨款项。这25户危房改造先期垫付需要80万元，全靠个人解决很困难，村里也没有这笔钱。

正在滕卓等人一筹莫展时，鲅鱼圈爱心团队伸出了援助之手。

这是一支由鲅鱼圈社会爱心人士组成的团队，他们已经为许多困难家庭送去温暖，解决困难，在社会上有着良好的声誉。滕卓当即和这支团队的负责人联系上，并进行了接洽，该负责人表示回去向大家说明情况，争取大家的支持。

大家齐心协力凑足了先期垫付的80万元，并表示后期缺资金他们还要兜底。这17户新房如期开工，而且施工队都是爱心团队找的，质量绝对有保障。

一座又一座宽敞明亮的新房建起来了，贫困户战胜困难向往美好生活的信心也建立起来了！

因为有了鲅鱼圈爱心团队的"先期垫付，后期兜底"，危房改造这项任务圆满地完成了。这些贫困户逢人就说共产党好，逢人就夸驻村干部办实事。

82岁的贫困户张兴川老两口无儿无女，他们原有的两间房低矮潮湿，屋里终日黑乎乎的。当滕卓到他家做工作时，他不相信还有这样的好事，当即表示同意。在建新房时老两口没地方住，村里研究旧房子先不拆，建好新房子再拆旧房子。这样老两口生活不受建房的影响。原来的老房子地势低洼，下雨天经常积水，这次建新房，把地址选在老房子前面地势高处。

当一座漂亮的新房矗立起来时，张兴川摸摸这摸摸那乐得合不拢嘴，直说有生之年还能住上这么好的房子是托共产党的福哇！

他真的把滕卓等驻村干部当成了亲人。

滕卓每次走过他家门前，他只要是在外面看见了必定往屋里让，有一次还掏钱买回来一瓶矿泉水给滕书记喝。这一瓶矿泉水在别人那里可能不算什么，但老人从来没为自己买过一次。滕卓感动得差点落泪。

…………

著名作家托尔斯泰说过，一切利己的生活，都是非理性的，动物的生活。人生的价值，并不是用时间，而是用深度去衡量的。

共产主义战士雷锋说过，我愿做高山岩石之松，不做湖岸河旁之柳，我愿在暴风雨中艰苦的斗争中锻炼自己，不愿在平平静静的日子里度过自己的一生。

驻村干部在用自己的努力和付出，完成着一项宏伟的事业和自己不平凡的人生。

此刻，我手边这一行行的日记，多像窗外的雨，注入大地润物无声。这一行行的日记，记载着滕卓这名普通的驻村第一书记在杨运村这个扶贫的舞台上，如何一点一点树立起党的形象、扶贫干部的形象。

这驻村扶贫日记是写在杨运村百姓心上的！

# 月染春水
## ——记营口大石桥市铜匠峪村第一书记孙涛

常 君

## 引 子

放眼望去,四周皆是生机盎然的山林,鸟儿在青枝绿叶间啁啾鸣叫,一条清澈见底的小河从东向西潺潺流淌,牛羊在绿茵茵的河滩上悠闲地吃草,河边,三三两两的妇女在洗着衣服,好一幅岁月静好的春日美景图!2018年5月,地处大山深处的铜匠峪用满眼的春色迎接着孙涛的到来。

孙涛在辽宁广播电视台乡村广播新闻部担任监制,每日生活在钢筋水泥森林中的她早就向往这种世外桃源。所以听说台里要下派干部便请缨,到地处营口东部的大石桥市建一镇铜匠峪村担任驻村第一书记。踏上这片土地,她便深深喜欢上了这里。

铜匠峪的青山绿水留给孙涛的只是第一印象。在随后的走访中她了解了铜匠峪的自然条件。铜匠峪村是由铜匠峪、闫家村、夹山、六块地4个自然村屯组成的,居住比较分散,大都坐落在山坳之中,四面环山,地形以山地为主,是典型的山区农村,土地贫瘠,村里80%的土地是山坡地,加之地理偏远,交通不便,致使农业发展动力明显不足。驻村之初,孙涛向村两委班子成员打听铜匠峪的基本情况,得到的回答却是,以后你就知道了。言语中明显带着敷衍。孙涛不灰心不气馁,她给爱车加足了油,驱车开始了"大走访"。居住在山沟深处的人家进不去车,她便下车徒步前行。那些天,她的脸晒黑了,嗓子也哑了。然而,要想赢得村两委班子和村民的信赖与支持谈何容易,甚至有村民开门见山地问孙涛带钱来了没有。在村民看来,驻村书记不带资金过来,什么问题也解决不了。在巨大的压力面前,孙涛没有放弃。她逐一到党员、贫困户、村民代表等家中问收入、问困难、问发展建议,收集了100多条意见建议,了解了村两委班子、村集体经济、村民收入等情况。通过一个多月的大走访,孙涛摸清了铜匠峪村的基本概况。铜匠峪现有756户、2724人,党员154人,全村贫困户多达96户。由于自然条件的原因,村里耕地少,产业结构单一,农业发展动力不足,人均收入低,村集体经济更是空空如也。

收集来的问题,触目惊心地摆在了孙涛的面前。作为驻村第一书记,她该怎么办?

## 着眼于夯实组织、建强队伍

驻村伊始,孙涛发现铜匠峪村党组织队伍建设弱、民主治理虚、党建制度不规范,部分党员"群众化"现象严重。经过深思熟虑后,孙涛决定以问题为导向,通过"抓隐患排查,解决信访稳定;抓帮助扶持,解决思想认识;抓队伍整顿,解决组织建设;抓制度规范,解决管理混乱"的"四抓四解"措施对党员干部和村党组织进行整顿提升。孙涛严格落实"三会一课""四议一审两公开"等制度,并完善党务村务相关制度16个,下力气开展"品牌堡垒"党建阵地创建。通过一系列党建提升工作的"组合拳",党员队伍作风明显转变,村党组织的凝聚力、号召力和战斗力明显提升。

## 着眼于集体创收、农民脱贫

2018年中央农村工作会议指出，农业强不强、农村美不美、农民富不富，决定着亿万农民的获得感和幸福感，决定着全面小康社会的成色和社会主义现代化的质量。而发展壮大村级集体经济是强农业、美农村、富农民的重要举措，是实现乡村振兴的必由之路，也是引领农民实现共同富裕的重要途径。只有走集体化发展道路，大力发展村级集体经济，才能把外出的村民吸引回来，才能把群众重新组织起来，培养一支职业化专业化的新时代农民队伍。驻村后，孙涛抓住机遇，注册了村集体经济服务社，将果蔬种植产业申报为营口市"孵化池"项目，采取"村集体+合作社+贫困户"模式发展大棚蔬菜种植。2018年9月，村集体利用扶贫专项资金加上壮大村集体经济孵化池资金，将果蔬扶贫基地全部建设完成。3000延长米的27栋冷棚和1栋暖棚林立在沃野上，与之配套的恒温库、看护房、灌溉机井、作业路也是应有尽有，井井有条。当年年底，大棚产值约13万元，纯收入6万元，村委会提取20%作为公益积金外，全镇96户贫困户每户获得500元分红。2018年实现整村脱贫。

因为工作性质的原因，一直以来孙涛对党的"三农"工作以及政策传播、信息播报格外关注。铜匠峪村属于典型的山区，山坡地占耕地面积80%，农民沿袭以往的经验，大部分人家种植玉米，因为土地贫瘠加上近两年的干旱，玉米产量大大减少，甚至是"好地得三分，孬地当柴烧"。了解到这种情况后，孙涛决定着眼于结构调整、产业升级。那些天，孙涛茶不思饭不想，整天琢磨这件事。有一天她在网上看见丹东农村有人利用蓖麻养蚕，经济效益十分可观。孙涛赶紧在网上搜索了一番，对蓖麻的习性进行了进一步细致的了解。首先，蓖麻的适应性很强，各种土质均可种植，可利用沟边路旁、房前屋后的空隙地零星种植；也可利用荒山荒坡成片种植，耐贫瘠和耐干旱，生存能力强。蓖麻的抗病虫能力非常强，存活率非常高，种植成本也非常低，而现在市场上的蓖麻价格则是越来越高，价格十分可观。蓖麻种子可榨油，为化工、冶金、机电、纺织、印刷、染料等工业和医药的重要原料。进入20世纪后，由于近代工业需要大量高级润滑油，蓖麻生产才迅速发展，市场非常广阔，现在越来越多的人种植蓖麻，靠种植蓖麻来发家致富。让孙涛兴奋的还有蓖麻叶子。铜匠峪村民历来有利用山上的柞树叶子养蚕的历史，把蚕放养在山上的柞树上，天敌和灾害难以预测，山高陡峭，十分辛苦，没有一定的体力很难胜任。而蓖麻养蚕就不一样了，把蓖麻下端发出来的嫩叶子掰下来，拿到家喂给蚕宝宝吃就可以，体弱的老人都能胜任。为了获得更确切翔实的信息和技术，孙涛去了丹东和山东农科院等地进行多方考察。考察的结果令孙涛欣喜若狂。铜匠峪的土质非常适合蓖麻的种植，温度也很适合蚕宝宝的生存。回到村里后，孙涛及时把这一信息对广大村民进行了汇报。没想到的是，对这一新生事物，村民大多持谨慎的观望态度。孙涛没有灰心，决定自掏腰包带头试种。她大胆引进蓖麻种植养蚕项目，并与公司签订了回收合同。回来后又为愿意试种的村民免费发放蓖麻种子，请技术员免费指导。那些天，她和村民一样，戴着口罩围着头巾在地里摸爬滚打，不走近根本看不出来是来自城市的她。功夫不负有心人，150亩蓖麻全部破土，长势喜人。每天到村里后，孙涛第一时间都要到蓖麻地看看。密密麻麻的蓖麻，一眼望不到边。在风中摇曳的叶片像宽大的手掌，热烈欢迎她的到来。她站在地边，就像检阅着手下的千军万马。她决定明年扩大种植规模，并联系了省城一家颇有经济实力的企业投资蓖麻榨油厂，项目运营后将实现经济效益和生态效益双丰收。而且，她引进的蚕宝宝也在铜匠峪村安家落户了。她悉心调整蚕室的温度和湿度，蚕宝宝在蚕室内茁壮成长。走进蚕室，蚕宝宝咀嚼蓖麻叶子的沙沙声，像细密的春雨拂过大地。

孙涛常说的一句话是，如果你把自己当成了村里的一分子，你把村民的事当成你自己的事，急村民之所急，想村民之所想，就没有办不成的事。一些村民没经过市场调查，盲目种植了中药材，造成积压。孙涛得知后，与自己的"娘家"辽宁广播电视台联系，在农业节目播出销售信息，帮助21户贫困户销售积压的3000余公斤黄芪、藁本等中草药。村民拿着来之不易的钞票，粗糙的大手握着孙涛的手，一个劲地说谢谢。

村民闫增春几年前因患上脑血栓留下了后遗症，走路一瘸一拐的，得拄根棍子才行，老伴常年瘫痪在床，还有精神疾病。原本靠儿子生活，谁知儿子被查出肝硬化腹水，这对于原本贫困的家庭无异于雪上加霜。孙涛去他家走访，看见闫增春的儿子肚子鼓胀地躺在炕上，虚弱得说不出话来，闫增春整天愁得唉声叹气。孙涛带头捐款，又在第一时间通过电视台向社会求助，接着又通过微信水滴筹号召募捐。短短的两天，就筹集了3万多元。闫增春的儿子及时去医院进行了手术。得知手术非常成功，孙涛露出了欣慰的笑容。

2018年6月下旬，村中树宇果蔬合作社种植了100亩反季节优质大白菜，丰产达近50万公斤，一棵棵胖娃娃似的，看着就让人喜欢。但却遇到了销售难题，天气一天比一天热，如果不及时销售出去，就会烂在地里。孙涛看在眼里，急在心上。她连夜乘坐火车赶回沈阳，顾不上回家看望年迈的老母亲，直奔辽宁广播电视台。来到台里后，她编发了销售信息，并监制在乡村广播《金农热线》《致富大篷车》两档节目上播出。7月的酷暑中，孙涛奔走外地，联系厂商，最终联系到鞍山一家酸菜加工厂，厂家让她带几棵白菜过去。当时已是傍晚时分，她带上五棵大白菜，驱车直奔鞍山。到达鞍山时天已经黑透了，她辗转找到厂家，厂家见大白菜质量不错，当场决定全部收购。孙涛欣喜若狂，回程中，她开心地哼起了歌。

红旗岭小学坐落在村委会的后面，孙涛走进校园，心里就像被针扎了一下。木质的篮球架子，东倒西歪的。坑坑洼洼的操场，积着一汪汪雨水。走进教室一看，更是不忍目睹。斑驳的墙面，墙皮大多脱落下来，有的地方已经发霉发黑。孙涛见了险些掉下泪来。都说孩子是宝贝，城里的孩子是宝贝，农村的孩子难道就不是宝贝了吗？城里的宝贝在宽敞明亮的教室里读书，而我们的宝贝却是在这种环境下学习！孙涛联系了方林集团和新百伦以及辽台青少频道，共出资16万元，对破旧不堪的校舍进行了重新修缮。看着孩子们在平坦的操场上跑步跳跃，脸上洋溢着花朵一般绽放的笑容，孙涛的心里很是欣慰。村小学现有学生54名，大多家庭困难，随时面临辍学危机。为了能使孩子们顺利完成学业，孙涛联系了沈阳的公益组织"云益青少年服务发展中心"，他们资助了7名贫困学生，直至大学毕业。孙涛还发挥自身优势，发动辽宁广播电视台的团员青年为孩子们献爱心，捐文具和体育用品，并通过多档电视节目向社会呼吁帮助开展结对共建活动。

铜匠峪村一直饮用地表水，村民饮用水安全问题更是孙涛的牵挂。孙涛数次协调省市县相关部门研究解决思路。经过不懈努力，协调有关部门为村民打了两眼深水井，自此村民喝上了安全健康的饮用水。

## 着眼于特色发展、文化兴村

孙涛通过调研发现，铜匠峪村共有妇女1200多人，富余劳动力多，如何才能找到一条脱贫致富的好路子，让留守妇女在家门口实现就业，是摆在她面前的又一难题。经过调研考察，孙涛发现满绣工艺具备上手迅速、场所多样、时间机动的特点，是一个带领农村妇女脱贫致富的好项目。

有着"中国清朝皇族刺绣"之称的满绣，曾被作为绣制帝王龙锦、宫廷文武官袍的"专利"，始于1683年，距今已有300多年历史，在清代不仅属于民间，也是一种皇家文化的象征，更是身份和地位的彰显品。如今满绣已经成为非物质文化遗产。满绣第四代传人杨晓桐打破非遗绝技传内不传外的传统，在全省贫困和经济落后山区推行盛京满绣扶贫车间，公开招徒，已经培训1500多人。孙涛得知这一消息后,第一时间联系到了杨晓桐,希望能够把"满绣扶贫车间"项目引入村里,带动村上的妇女实现在家门口就业。杨晓桐欣然同意。最终确定了先培训、后签约、订单式、有保障的合作模式。

但是,接下来,孙涛又遇到了难题。对于"一穷二白"的村集体经济来说,建设一个扶贫车间,困难重重。孙涛四处求助,最终在各级政府和扶贫单位的大力支持下,一个宽敞明亮的"满绣扶贫车间"正式落成。为了能让姐妹们在扶贫车间安心绣花,孙涛又四方筹集资金,为车间安上了暖气和锅炉,并安装了热水器和开水炉,使得姐妹们即便在寒冷的冬天也能用温水洗上手,更能及时喝上热气腾腾的开水。

要想掌握这门绝技,最快也得学半个月左右。农村妇女散漫惯了,能不能静下心来,坐得住,是个大问题。为了让村里姐妹们充分了解满绣,走进"扶贫车间"学习刺绣技法,孙涛和村妇联主席班殊华挨家挨户动员,苦口婆心给妇女谈未来,讲收益。那段时间,只要一听到哪家小卖部聚集的妇女多,孙涛便跳上车直奔那里。她掐着指头给妇女算一笔账。绣一幅满绣作品,可收入480元,一个月绣3个作品可收入1500元左右,一年累计收入2万元。这对于一个农村家庭来说是一笔不小的收入。孙涛还专程驱车去了营口。在营口市妇联的大力支持下,"盛京满绣"走进了营口市博物馆。孙涛组织全村妇女到了营口。一场"锦绣乡村——盛京满绣营口扶贫车间作品展"让村里的妇女亲身感受到了皇家刺绣的魅力。震撼之余,她们窃窃私语。孙涛及时给她们鼓劲,畅想着在不久的将来,这些巧夺天工的刺绣作品,也能通过她们的巧手展现在世人面前。

2018年10月1日,第一批40名学员坐在了宽敞明亮的车间中。2019年1月7日,营口市妇联在"满绣扶贫车间"挂牌成立了"巾帼学堂",这里成了妇女学习刺绣技法、传统文化,传承非遗的场所。

走进"满绣扶贫车间",映入眼帘的是一台台绣花绷架,妇女们聚精会神,一双双巧手在绷架上下飞动如蝶。孙涛介绍说,这批"海水江崖纹"绣品将销往宝岛台湾。独具皇家气质的刺绣纹样，色彩斑斓，栩栩如生，让人感受到了浓郁典雅的传统文化氛围，令人肃然起敬。

47岁的刁亚妮是"满绣扶贫车间"的第一批学员。生活的压力和经济的窘迫导致刁亚妮常年心境低落，整天闷闷不乐。在孙涛的开导和鼓励下，她走出了家门，来到"扶贫车间"成为一名绣娘。在与姐妹交流和探讨技法的过程中，她变得爱说爱笑起来，努力学习钻研技法。2019年3月，她人生中的第一幅满绣作品完成了。望着自己一针一线绣出来的作品，她自豪地笑了。

学刺绣需要细心，更需要耐心。42岁的矫海华也是第一批来到"扶贫车间"的学员，由于耐不住性子中途放弃了。孙涛看到了她在刺绣方面的潜力，多次上门到她家里动员，不厌其烦地劝说，最终矫海华重新回到了车间。她还教会了自己的姐姐，姐俩一起比着拈针引线，成了车间里的一对姐妹花。

大石桥职业中专的教室里座无虚席，学生们安静地听着一个农家妇女模样的人讲着满绣的技法。她就是"满绣扶贫车间"的负责人刘红。她原是一名没有工作的普通农村家庭妇女，加入"盛京满绣扶贫孵化车间"后，通过努力钻研，不仅成为村里满绣技术带头人，还成为职业中专的一名老师，定期到职业中专任教，将自己掌握的技能传授给学生。

有了一技之长，村里的姐妹们变得更加自信。"扶贫车间"不仅给她们带来了经济收入，更让她们实现了人生价值，得到心灵的净化和提升。

孙涛说，满绣技法已经成为一项技术工种，继续深入学习，明年她就可以带着村里的姐妹参加专业考级，承揽经济价值更高的绣品订单，真正实现用一双巧手来养家的梦想。她还争取把满绣车间打造成民宿的一部分，把文化和旅游相结合，设计出有铜匠峪地域特色的图案，把村里种的中草药绣到作品里去，让更多的人认识和了解铜匠峪。

## 尾　声

　　转眼，孙涛在铜匠峪驻村已经一年多了，她把铜匠峪当成了自己的家。挂在她嘴边最多的一个词就是"咱村"。村民也把她当成了村里的闺女，亲切地称她为"最可爱的女书记"。2019年孙涛被授予辽宁省"三八红旗手"称号。

　　年逾古稀的老母亲一个人住在沈阳，每逢周六周日，孙涛都会赶回去照顾母亲。为了不牵扯精力，更利于开展村里的工作，她决定在村里租个民居，把老母亲接过来照顾。

　　如今走进铜匠峪村，村路两旁的紫红色景观蓖麻列队夹道欢迎，大棚里的木耳菌棒排列整齐，一望无际的蓖麻地郁郁葱葱。

　　孙涛有个好听的微信名字，叫"月染春水"。的确，她就像一轮明月，以她皎洁的清辉，盈盈地浸染着铜匠峪的山山水水……

## 脱贫致富百年梦　青春热血谱诗篇
——记阜新市阜新蒙古族自治县扎兰波罗村第一书记钱妡

赵　颖

>　　崇高的理想，是一个人心中的太阳，它能照亮生活中的每一步路。
>
>　　　　　　　　　　　　　　　　　　　——雨　果

在色彩斑斓的中国地图上，人们很难找到阜新蒙古族自治县这个弹丸之地。可是当你将目光对准渤海之滨的医巫闾山时，就会看到坐落在医巫闾山脚下的蒙古贞山脉和牛羊，看到位于阜蒙县西北的于寺镇扎兰波罗村，看到一条蜿蜒绵长宽敞明亮的村路在山峦沟壑中向远方延伸。路两旁栽种着整齐漂亮的金叶榆，翠绿的枝干长着金黄色叶片，像两排火树银花为村路快乐地欢呼和盛开。这条崭新的村路是扎兰波罗村人祖祖辈辈的梦想，如今终于像一条金丝带飘进了村庄，在村民的脚下红地毯般地铺开，在村民的心中梦幻般地缠绕。这条路就是扎兰波罗村驻村第一书记，辽宁省人社厅副处长钱妡为村民修的致富路，被扎兰波罗村村民亲切地称为钱妡路，被钱妡称为民心路。扎兰波罗村村民就是沿着这条路走出过去的落后和贫穷，走向充满希望的今天和未来。

## 百年梦幻　一朝实现

路，是行走的交通设施，更是一个地区一个国家的神经中枢和血液动脉。改革开放后的中国，无论城市还是乡村，从土路变公路，从柏油路到高速路，从火车到高铁，神经中枢提速，建设步伐腾飞，一个崛起的中国正在向世界现代化强国之列迈进。

可是对于生活在阜蒙县于寺镇扎兰波罗村的村民来说，山还是那座山，沟还是那道沟，路仍然是祖祖辈辈走过的泥泞路。这里丘陵起伏，土地瘠薄，十年九旱。村民的一句顺口溜形容说，扎兰波罗石头多，到处山沟到处坡。而扎兰波罗本是一个风水宝地的名称，蒙古语美丽的泉水之意。村里果然在敖哈达和新华的南山发现两处矿泉水源。改革开放几十年，富裕地区的乡村百姓已盖起了自家小楼，可扎兰波罗村村民虽然实现了温饱，却因这里山路弯弯，沟壑条条，满坡石头，一到雨季，山洪从崖上流进村庄，唯一通往镇上的土路便被泡在了水里，村民出不去，接孩子上学的校车进不来，扎兰波罗村发展的脚步便被阻隔在大山中。要致富，先修路，可望着阻挡在眼前的水泡子烂泥塘，扎兰波罗村村民的致富路在哪里？看到外面的精彩世界，全村1000多人多么希望有一双巨手搬走村前的烂泥塘，多么希望有一个巨人降临到扎兰波罗村，带领村民修起一条平坦的村路，连接山外的致富路。这是几代村民的苦苦梦想，是扎兰波罗村人的百年希望。

斗转星移，几年大旱的扎兰波罗村迎来了2018年的曙光，这一年的春天来得特别早，阳春三月，早已冰雪消融，喜鹊登枝，春光无限。突然，一位年轻的姑娘出现在村中，她，窈窕的身材，美丽的面庞，笑起来阳光明媚，像有一圈圈金灿灿的光环随着她的笑容荡漾开来。这是谁家来的客人哪？村民像看一位仙女般地瞪大眼睛观望，却见这位仙女奔着自家来了，进门就叫声大爷大妈，我叫钱妡，是组织上派到扎兰波罗村的第一书记。今后我就是你们的闺女，你们有困难有啥事就对闺女说。钱书记一到村上，就开始家家户户走访，对百家贫困户深入调研。走访老党员，建立党员微信群，决心带领扎兰波罗村村民脱贫致富。

村民们顿时目瞪口呆了，听说来的是驻村干部，满脸惊喜却又有些失望。惊喜的是这个小姑娘开朗亲切像走亲戚似的，与村民一点也不见外，是个认真做事的好干部。失望的是，几十年来，扎兰波罗村多任村干部和上级领导都要为村民修路，打报告，跑省市，求关系，付出不少心血和力气，却没能请来资金，修路的事只能泡汤。现在将一个大城市的小姑娘派到这连村路都没有的山沟里，除了受罪还能干啥？是呀！钱妤来扎兰波罗村的第一天，由于地表开化，道路泥泞，她的车开不进村里，只好放在村口。

村干部和村民就将扎兰波罗村修路的难题一股脑地向钱妤道来，那语气既有急风暴雨式的为难，也有摇头叹息的无奈。钱妤默默地倾听，认真地点头，轻轻地微笑，一一记在本上。特别是有17处因山水倾泻而沉积成泥塘的过水路面，她记得更加详细。

村民不解，这么大的难题砸向这个小姑娘，钱妤的脸上却没有一丝惧色，一直微笑。

可回到住处，钱妤夜不能寐，将厚厚的笔记材料看了又看，记了又记，连夜写出一份为阜蒙县于寺镇扎兰波罗村立项修路的请示报告。曙光初绽，钱妤带着扎兰波罗村1000多村民的希望，驱车驶出于寺镇，奔跑在沈阜高速公路上。

激情在胸中澎湃，热血在身心沸腾。巴金老人曾鼓励青年人说，青春在人的一生中只有一次。青春是有限的，而智慧是无穷的。你们要用短暂的青春去学习无穷的智慧。向省城一路疾驶的钱妤，回味着巴金老人的至理名言，信心倍增，不由得加快了车速。她一定要用自己的青春热血和智慧为扎兰波罗村修起一条金光大道，要让扎兰波罗村村民走出大山，与外面精彩的世界相连，要为几代扎兰波罗人圆梦。此时的钱妡，重任在肩，使命庄严，身负扎兰波罗村村民的百年梦想，更像背负一座沉重的大山。因为她深知这不是一件容易的事情。前辈的努力，并不是他们没有敬业，而是全省得有多少远山中的村落等待修路哇！这份请示报告得上报多少个主管部门，历经多少道审批手续！这时，她想起愚公移山的故事，为了扎兰波罗村民祖祖辈辈期盼的目光，纵有千难万难，她也一定要迎难而上感动神仙。

勇气和毅力可以征服世界上任何一座高峰。钱妡以她年轻的步伐，雷厉风行的作风，对土地和人民的深厚感情，跑遍了所有审批部门，同时在省人社厅"一人驻村，全厅帮扶"的大力支持下，终于以只争朝夕的精神，赢得了省交通厅为扎兰波罗村立项修路的批示。

然而，前途光明，道路曲折。省交通厅批示的修路经费是路面硬化建设资金，每公里26万元。实际施工每公里需要37万元，每公里缺口11万元。路段的基础费用需要40万元，由村里自行解决。整个路段8.6公里，两面是山，中间是河道，山洪下来，河水来回穿梭，能冲倒大树，基础路基得用1—2米的石头铺垫。由此两项资金缺口达130多万元。这可怎么办哪？扎兰波罗村没有丝毫集体经济，不要说上百万元，1万元也得村干部自掏腰包。

这么大的压力又落到钱妡这位第一书记的肩头，她虽然是一个柔弱的女子，可在扎兰波罗村，她就是脊梁，是全村人的希望。钱妡又十几次与主管的县民宗委联系沟通，打报告，说明情况，倾注了所有心血和真情，终于得到县民宗部门和镇政府的大力支持。

2018年10月28日，是扎兰波罗村村民难忘的日子。在这个收获的季节，一条5米宽、8.6公里长的村路竣工。扎兰波罗村开天辟地，有了自己的村路，并成为全镇的样板路。全村570户人家，1760位村民节日般快乐和欢呼，敲锣打鼓地庆祝。人人喜笑颜开，家家喝酒庆贺。

宽敞的村路在残疾村民、69岁的老党员王国田家门前经过，王国田兴奋得睡不着觉，一次次夜里醒来，看见月光流水似的照着大地，将崭新的村路辉映得一片明亮。第二天，他和老伴儿看见刚刚竣工的路面还未凝固干透，就一连十几天守在村路上，截住车辆，让它们绕道而行。看见路边的哪棵树蔫了，就以自己残疾的身躯一趟趟担水浇灌。王国田逢人便说，年轻的钱书记为我们扎兰波罗村人圆了祖辈的梦想，我虽然残疾了半只胳膊，可我还有两条腿，我要永远看护着这条钱妡路，不忘党的恩情，不忘我是一名共产党员。

74岁的老党员卢忠感慨地说，想不到年纪轻轻的钱书记把路修成了，原以为这辈子守着烂泥塘看不见修路了，没想到光溜宽敞的村路就修在我家门前，明亮的路灯照亮了全村。我天天在路上溜达，瞅着道两旁齐齐整整花海似的树木，心里真是高兴。钱书记为我们扎兰波罗村百姓付出了一片真情，我们老百姓把她的好刻在心里，永远感谢她，感谢共产党给扎兰波罗村派来个好书记。

村民对年轻的钱书记充满了敬意和深情。一次钱书记在查看修路情况的时候，车掉进了沟里，怎么也开不出来。路过的村民看见是钱书记的车都停了下来，5位村民二话不说合力将车抬了出来，一位六七十岁的大姨也上前助力。他们开玩笑说，钱书记，你带领我们走致富路，我们天天给你抬车。以前看过赵本山演的小品《三鞭子》，没想到这样的事真就发生在钱妡身上。

## 第一书记，振兴乡村的头雁

志在顶峰的人，不会在半坡流连。修完村路，钱妡获得扎兰波罗村村民信任的目光和掌声，获得省市主管部门的肯定和赞誉。可钱妡没有为眼前的成绩沾沾自喜，她说，修好出行的路不是目的，筑起乡村的致富路才是理想和目标。她决心为扎兰波罗村谋发展致富的百年大计。

在深入考察和调研之后，钱妡与两委班子一道研究，最终确定了绿色果园、小米加工、林下养鸡3个项目作为扎兰波罗村脱贫攻坚的目标。并且说干就干，带领村民成立了扎兰波罗村集体合作社，制定了《扎兰波罗村集体合作社运行机制》，在保证参股农户按投资比例分红外，还保证建档立卡贫困户的稳定收入和就业，全体村民都可从中受益。

绿色果园是扎兰波罗村集体经济的第一个梦想。钱妡经过多方考察，根据扎兰波罗村的条件，将集体的300亩坡地改造成梯田，去朝阳羊山镇考察买回5000多棵果树苗。其中3000棵寒红梨，2500棵苹果，100棵锦绣海棠。这些果树一旦成熟结果，1亩地可产果3—4吨，这300亩果园就是扎兰波罗村的花果山，这5000多棵果树就是扎兰波罗村的摇钱树，年收入可达几十万元或上百万元，成为扎兰波罗村的支柱产业。当在金色的初秋与钱书记爬坡上梁地走进果园时，笔者看见一棵棵果树上已结出核桃大的青果。钱书记爱惜地查看每一棵果树，看它们是否缺水，是否遭了虫害。那份细心，像母亲爱护婴儿。同行的聂主任说，钱书记一向这么细心，包括村路两旁的几千棵观赏树，回到村上的第一件事就是查看树的存活质量。发现缺水或是虫害立即组织人力浇灌打药。目前，在钱书记的带领下，我们对所有栽种的树木已经进行了4次灭虫，这些树能长得这么好，全是钱书记的心血爱护。

扎兰波罗黄小米注册品牌商标成功走向市场。扎兰波罗村虽然地处大山沟壑中，但坡多地多，人均土地6.5亩。山坡地最适合种谷子。扎兰波罗村的小米粒大饱满香浓特别好吃，在辽西北也是出名的。可扎兰波罗村的小米为什么好吃？一定有它的特别之处。钱妡请来专业部门检测得知，扎兰波罗村地下蕴藏的优质矿泉水富含锶和偏硅酸等人体不可缺少的微量元素和矿物质。用这种矿泉水灌溉生长的小米含有大量的蛋白质维生素，以及人体所必需的钙磷铁等微量元素，具有滋阴养血健胃除湿益肾安神的功效。钱妡立即和村干部研究成立了扎兰波罗村小米加工厂，对原生态的小米除尘除沙深加工，请沈阳鲁迅美术学院的专家绘制包装图案，扎兰波罗黄小米品牌商标成功注册。同时建立了微商公众平台，使扎兰波罗黄小米在市场上有了知名度。自2018年10月小米加工厂开办以来，已售出扎兰波罗黄小米15吨，村办经济收获了第一桶金，有了破天荒的7万元收入。

林下养鸡场为集体经济增添羽翼。为了扩大集体财富，钱妘还与两委班子商议达成共识，购买2000只鸡苗，在一片树木环绕的山林处，办起了一座可视化林下溜达养鸡场。钱妘在手机上就能看到鸡场的情况。这是钱书记带领扎兰波罗村村民建立起来的又一项积累财富的集体经济。迎着炎炎的烈日，笔者随钱书记走进了养鸡场。养鸡场建在一片树木环绕的山坡上，树下杂草丛生，一群五颜六色的鸡正展开翅膀，在草坪上自由地嬉戏追逐起舞。钱书记爱惜地看着鸡群，对笔者介绍说，这个鸡场场地宽阔，杂草茂盛，鸡多食草虫蚂蚱自由生长，养的全是溜达鸡。现在母鸡正在生蛋，生的都是溜达蛋，营养丰富，天然绿色，每公斤鸡蛋可卖24元，并已将1000多只溜达大公鸡预约售出，那也是一笔可观的收入。鸡场管理好了，年收入能达10万元。

2018年11月，焦黄小米和溜达鸡蛋在阜新市首届第一书记工作成果展销会上展出，这是扎兰波罗村集体合作社和扎兰波罗村杂粮种植专业合作社新产品的首次亮相，其独具地方特色和文化气息的产品定位引发了众多与会者的关注，仅半年就销售20万元。

大江有水小河满，大江无水小河干。集体经济雄厚了，才有能力帮贫扶困。钱书记苦心开发一个个村办项目，就是要建立起雄厚的集体经济，在大灾大难面前，成为百姓的挪亚方舟。在脱贫攻坚的路上，带领村民共同致富。

"脱贫路上一个也不能少！"这是钱书记始终坚持的信念。为了减轻村上因病致贫家庭的经济负担，钱妘多次奔赴省城医疗机构，争取到大企业的支持，邀请了风湿免疫科、心内科、神经科等8个科室的专家入村为村民义诊，村民获赠价值10万元的常用药品和40万元的糖尿病生物制剂。钱妘为扎兰波罗村村民带来了真真切切的实惠，仅一年半，共争取项目、资金等折合1800多万元，举办义诊2次，争取药品捐助78万元，为镇中心敬老院捐赠了40万元的康复器材、日用品，捐建田间教室一间、音乐教室一间，新建妇女儿童之家一座。在省人社厅人才工作处的帮助下，她还将省里的专家下乡项目引进于寺镇，全镇11个行政村村民实现了共同受益。

夕阳西下，采访已接近尾声，笔者来到正在修建的村部现场，看见钱妡在向工地师傅说明她的设计草图，笔者不由得心头一惊，钱书记连建筑学都精通，这个而立之年的姑娘太让人刮目相看了。随行的初书记告诉笔者"原来的村部年久失修已是危房，一下雨更不敢进人了"。翻盖村部，健全组织，这是钱书记在扎兰波罗村土地上的又一个大手笔。其中的心血和筹措经费的艰难不言而喻。

## 胸怀万千情感　忠孝不能两全

高尔基说，幸福就在于创造新的生活。钱妡从小就是一个有梦想的姑娘。朴实的家庭、心地纯善的父母教育女儿长大要做一个对国家有用的人。她不辜负父母的希望，大学毕业后考取了省直公务员。超常的能力和敬业的精神使她工作出色，很快成长为省人社厅人事处副处长，并正在深造东北大学工商管理专业在读博士。繁华的省城，风光的工作，光明的前程，引来多少同龄人羡慕的目光啊！钱妡要在这个为全省人民服务的岗位上大展宏图。2018年年初，中国改革开放的步伐不仅在发达地区踏出一片辉煌，令国际瞩目，又扎扎实实地迈向了广阔的农村，建设美丽乡村，让8亿农民脱贫致富。这是落实十九大精神，实现中国梦的伟大战略。于是，全省各行各业的机关干部走出办公室，到贫困的乡村担任第一书记，承担起建设美丽乡村，帮农民脱贫致富的大任。

省人社厅更是冲锋在前，号召中层干部报名。钱妡是家里的独女，一直和年事已高的父母住在一起照顾他们的生活。父母哪舍得让她一个女孩子离家三年，到200公里之外的穷乡僻壤去受苦！可钱妡深知自己是厅里年轻的中层干部，共产党员，在组织需要的时候就应该挺身而出。钱妡背着父母毅然报名，并以她出众的才华和能力被组织批准到全省最贫困的辽西北阜蒙县于寺镇扎兰波罗村任第一书记。父亲母亲知道后，岂能放心！他们路途迢迢几经颠簸地从省城来到阜蒙县于寺镇，看到扎兰波罗村村民与女儿的鱼水深情，格外感动。深知女儿长大了，长成参天大树，成为国家的栋梁，不由得感谢党组织对女儿的培养，并为担任第一书记的女儿骄傲。

然而，远在深山的钱妡怎能不牵挂父母！可她更牵挂扎兰波罗村，牵挂扎兰波罗村的百家贫困户，牵挂扎兰波罗村的集体经济，牵挂扎兰波罗村的一草一木。2019年7月最热的几天，村路两旁新栽植的行道树遭受了病虫害，几天之内原本金灿灿的1000棵金叶榆枝枯叶落，树干冒出了白油。村民说，好不容易栽的树，可惜了，这是咋的啦？镇林业站也不明原因。一阵急火，树病了，钱书记也病了。但是钱书记不能倒下，她得给树看病！那几天最热，户外气温高达38℃，钱妡和村干部一棵棵查看、拍照、记录树木的灾情，驱车往返市里村里把专家接来现场指导，把拍下的照片发给省森防总站。最后，综合省市县三级专家意见得知，金叶榆得了一种病、害了两种虫。对症下药后，钱书记还要每天查看一遍，直到看见金叶榆再次发出新叶才放心。树的病好了，钱书记的病也好了。

钱妡是在省城长大的女孩，过去最害怕虫子，可担任第一书记就顾不了那么多了。乡村的旱厕要去得，恶犬要斗得，苍蝇要轰得，猪圈要进得。在农村，苦点累点不算什么，可对于独生子女来说，最难的是对家里6位老人的牵挂。一天，钱妡正在村里忙着建养鸡场时突然接到电话，母亲遇到了车祸。钱妡当时如五雷轰顶，差点跌倒。冷静下来后赶紧给同事打电话，让他们帮忙安排救治。钱妡安排完手上的工作后才坐汽车、换火车、打的士赶回省城医院。医生告诉她，母亲是脑创伤、颈椎戳伤，外加胸部骨折。母亲醒来后看到钱妡的第一句话是，闺女，我以为再也见不到你了。钱妡对母亲说：妈，不是我不孝顺，扎兰波罗村实在太偏远贫穷，他们真的很需要我。可是钱妡深知，自己的父母也真的老了，他们确实需要儿女的照顾。但忠孝不能两全，第二天早上，钱妡亲手给妈妈做了一碗粥，就返回了扎兰波罗村。告别母亲时，钱妡回头隔着病房的玻璃，看到妈妈的泪水流到了碗里。钱妡顿时也泪流满面，心里想着，妈妈，女儿欠您的太多，三年后，一定加倍补偿……

  此刻，笔者已眼含泪水，第一书记钱妡的故事感人至深，可歌可泣。人民日报、辽宁日报、辽宁广播电视台、阜新市各级媒体对钱妡的事迹都进行了宣传报道。钱妡还获得阜新市脱贫攻坚最美人物、阜新市巾帼建功标兵、辽宁"五一劳动奖章"、全国人社服务标兵等荣誉称号。采访结束，我的心异常激动。这个年轻漂亮的小姑娘在省城长大，根本没有农村工作经验，却把第一书记当得如此出色。是什么力量让她不惧艰辛、在一年半里披荆斩棘所向无敌？此时，我的耳边响起了李白的诗句："俱怀逸兴壮思飞，欲上青天揽明月。""古之立大事者，不惟有超世之才，亦必有坚忍不拔之志。"钱妡就是中国万千有志青年的代表。祝愿阜蒙县扎兰波罗村在钱书记的带领下，走向辉煌的明天。

# 鹊落谷川喜歌飞
——记阜新市阜新蒙古族自治县化石戈镇第一副书记刘廷喜

蓝 歌

> 如果能让老百姓把土地文章做足了，如果能把化石戈旱地小米这个品牌打出去，那我这三年就没白忙活！
> ——引刘廷喜心语代题记

## 引 子

喜鹊声声叫，好事要来到。暑热天气汗蒸一样，好不容易再次电话联系上刘廷喜，只听他在手机那头急三火四地跟我说："想把化石戈小米提升为全国知名的旱地文化遗产品牌，这些天国家和省市县农口的专家学者一拨接一拨地来，正在紧锣密鼓地考察调研呢！"我说不能等，无论如何得见面啦。也许是被逼无奈，他答应第二天上午10点一定相会在化石戈镇，今晚他要把农业部的专家礼貌地送回沈阳，明天坐高铁返回。

如约相见，这个四方大脸、浓眉大眼、风风火火、粗声大嗓的壮汉，便开始了与我的这次合作。采访紧张地进行，那些个项目那些个事，那些个成果那些个人，都被村干部、农商户和村民讲得十分喜兴。喜在何处兴在何时，我要探个究竟。

化石戈这一脉山川谷地，到处都能听到喜鹊喳喳叫，此起彼伏的，仿佛在不停地唱着抒情歌曲。好一派迷人的风景，好一个喜从天降的第一副书记。

## 清歌晓唱：撸起袖子加油干

一大早，素以经营驼谷小米著称的宏建米业公司董事长刘宏建刚到办公室，就迎来刘书记调研。一个上午，所谈的全是怎么把化石戈小米这个绿色品牌做大做强，经营现状、现实困难、发展前景、市场潜力等都装进了刘书记的心里。这一下，刘宏建感到有新路数了。

在哈日诺尔村足足奔波了一天，晚上在村书记王文多家吃过晚饭，两人就接着唠。从提高土地利用率到发展养殖业，从鼓励大户领办产业到壮大村集体经济，从河滩造林到千亩草场开发旅游，两人越谈越兴奋，时值午夜仍无睡意。

就这样一村一村地走访、一户一户地调研，每一块林地每一座果园都要实地察看，那些建档立卡贫困户当然要纳入他的视线。

刘廷喜以下派干部的身份来到阜新蒙古族自治县化石戈镇任第一副书记时，正是南雁北归、鹊舞枝头的2018年春日。不畏料峭的春寒，他走村串户马不停蹄；顶着漫卷的风沙，他进田入林观察细密。他要掌握第一手材料，他要找到这个地方镇村发展滞缓的症结，他要寻求脱贫攻坚的突破口，他更要给各个村拿出一个长远发展的思路。

经过一个多月进村入户深入细致的走访调研，他了解到：这个镇所属的8个村没有任何工矿企业，更没有矿产资源，最大的资源就是土地，全镇14800多口人，守着13万余亩耕地，还有几十万亩的林地、荒滩、荒沟、荒坡、草场、河套。实行联产承包责任制以来，这里的农民群众也围绕着土地做过很多文章，比如扩边扩沿把承包地面积增大，比如承包荒山荒沟荒坡栽植树木发展果园，比如试种小杂粮，但苞米不值钱、杂粮不丰产、林果见效慢，投入大产出小，土地利用率较低，农产品附加值不高，即使像驼谷牌小米这样的产品，市场占有率也达不到预期。农业结构单一，农民思想观念陈旧，生产效益低下，这些问题已成为阻碍发展的瓶颈，致使脱贫致富的愿景在小富即安中徘徊，基本小康后的期待在一筹莫展中观望，镇村干部思路不清，村民干劲不足。那真是常听喜鹊喳喳叫，不见喜事经常来。

　　出路何在？突破口怎样打开？刘廷喜反复思量几经斟酌，与镇党委政府班子一起研究，首先明确了因地制宜、谋定而动、做好土地这篇大文章的基本发展方向。具体地说，就是要走科技兴农、绿色发展之路，让高效农业、设施农业项目化、产业化，推动乡村振兴战略在"农"字上落地生根，确保在土在乡的农民群众脱贫致富，提升幸福指数。

　　头绪理清，马上行动。刘廷喜在省农业厅工作了30多年，联系面广，信息灵通，着实有些行风得雨的本事。他把十六七个村干部和致富骨干户集结起来，带出去拉练一样学习考察，走到哪儿都一路绿灯。到凤城大梨树村，看看人家是怎样让山川秀美荒沟生金的；到凌源范杖子村，看看人家怎样搞设施农业让1亩地产1.5万公斤青椒的；到宽甸玉成菌业公司，看看人家是怎样把食用菌产业做大做强的……一连气跑了6个县，学习考察了寒富苹果栽培、酒高粱订单农业、小米深加工、食用菌栽培、设施蔬菜等项目，回来后大家都兴奋得不得了，一致感到有目标有奔头了，再听周边喜鹊叫，就好像喜事桩桩件件要来到。

　　观念一转，说干就干。为了把新技术、新品种、新业态和新模式引进来，刘书记先做给农民看，在化石戈村建立了占地50亩的科技园，从省农科院引进密植玉米、酒高粱、高油花生、食用葵、红小豆、绿豆等新品种15个，同时联系到两名指导专家，并争取了5万元经费。为了节省经费,他自己驾车陆陆续续把这些种子从沈阳拉回化石戈,常常是后备箱、座位上都装满了各式各样的种子,从早忙到晚,有时连午饭都顾不上吃。"去年一年下来,园里的作物长势喜人,附近的村民参观后都赞不绝口,都想跟着学,并纷纷抢购种子。"化石戈村村主任马云龙接着说,"今年村里扩大种植500亩高油花生及果树、中药材等经济作物,并继续建设科技示范园,这都是刘书记帮我们从省城拉来的种子、请来的专家、争取来的项目。"

  科技引领,天高地阔。过去化石戈人种植雅坪椒只是小打小闹不敢迈步,虽然说这东西可以提炼色素可做酱料,也有市场份额,但人们不敢多种,怕销不出去砸在手里。刘廷喜力主在老二色村建起500亩雅坪椒示范基地,采用和玉米隔垄间种法,椒不受灼有遮阴,玉米通风还高产,真是一举两得。去年试种成功,今年春天几个村几十户村民又扩种了三四百亩。这个项目需要土地流转连片种植,还需要人工植保经营,既提高了土地附加值,还安置了农村富余劳动力。香菇种植在化石戈镇一直是个空白,刘廷喜主导在台吉村流转土地150亩建设香菇基地作为扶贫产业园,把涉及682户、1299口人的建档立卡贫困户全部纳入园中,争取到县扶贫办立项资金300万元垫底,不仅带动了村民依靠新项目致富,而且为低保户提供了生存保障。去年从抚顺县引进的黑木耳、鸡腿菇项目,经过多次试验在化石戈镇试种成功。每当农民捧起当地产的木耳和蘑菇时,他们的脸上都露出喜悦的笑容,因为这开了化石戈镇一直以来没有食用菌生产的先河。酒高粱订单这一块,5000亩喜获丰收,以每斤1.05元的保底价格全部被业主回收,带动了107户217人的建档立卡贫困户实现了产业增收。

  刘廷喜来化石戈镇第一年,就建立农业新品种新技术示范园两个,试种新品种16个,各种试验示范作物均有好收成,农民参观后交口称赞。在试验示范项目的引导带动下,2019年春节一过,这里的农民纷纷来订购优良品种。目前,节水滴灌、大垄双行、套种覆膜等先进高效栽培技术已逐步被化石戈镇农民所接受。这一切，仰仗的是刘廷喜寝食不安中的精心筹划、倾情付出。这一年多来，他为全镇争取来大小项目31个、配套资金896万元，邀请省内外农业科研院所专家到化石戈镇实地考察论证160多人次，召开专题研讨会11次，帮助全镇确定了小米生产加工、雅坪椒种植、畜禽养殖、寒富苹果栽培、食用菌生产和乡村旅游等六大主导产业发展新思路。

田野还是那片田野，土地还是那片土地，如今长出的庄稼结出的果实，却变得更有科技含量更有市场价值，农民种地的积极性和自信心也更足了。无论是山花烂漫时节还是秋意渐浓之际，再听那喜鹊的叫声，更加清脆悦耳，仿佛倾吐着吉祥、富贵、安康的心曲，祝福着这片山乡五谷丰登、风调雨顺，感念着这位第一副书记给这片土地带来的喜兴和运气！

## 壮歌正酣：一张蓝图绘到底

化石戈镇地处牤牛河畔，过河向西就是北票地界。阜新人把它列入西北区，早年属于贫困乡镇之一。这里十年九旱，丘陵起伏，植被稀疏，土地瘠薄，沙化严重，石头多像鱼化石片子，人民公社时期连采石场这样的乡镇企业都建不起来。但这里的人民群众战天斗地开荒造田、精耕细作，生生把谷子和各种豆类小杂粮种得风生水起、小有名气。十几年前，张贺良、刘宏建就建起了小米、杂粮营销公司，占据了阜新杂粮市场的半壁江山。或许是能人经济的带动效应，化石戈镇人民早已摆脱了赤贫状态，向着小康目标奋进。

刘廷喜一来，就率先瞄准了小米杂粮产业，力争帮着各个村和两家公司做大做强。他了解到，这里的谷子种植有历史传统，光品种就培育了"墩子谷""清白米""齐头白""小黄蜂"等十几个，种子不成问题，技术也不是难题，最大的问题是新品种少、产量低、产品附加值低、市场占有率低。尽管这些年刘宏建的"驼谷"牌商标把化石戈小米打进了市场，但又出现了新的情况：一些散户游商来收谷子，冲击了原材料市场；一些客商看好这个品牌，把别处的谷子加工成小米贴牌经营，造成消费者真假难辨。这样一来，原本种谷子就只能保本的化石戈人，又都悄悄改种玉米了，不想再操那份心。这岂不是倒退吗？要千方百计遏制这种势头，让小米品牌大展雄风。他找到刘宏建等大户商议对策，首先要保证先前已经流转过来的5000亩谷子地丰产保收；又找来各村书记主任，紧急研究扩大种植谷子的面积，搞好全员发动。在他看来，没有产量就没有把品牌做大做强的可能。这么好的土地，周边没有工矿企业污染，空气质量和水土保持基础都不错，现有的技术、经验和品牌稍加努力就能得到巩固，这不就是再好不过的绿色有机食品吗？保住，一定要保住；不仅要保住，还要赋予它文化品位，通过文化传承，来使它唤起人们的消费兴趣。

夜已经很深了，镇政府二楼那间办公室兼宿舍的灯一直亮着。这些日子，刘廷喜在研究红山文化的根脉之一查海遗址的资料，试图从中找到有说服力的依据。精研细读，忽然发现碳-14技术认定过谷子最早在查海遗址中被发掘过。眼前一亮，这不就是阜新县打造谷物文化遗产的亮点吗？于是他的兴致高涨起来，径直找到县委县政府领导，要研究申报这个项目。资料搜集、文本写作、立项论证、约请专家把脉、争取国家和省市县农口部门的支持，折腾了大半年，眼下基本有了眉目。一旦申报成功，那可就是做成了一篇大文章，不仅化石戈镇的小米产业能做成第一产业，而且将带动阜新县全县的小米产业振兴。大胆设想，小心求证，超前谋划，跟踪破题，变不可能为可能，这可是一种了不起的战略思维呀！

三伏天的阴雨即将过去了，申报材料也齐全上报了，他在等待利好消息，化石戈人也在等待这个利好。如果这个"阜新县旱作谷物文化遗产"项目获批，那可是造福百姓的重大历史事件哪！围着我采访的几个村主任和村民都在这样说。说着说着，又听周边树上的喜鹊喳喳叫起来了，看来好事真的要来到！我特意端详了一番刘书记这个谷物文化创意者，看到他脸上洋溢着的，是自信的喜兴的笑容！

为了提振化石戈小米产业的心气，刘廷喜来这儿一年多，那可是做足了小米功课。无论是到外地讲课、考察，还是回省厅参加会议、活动，无论是在旅途中还是饭桌上，他逢人便宣讲化石戈小米如何好吃：无污染、纯绿色、煮饭香、馇粥黏、口感好、营养全，沙地自然生长，不上化肥不打农药不用除草剂，包你吃着放心买着可信，活广告做到了天南地北四面八方。当他看到沈阳市面上居然没有化石戈小米时，就多次跑铁西粮油大市场寻求合作，还协调有关部门帮忙，在此竖起了化石戈驼谷小米巨幅广告牌。没几天，化石戈小米等杂粮就走进了沈阳市场。这么好吃的粮食不能不进首都，他又找朋友联系到北京的客商张艳明，把化石戈小米打进京城，一周就卖出1500多斤。

闭塞的化石戈，还没有打开线上市场，更没有拓展电商营销渠道。刘廷喜千方百计帮助各个合作社拓展线上市场，与京东等6家有影响力的网店合作，选送了一名基础较好的青年农民到一家网店边工作边学习，掌握技能后回化石戈镇建起了自己的农产品网店，开业个把月网上销售化石戈小米收入就达到1.5万余元。刘廷喜号召一起来阜新县工作的省直下派第一书记广泛发布信息，招引有识之士认养绿色产品。上海一家公司一次性就认养了20亩，开启了每亩地3000元认养费、足不出户用手机上线实时监控种植生长过程，所产精加工小米全部送给认养者的经营模式，让化石戈镇迈出了现代化经营土地的第一步，进而在大都市叫响了化石戈小米这一绿色品牌。他还组织开展了骆驼山生态黑毛猪网上认养试点，春节前以每公斤30元的价格售出猪肉，带动了70户建档立卡贫困户每户增收3000多元。从此，一个粗具规模的网上市场营销模式在化石戈镇成功开启。人们打趣说，自打刘书记来了之后，只要听到喜鹊叫，好事保准能来到！

刘廷喜所办的好事实事一桩接着一桩。当然，这不是一般意义上的做点好事实事，而是立足本地资源禀赋、产业基础，依托踏实肯干艰苦创业的能人，把自己的智慧和势能与这些有利因素对接起来，确保干一件成一件，干一件就见成效，干一件就能得到可持续发展。

万德号村村民白国民，前些年做买卖积攒了一些家底，2014年，他投入近40万元承包了700亩荒山荒沟，承包期为30年。刘廷喜结识了这个有朝气有魄力的蒙古族大汉，被他一番战天斗地的雄心壮志所打动，下决心要扶持他一把。又投入50万元把荒山荒沟自上而下平整成七八片台基地，将近200亩地都用来栽植寒富苹果树。刘廷喜带着白国民专程赶赴凌海见果树大王王庆海，邀请他做技术顾问，在剪枝、施肥、防治病虫害、造型等方面亲临指导，2018年春天栽植的近万棵果树全部成活。当下，又帮他联系水利和交通部门，力争把方塘和道路修好，解决灌溉和运输难题，下步还要想方设法办电。采访当天，我怀着好奇心非要去看看，进这片荒沟没有路可走，吉普车在河道里穿行，大沟小沟颠簸得车左奔右突，白国民说就这样的路，刘书记已经来回跑了二十几趟，生怕地平整不好、树栽不活，还经常打电话，过问树苗、进度、技术等一系列问题，比他都劳神费力。那天我到了现场，既被一个新型农民的艰苦创业精神所震撼，更被刘书记的慧眼识才所感动。我问刘书记为什么要这么坚决地扶持他种果树，他说就是要树立一个样板，让老百姓看到果树经济与林下经济是一举两得的效益经济，同时还有生态效应。白国民更是聪明，他要把百只羊群再扩大一些，让羊粪来涵养果树地，通过有机肥产出绿色果品，打造出自己的寒富苹果品牌。

牤牛河穿过化石戈镇5个村，沿岸生态林老化、砍伐过度。刘廷喜号召沿河村民多栽树，以便绿化河滩、防风固沙、涵养生态。速生杨一片连着一片，去年春天，光哈日诺尔村就种树500多亩。他有一个愿望，要让化石戈镇所有的河滩、荒山、荒坡都披上绿装，让喜鹊等各种鸟类，让野鸡、山兔等各种动物都能来化石戈镇安家落户，那才是真正的看得见山、望得见水、记得住乡愁的美丽乡村。

采访中，副镇长魏洪波告诉我："刘书记有一个梦想，如果能实现人均1亩经济林、户均2亩水浇地（大棚经济），并把品牌做大做强、市场价位提高，老百姓就能满足基本生活需要。"看来，他把短期目标的钉子钉在这块板子上，真是铆足了劲、下足了功啊！

夕阳洒金、晚霞蒸腾的时刻，刘廷喜率一干人等拉着我趁亮赶往哈日诺尔草场。刚一驻足，他就告诉我，要把这千亩草场保护好利用好，修一条环村路，和牤牛河的林地景观紧密联系起来，再加上胡头沟文化遗址、岳飞大战金兀术于牤牛河畔的历史传说，打造独具特色的化石戈镇乡村旅游品牌。这个已纳入《化石戈乡村振兴产业规划》。至于一村一品、一村一业的规划也已制定完成。我说你就这三年任期，怎能实现这个宏图大志呢？他环顾这片草场，把目光投向远方，深情地说："一张蓝图绘到底，一茬接着一茬干，那些规划早晚都能实现！"

## 尾　声

谋在长远，干在当下。这不，哈日诺尔村的美丽乡村示范村项目争取下来了，化石戈村的乡村旅游合作社建起来了，太吉村的100栋高标准食用菌大棚变成了扶贫产业园，宏建米业又新建了玉米芯加工厂，五彩豆腐坊、小尾寒羊屠宰场、青黄储饲料场、黄牛交易市场、服装加工车间也都在能人领办下纷纷落地，一批种植、养殖、棚栽、加工、旅游等新项目、新品种、新业态如雨后春笋般冒出来，呈现产业兴旺、宜居宜业的勃勃生机。年轻有为的村书记王文多跟我说："过去想干找不到方向，更没人支持；现在要项目有人帮着申报，要资金有人帮着协调。刘书记干实事、出实招，总想着让咱老百姓脱贫致富。他就像一根火柴，点燃了激情，点燃了愿景，让我们感到有奔头！"

有奔头就是有想头有干头，就是把人民群众对美好生活的向往作为奋斗目标，一步一个脚印地干下去。刘廷喜这个曾经援过藏、参加过"三辽工作队"的"三农通"，正在争分夺秒地把他的智慧和汗水洒在这片充满生机的川谷上。

只要干，好事就会接踵而来。正这样思忖时，忽听林间的喜鹊又响起一片喳喳的叫声，抬望眼，那漫川的谷穗摇曳在晚风中，唰啦啦唰啦啦……如同唱响了驼谷之歌。

# 破　土
## ——记辽阳市辽阳县鸡鸣寺村第一书记栾世禄

李大葆

不见了，漫水污泥，草莽荒滩；

不见了，农药化肥的蔓延侵蚀，人畜垃圾的东堆西扔，个别人的私耕滥掘。

2019年初夏，犁歇人闲，大地休播，而一场关涉百万人口饮水安全的汤河水源地保卫战，在鸡鸣寺村东拉开了序幕。

一声鸡鸣，千岁村庄，由传说而至传奇。雄鸡报晓的意象，更指向了警醒、激励、奋起的现实维度！

机器轰鸣，众人瞩目，翻耙整地，排山倒海，近万亩大野一展眼前；精兵利器，旗幡歌声，汗水尘烟，生态修复指日可待，绿水之梦破土而生。这是一幅壮阔的场景，这是一个历史性的画面，这是一场饱含责任、智慧和勇气的变革！

在激动人心的现场，有一个戴眼镜的身影最为显眼，是他设计和导演了这幅画卷，从而破解了当地如何科学持续良性做好水源保护区管理这个令人头疼已久的难题，他就是鸡鸣寺村第一书记栾世禄。

这隆隆机鸣和涌动的土层，正是栾世禄驻村一年来推动当地经济发展的号角和印迹。

一

将专业融入职业的人是快乐的，将专业和职业共同铸就事业的人是幸运的！

栾世禄出生在辽南农村。上大学前，他听惯了房前屋后鸡鸭鹅狗的叫声，看惯了墙边门旁堆放的锄耙镰铲；中学的寒暑假都到生产队干活，帮爸妈挣工分，在草木稼禾、田垄仓廪中，深染了农民的底色，尝得了农村的酸甜。而大学，上的是沈阳农业大学农学系，"农"字在他人生中印迹更加深牢。命运善待了他的志趣。1984年毕业后，他进了出版社，长期从事农业图书编辑出版和领导工作，经手编辑和审定的"农字号"图书，35年来不知凡几。一张书桌，与广阔天地亲切对接；一支钢笔，与广大农民血脉相连；一片真诚，与众多专家学者结成忘年之交；一腔热血，与中国农村的变革交相辉映。出身，专业，职业，人脉，见识，经历，加上"娘家"辽宁出版集团的支持，奠定了栾世禄到农村去的底气和本钱，老栾也自信地认为自己是驻村干部的"合适人选"。

凭借这些本钱，栾世禄由辽宁出版集团选派，到辽阳县河栏镇鸡鸣寺村任第一书记，为期三年。对此，老栾觉得自然正常，既没有心潮澎湃，更没有如临深渊，他说这是"质本洁来还洁去"。妻子也懂他，知道"农"字在他心里有多重，根扎得有多深。

2018年5月8日，栾世禄的"农"字根，扎进了辽东深山。

二

骄阳西下，被烈日烤过的禾草一点点舒展开叶片上的皱纹。走访村民回来，栾世禄潦草地洗了一把脸上的汗水，拿出笔，稳稳地坐在了办公桌前。这是他驻村100天来最庄重的一次提笔，庄重得居然有一种仪式感。他望着对面的青山，浮想着身后的汤河，村里的大棚，刚刚路过的鸡鸣寺原址，村民眼神里的期盼，放学路上孩子的笑声……脱贫攻坚，改变面貌，发展！发展！他要为村里谋出条路，让村民有个奔头。沉思许久，栾世禄郑重地写下了"鸡鸣寺村产业发展规划"10个字，提出了发展特色农业、农产品加工业、乡村观赏休闲游"三业"联动、融合发展的思路和措施。栾世禄把驻村以来的所见、所听、所思，把他几十年来的所学、所得、所悟，都交给了这份规划。

两委班子看到了村里有史以来第一份像些样的短、中、长期产业发展规划，如此清晰地摆在眼前，无不默默点头。夸栾书记比他们还了解情况，心里有道道，站得高，想得全，谋得实，接地气。这样的发展思路，就像是村里人为村子量身做出的新衣裳。

栾世禄把村里的规划及有关可行性报告递给镇党委书记张忠臣。张书记连连点赞，说："还是大哥高哇！大哥，你干吧，镇里支持你！"

这是鸡鸣寺村的愿景。也许，在栾世禄驻村期满时这些目标不会全部实现，但是，毕竟村民的梦想有了明晰的支点，功成不必在我，他想。

村民说，栾书记为村里事，出的是实招，使的是"牛"劲。

巧了，栾世禄属牛。

## 三

这头牛用真诚和气力，耕耘村民的心田，助力村里的发展；像花生一样，入土生果，泥育果香。他发起诗兴，真的就挥笔写了一首题为《落花生》的诗："枝绿花黄伴泥香，厚袄裹着胖儿郎。花落入土果即始，祈福家兴子满堂。"花与果在不声不响的"转身"中实现了自身价值。他知道更多的精神寄托在文字中没有表达出来，但他还是喜欢自己的这几句诗。

村民很快就看到了栾世禄是一位搞农业的行家里手,他的人脉资源也"了不得"。

栾世禄刚驻村,村干部就跟他说,不久前来了个勘探公司,说咱们村有温泉,付上20来万元勘探费,就给挖。栾世禄说:"咱们别急,待我问问明白人。"他求助就职省勘探局的专家朋友,处长、总工、队长一行3人驱车从沈阳来到村里,经过一整天的考察,得出的结论是村子山里没有温泉。后来栾世禄了解到,当初那伙儿说有温泉的人,原来是想靠忽悠挣钱。得知真相,村干部打了个冷战。

在产业发展、壮大村镇集体经济中,栾世禄的老师、同学、作者、朋友等人脉资源相继发酵。

蓖麻养蚕,是栾世禄主张推动且在全镇范围开展的脱贫攻坚和产业转型升级项目。老栾知道这个项目的收益空间有多大,既适应当地的自然条件,又适合面向本地有饲养柞蚕经验的山区农民开展。他带队到设在凤城的辽宁蚕业科学研究院请专家出谋划策,还去了吉林松原,山东淄博、潍坊,省内的沈阳、朝阳和新民等地取经。栾世禄一行所到之处,熟人接洽,旧情发酵,选购种子,多方合作,从种养到收获,从技术到销售,丝丝入扣。

项目在一点一滴地推动落地。2018年7月始,栾世禄指导的蓖麻栽培和蓖麻蚕饲养试验在当地取得成功。2019年全镇种植蓖麻约700亩,用于蓖麻养蚕100余亩,蓖麻子已同山东一家公司签订有较高收益的保底收购合同。

为了延长蓖麻养蚕项目产业链,拓宽蓖麻蚕蛹销售渠道,栾世禄又联系了沈阳一家专业虫草生产公司,与其开展合作。该公司已在鸡鸣寺村注册成立分公司。村里计划将一栋温室大棚改建成蓖麻蚕蛹虫草培育间,开展蛹虫草批量生产,并由公司回收,由此在河栏镇形成了蓖麻栽培—蓖麻蚕饲养—蛹虫草培育的产业链。

蚕,古称"天虫",蓖麻蚕蛹虫草堪比冬虫夏草。人们诧异,在屋子里、大棚里也能生产冬虫夏草了。惊喜之余，向栾世禄竖起了大拇指：厉害！

栾世禄给我算了一笔账：仅销售蓖麻子的收益，就略高于种植玉米；若收获蓖麻并同时养蓖麻蚕，两项收益是玉米的3倍以上；进一步开展蓖麻蚕蛹虫草生产，收益则是玉米的5倍以上。

在鸡鸣寺村口，我看见了一块牌子：沈阳农业大学食药同源野菜生态栽培与利用基地。牌子图文并茂，设计专业，一看就是出自出版人栾世禄之手。

2019年伊始，栾世禄联系母校沈阳农业大学同期校友宁教授，村里流转40亩土地，与宁教授团队合作，将村里温室大棚改造成加工车间，应用宁教授团队的先进科研成果，推出蒲公英等野菜系列深加工产品。山村与科研机构结了亲，土地和大棚才是下金蛋的鸡。

村民知道蒲公英能够做糕点、做茶、做酵素后，都怔住了。过去司空见惯的山野菜，竟然用途这样大。

栾世禄就是要把发展农业的新理念、新技术传授给乡亲，他相信人的观念一变，村庄就会跟着变。

为了乡村振兴，栾世禄把老关系"唤醒"了。2018年11月下旬，中国林业大学牡丹培育中心无偿援助了150余株油用牡丹苗木；2019年春季，中国林科院的专家把200余株鲜核桃和300余株臭椿树苗木，从北京送到了辽阳东山……

油用牡丹，不言自明，是一种出油率高的牡丹种类，可以花、油两用；而臭椿树，一身都是宝，叶子可以喂蓖麻蚕，在蓖麻叶没长大的春季，由它补短。栾世禄想得真是全面！

栾世禄自己懂行，人缘又好，许多专家朋友甘愿为他帮忙，没有一分钱好处。"愿者上钩！"栾世禄心里美美的。"士为知己者死！"我说。为了不给村里、镇里添负担，"援兵"途经沈阳，就住在他家里，"答谢宴"从简，因为他自个儿埋单。

我跟着栾世禄四处察看。无论是大棚里的，还是陆地上的，那些苗木都已成活。今年饲养的蓖麻蚕幼虫，一只只屈屈伸伸，像栾世禄张力十足的诗句，质实而跃然。

这是为村里产业结构调整所做的基础性准备。用栾世禄的话说，它们都是观赏农业的元素。原来，他一步步在为那份《规划》"做眼"。

栾世禄回单位述职，单位看到派出的干部既有真知灼见，又能弯腰实干，便无偿为村里注入了资金，体现了派出单位的信任和社会担当！他的"牛"劲更足了。

## 四

这几天，鸡鸣寺村民微信朋友圈里，传送着这样一条信息："我们村也有草原啦！"

栾世禄领着我在一大片苜蓿地前停留了很久。海海漫漫的绿，需要放眼才能看得见它模糊的边际。

我问："它的面积，若用足球场做比，能有多少个？"栾世禄想了一会儿，答："差不多700个！"

这偌大绿原，覆盖了汤河水库一级水源保护区的红线范围。

说起来，这一片绿色，来得有些惊心动魄。

2018年年底，河栏镇境内汤河水库上游一级水源保护区内的所有耕地，全部由县政府流转，由镇政府统一集中管理保护，不再允许种植玉米等农作物。同时，库区的非耕地，也不许私自种植和采砂，统一纳入管理保护范围。栾世禄解释：这里有一条红线，政府流转的地方在红线之外，库区的非耕地在红线之内，也是水源保护阻力最大的地方。在拿出理想的改造方案之前，红线之内尽管也有种种明文"禁止"，但还是有人受利益驱使，不惜弄脏辽阳、鞍山两市人民的"水缸"。

如何保护好利用好这近万亩的库区水源地，对当地政府和库区管理部门来说，是严峻的挑战。

对于这片特殊之地，栾世禄默默确立了"保护为本，百姓受益，政府有利，企业有得，立足长远，融合发展"的原则。但如何具体操作，才能找到关乎多方利益的"靶心"？容个空儿，他要仔细盘算。

夜晚，小蠓虫从纱窗眼儿里钻进来，直往栾世禄汗淋淋的身上粘，本来就皮肤过敏，逼得他一遍一遍地敷药水。桌上，是厚厚的资料；笔下，在勾勾抹抹。

好几个不眠之夜过去了，栾世禄眼袋肿肿的。终究有头绪了，他回忆着那几天的"连轴转"，对我说。

一张将水源地保护与景观打造相结合的蓝图，越发明晰。

他建议，以建植多年生紫花苜蓿为主，实现生态修复；再辅以适宜花卉配置，综合打造景观。换上这样一套新衣服，这片区域就有意思了，他说。

紫花苜蓿是豆科植物，自身有固氮能力，不需施用化学氮肥；如果有了病虫害，采取以收代治办法，也不必施用常规农药，对水源没有污染，割去的那一茬还能利用；紫花苜蓿又是很好的牛羊饲料，可以转化成一定的市场价值；种下一茬，能长四五年，不必年年花钱翻动土层，成本低；而景色，不言自明……栾世禄四处游说。

县、镇、村领导何乐而不为呢！

栾世禄的建议得到了各级领导赞同后，他还是老套路，托关系，联系人。栾世禄底气十足。这一次，他的人脉资源再次发挥了作用。经过人托人接力式联系，他从北京找到了一家专业技术公司，从天津找到了一家作业公司，均实力雄厚。

两家公司于2019年5月3日进驻鸡鸣寺村，联手实施这历史性的浩大工程。

然而，实现这样的保护水源的举措，必然会动了一些人的奶酪。

失去利益的个别人不甘心，开始对抗、阻挠。

有人寻找栾世禄的电话，打算与他谈谈。栾世禄想，谈什么？无非一是说情，二是威胁。栾世禄回绝：就此打住吧，再滥种下去就是继续违法啦!

公司驻村之前,镇里先后平掉了那几个私种者种植的玉米3000余亩。进场那天,镇党委书记眼睛瞪得圆圆的,镇干部个个正气凛然,阻挠的几个人看到这阵势无可奈何地散了。围观的村民目睹了正义如何压倒了不义。

如今,野鸟飞回来了,盘旋在头顶;近万亩的紫花苜蓿地,几十亩的景观区,好一个赏心悦目。

建植这片绿,天津公司投入3500余万元。土里刨食的村民怎么也没有想到,在这片绿洲上,他们成了侍弄花草的工人。至今近三个月来,村民来公司做工的共计收入近20万元。在鸡鸣寺村,我遇见一位拿着小锄头的妇女从库区回来,她告诉我驻村公司一天付女工100元钱,男工120元,一点不欠工钱。她停顿了一会儿,又喜滋滋地说:"中午还供顿饭呢!"

库区的治理,岂止是村妇不出村就有了工作,她们还发现了自身的价值,这种价值又带来了自尊;而栾世禄瞄准的"靶心",岂止是帮助了一些村民就业,更何况,为了使水源地保护难题从根本上得到解决,他做出了创新性的探索,使辽阳、鞍山两地百十万人依赖的"水缸"更洁净了。

前不久,栾世禄指挥在库区荒芜区堆起一道坝埂,用菊花种出"保护水源造福人民"8个大字,坝埂前还种出两组梅花状图案和10个花球。我跟着他到现场,水分充足的地方,字形和图案已经清晰可见。

骄阳之下,栾世禄不断哈腰拔去杂草,喃喃地说:"来一场透雨吧!"

果然,第二天真的有一场急雨下来。栾世禄舒了一口气:"老天赏脸。"

张忠臣书记把库区地当成自己的眼睛,他望着绿油油的草地,感慨万千,深情地说:"来之不易呀!实施库区水源保护地生态恢复,一举多得，它是鸡鸣寺村乃至河栏镇有效保护水源，恢复生态，打造观光农业，实现产业融合发展的基础性、标志性工程。"

信然！

## 五

我不会忘记栾世禄留给我的第一眼印象。他上着黑色T恤衫，下着迷彩裤，脚穿迷彩胶鞋，腰围较宽，脸膛黑红，额头的发际线几乎退向头顶，因为皮肤过敏，粗壮的胳膊上留下一块一块抓痒的紫痕，俨然一位火线上的将军或者庄稼院里的老农，跟处级干部、高级知识分子怎么也对不上号……

我不会忘记栾世禄驻村的宿舍。我看到桌上、床头摞着农业图书、新华字典及一沓近日翻过的报纸和资料，资料有图有表，红红绿绿，上面有许多字和笔道道；墙角放着几块带泥土气的"奇石"，它们来自眼前的大山；窗台上一溜摆着的文竹、麦冬、海棠；桌子上两个造型酷似小老鼠、葫芦状的土豆，俨然如案头清供；废报纸上，他练习过的书法，字迹遒劲；墙角有根一米来长的干木桩，据说也是当地的什么宝贝；桌子底下，有一小袋化肥……

我不会忘记栾世禄的坐骑是一辆自行车。镇、村相距7公里，他说："两边跑，单程30多分钟，很方便。"但是，我知道，这段路上有好多处上下坡，若在漫长的冬天，赶上大雪封山，骑车人只能在窄窄的车道沟里左旋右拐，还有摔下山去的风险……

刚驻村时写下诗歌《落花生》的栾世禄，近来又写了一首《河栏赞》。他的脚步由村里走到镇里，视野更为开阔。诗云："五谷丰登染层砬，山川雄阔跃暴马。金鸡一鸣降吉瑞，抖擞亮甲再出发。"河栏真是一个好地方啊，五层砬、暴马川是山清水秀的名胜，鸡鸣寺、亮甲山又有了美丽的传说。激情而又理性的栾世禄，感恩这片热土的前世，也憧憬着它的明天，他不断升华饱满的壮怀、遐想，一片"爱农民、爱农村、懂农业"的赤子之心，亦尽在其中。

目前，栾世禄所驻的鸡鸣寺村，26户精准扶贫户，除2户因丧失劳动能力转入低保户外，其余24户已完成脱贫；村文化室建立起来了，集团捐赠的2000多册接地气的图书和新电视都是为村民提供的。使栾世禄既欣慰但又过意不去的是，他驻村一年来，有方方面面20余位专家、学者、能人到村镇帮他出谋划策，有的上山手把手指导栽植，有的自带设备来讲课，有的帮他编写宣传河栏镇的书稿……个个自费，一律免费，没有人提到过钱，也没有人得过一分！说起这些，栾世禄眼睛湿了！

副镇长罗秀娜对我说："要是给栾书记打分，我们给五个星儿！"

村民说，俺们村的栾书记，肚里有道道，实干，招人儿，路子广，能办事，能成事，是能引来凤凰的梧桐树，是多面手，"综合人"。农民的语言是俏皮的，"综合人"，是不是红头文件里说的复合型人才？

栾世禄悟到：村里的工作是针上的针尖。所以，他认为，驻村干部要做心中有党的明白人，心中有民的贴心人，心中有数的内行人，还要做登高望远的引路人，撸起袖子的实干人。

"莫道桑榆晚，为霞尚满天。"2018年12月4日辽宁电视台在《驻村日记》栏目中播出了栾世禄的事迹。他看着电视中的自己，心潮翻腾。屏幕好像施展了魔法，让他与自己分开，并且，把过去的自己重又放置眼前，接受审视和追踪，也让他感到了时光白驹过隙般的迅疾，以及由此而产生的紧迫。

驻村14个月过去了。2018年度，栾世禄获辽宁出版集团先进生产者称号。2019年"七一"前夕，又被评为辽阳市优秀党务工作者，村民说栾世禄干了好几件"硬事"，但是，栾世禄本人却认为自己的工作只是开局，才起步，未来的路还长着呢。他说，村里的集体经济发展壮大了，老百姓收入显著增加了，关涉河栏镇的历史、民俗、景观等文化短板补上了，这里的山更青水更绿了，那份村里的《规划》全面完成了，才是他的愿望。现在嘛，一切都在路上……

  路上，村民离他很远就打着招呼，目光里有感激、钦佩和信任，眼角眉梢都在笑，像栾世禄亲手栽下的花朵，破土盛开。

# 他乡亦故乡
## ——记辽阳灯塔市前二台子村第一书记刘其威

钟素艳

> 既然有幸加入乡村振兴的伟大事业中,我一定不辱使命,建设坚强基层堡垒,尽心竭力为村民办实事、解难题,为乡村振兴添砖加瓦。
>
> ——摘自刘其威《驻村日记》

一个村庄,不只是成百上千人的生存聚集地,更是中华民族的原始母体,是灵魂的根植地和出发地。几千年的农耕文化,培育了中国人善良纯朴勤劳勇敢的民族品格,如涓涓细流滋润着一代又一代中国人从愚昧荒蛮到文明智慧,从贫瘠弱小到富庶强大。

我国是农业大国。200多万个村庄占据着中国70%以上的版图,乡村兴则国家兴,乡村衰则国家衰。

当历史的脚步迈向21世纪。城市飞速发展,膨胀扩充,把乡村远远地甩在了后头。农村的年轻人逃离辛苦的田间劳作,奔向五光十色的城市,寻找高收入,分享优质的文化教育医疗生态资源。渐渐地,有的村庄像被抽了筋骨的空壳,日渐萎缩萧条。

有这样一个青年,他看到了农村的变化,看到了农村存在的问题,他就是1983年出生于河北农村的刘其威。19岁考上大学,离开家乡，研究生毕业后，他考入沈阳市人民检察院工作，又因工作出色被遴选到辽宁省纪委工作。在城里上学和工作期间，他多次回乡看望亲人。生于斯长于斯牵挂于斯，他深切地感受到城镇化步伐的加快，农村曾因居住紧密、宗族关系、劳作合作而形成的人欢马叫、生机勃勃，因为年轻人的离开逐年消散，原有的乡土体系趋于崩解。留守村里的老人和孩子无力农业生产，无人照顾监管，更谈不上创新发展。村里房屋多空置，街道多脏乱，一派凋敝。

那时起，刘其威就想，一定要为家乡做点什么。

2018年，国务院公布了《中共中央国务院关于实施乡村振兴战略的意见》。5月15日，35岁的刘其威带着振兴乡村经济的重任和对农村深厚的感情，来到前二台子村任村党支部第一书记。

眼前一座座熟悉的民宅、似曾相识的街道、朴实憨厚的村民，刘其威仿佛置身于久别的故乡，亲切感顿时浸润心田，不由得生发出对乡村落后的隐痛和对乡村振兴的豪情。他要把新思想、新理念、新知识带到这里，建强基层党支部，壮大村集体经济，做好党联系人民群众的桥梁和纽带。这一天起，前二台子村的前街后巷，经常能看见这个年轻人忙碌的身影，到学校去，到村民家中去，到田间地头去，到种植园去……半个月的走访调研，他掌握了村情民意，前二台子村共有农户302户，人口1200人，村集体经济极其薄弱，历史遗留债务240余万元。村民收入主要靠种植水稻和外出务工，村里空巢老人和留守儿童居多，缺少年轻人和致富带头人。这期间，他仿佛回到了自己的故乡，浓浓的乡村情结让他很快融入村民之中，村民对他寄予的厚望，令他热情澎湃，一定要尽心尽力为老百姓办实事解难题。

> 党风正，村风自然正；正气足，民风自然向善向上。村一级党建工作抓好了，村干部责任心上来了，乡村振兴工作、扶贫工作就做好一大半了。
>
> ——摘自刘其威《驻村日记》

刘其威想，壮大村集体经济，首要任务就是建强村党支部。只有建强支部，才能发挥支部的战斗堡垒作用和党员的先锋模范作用。党员就是一颗颗闪亮的星星，他们若能在村里的各项工作中带个头，把村民带动凝聚起来，参与乡村振兴的实践中来，就会形成火热的燎原之势。

前二台子村有党员26名，因年老体弱等原因，能经常参加党日活动的不到20名。刘其威建议将入党积极分子、妇女代表、种植大户、种植能手都吸收到党日活动中。抓党建从理论入手，刘其威统筹策划成立了第一书记讲师团，成员由8名省、市选派的第一书记组成。在党日活动时到大河南镇13个行政村讲专题党课，邀请党校教授到村里讲授家庭邻里沟通技巧，和省、市纪委监委案管室党支部就基层党风廉政建设工作开展座谈交流，学习中，党员的自觉意识明显提高，责任感自豪感也油然而生。刘其威做事注重细节，润物细无声地渗透引领。他给每个党员发个水杯，杯体印着"不忘初心　牢记使命"，时刻提醒每名党员饮水思源，不忘服务人民。为提升党支部凝聚力和组织力，他带领党员参观雷锋纪念馆，到烈士陵园献花，重温入党誓词，参观黑木耳栽种基地，参观设施农业基地，参观学习美丽乡村建设先进典型村的综合治理，在村里义务植树、栽花，定期清理街道，邀请水稻专家讲授水稻种植知识，拓宽村民发展思路。同时，为丰富村民业余文化生活，他倡议组织了广场舞队、秧歌队、太极剑队、诗歌朗诵会等活动，其中处处能见到党员、妇女代表、村民代表示范的身影。

党员代表说："以前咱们不愿意参加活动，现在都可积极了，因为群众看着我们呢。能当个带头人，挺自豪的。"

壮大村集体经济，要从扶志、扶智两方面着手真扶贫、谋振兴，一方面借助上级惠农政策支持，另一方面挖掘农村自身的潜力。一个村的发展需要能人带领和多年的持续努力，培养致富带头人，持续努力奋斗尤为重要。

——摘自刘其威《驻村日记》

前二台子村是一个以水稻种植为主的农业村，刘其威和村两委班子决定在村屯优势上寻找致富路子，搞清水稻标准化、机械化种植。春天，他们抓住省市扶持壮大村集体经济发展的契机，争取到了省市扶持村集体经济发展资金，申请注册成立了前二台子村家家富种植养殖合作社，村集体占股66.6%。但是村民习惯了自耕自种的家庭模式，对合作社的前景抱着怀疑观望的态度，入社不积极。刘其威带领村干部一边起草土地流转合同，一边向村民介绍合作社产业化、规模化经营管理的多种益处，动员村民流转土地加入合作社。同时，党员带头加入合作社，经过半个多月的努力，合作社流转500亩土地，全部种植国家地理标志产品"灯塔大米"系列之一辽星品种水稻。

秋天，一畦畦水稻连接成了金色的海洋，秋风送爽，稻浪翻滚，刘其威走在田埂上，看着一望无际的沉甸甸的稻穗，所有的辛劳都化作了幸福的微笑。这一年，合作社生产的稻米喜获丰收。为了获得更高收益，他想改变往年只卖稻子收益低的情况，计划将水稻加工、包装后再出售。他来到村里唯一的大米加工厂，了解加工销售情况，促成了合作。之后，为了打开销路，他亲手设计包装，制作了美篇《饭碗中的精灵——前二台子村的清水大米》，通过微信、微博、抖音等网络平台广泛宣传灯塔大米。在刘其威的推介下，灯塔大米仅仅三个月就卖出十几万公斤。不仅走进省城，还销售到北京、天津、河北、河南、广东、陕西等地。增加了村集体水稻种植收入，大米加工厂也改变了冷清的现状，赚到了可观的加工费。

刘其威的目光没有就此停留，他要创出自己的品牌。为此，他请来了水稻专家和农委领导现场指导，谋划长远大计。2019年年初，他争取到了120亩新品种高品质稻种，由村合作社试种，稻种公司承诺每公斤以至少高于市场价0.4元的价格回收全部水稻。为搞多种经营，立体养殖，刘其威决定合作社还拿出一部分水田与辽阳市农企合作搞稻田养鸭、养蟹等，由村里提供土地和劳动力，公司提供资金、技术和市场，进一步增加了村集体收入。

合作社让村集体每年增收20万元，解决了近百名劳动力就业，村年人均收入近万元。

除了合作社，刘其威主张可持续发展，培养致富带头人，鼓励党员带头干事创业，发展特色经济。并从办理手续、技术支持、市场信息、销售渠道等方面给予扶持，很多事，他都亲自跑，亲自去协调。

2018年，村党员白逢金家有9个老旧的蔬菜大棚准备拆掉，刘其威知道后，立刻请来农业专家现场把脉、检测土壤，帮助翻新利用老旧农业设施，帮助选种适合其土质的西红柿、毛豆、花卉等农产品，大棚又发挥其作用，重现勃勃生机，白逢金紧皱的眉头也舒展开了。因为202国道修路导致村里安大叔家6个大棚的辽峰葡萄严重滞销，安大叔愁得饭都吃不下了，这可是他们家一年的心血呀。刘其威安慰安大叔，主动帮他想办法。他利用朋友圈宣传销售，还用私家车把葡萄带到沈阳去，送到朋友手中。一个多月竟然卖了2400多公斤。这次销售经历不仅解决了安大叔的难题，刘其威还有了意外的收获——灯塔的辽峰葡萄非常受城里人欢迎，但是运输保鲜是个难题。他鼓励安大叔加入村里的合作社扩大种植，同时帮助联系顺丰快递公司洽谈合作，设计辽峰葡萄专有的快递包装。2019年年初，安大叔信心满满，在村里又流转了16亩土地扩建辽峰葡萄园。

刘其威鼓励帮助党员和积极分子带头干事创业。村里两名党员建起了农家小菜园，尝试搞特色民宿；党员兆永枫是位厨师，2018年回村重新开张已停业两年的农家饭店；种植大户鲁英梅拿出50亩水田试养稻田蟹……就像一潭平静的水被春风吹起了涟漪，惯常的思维被打破，怠惰的心被激活，一时间，前二台子村创业热情高涨。

村集体经济不断壮大，村民的日子越来越好了，刘其威还惦记着前二台子村在外务工的243名党员和群众。节日期间，村党支部给他们发出一封热情洋溢的慰问信——《欢迎常回家看看　家乡人民期盼您》，通告国家的惠农政策和家乡的变化，引导他们关注家乡、热爱家乡，有机会回家来创业发展，一起建设家乡。

老书记说："刘书记一天净琢磨怎么带领乡亲们致富，他脑子灵，办法多，办实事，还热心肠，村民有困难、有想法都愿意跟他说，他都想办法帮助解决。前几天稻田地缺水，他知道后立即帮忙联系，电话都打到了省里，第二天清水就灌满了田地……我们都喜欢信任这个年轻人。"

近年来，农村留守儿童问题受到社会各界的关注。其实，留守儿童不只在偏远地区，我们前二台子也有一群这样的孩子，而且还有相当一部分是单亲留守。暑假将至，村里孩子往年假期多是放羊般玩耍、看电视。为了让孩子过一个有收获、有意义的假期，今天，支部讨论了我提议的免费组织小学生假期国学班事宜。由我教读《弟子规》和硬笔书法，也明确了其他支部党员的职责分工，做好保障工作。以后，我还要带他们看看外面的世界，看看大学校园，引导他们从小立志，在幼小的心里种上"上大学"的种子。

——摘自刘其威《驻村日记》

前二台子村有一所小学，学生多数为留守儿童且25%来自离异家庭，寒暑假他们都处于"老师管不到、家长无暇管"的状态。刘其威是两个孩子的父亲，特别关注留守儿童的教育成长问题。他知道城里孩子的学习环境和教育资源是乡村孩子无法企及的，决定以"一切为了孩子"这个主题开展支部工作，为孩子们创造好一点的学习和成长环境，使他们从小心怀志向，绝不能再成为进城务工的一代。在刘其威的倡导下，暑假，前二台子村党支部组织了免费国学班，教室就是村部会议室。村书记、副书记负责组织，村妇联主席和妇女代表负责宣传和后勤保障，村里年轻党员轮流担任安全员接送孩子。刘其威负责教授国学经典和硬笔书法。7月17日，国学诵读班正式开课，17个孩子来上课。按照之前的计划，刘其威领孩子们一起学习《弟子规》的前24句，练习一小时书法。孩子们懂事乖顺，他们认真学习的劲头和渴求知识的眼神，让他深受鼓舞。第二天早晨，他刚走进村部广场，就听见了孩子们琅琅的读书声。原来，他们早早到了教室，正在妇联主席组织下端坐整齐地大声背诵《弟子规》。那一刻，刘其威深深地感动了，他真想上前拥抱每一个孩子，并告诉他们："你们是最棒的！"他坚信自己在做一件对的事，而且一定要坚持做下去！为了让教学更生动，更有趣，刘其威下了一番功夫，查阅大量资料准备教案，有时自己还进行试讲。在教国学的同时，刘其威又考虑到大多数孩子的英语学习是弱项，从灯塔市华英教育培训机构请来老师教孩子们学英语，孩子们的课程活跃丰富起来了。课间，他和孩子们一起在村部广场打篮球、跑步、捡草丛里的矿泉水瓶子和雪糕棒，孩子们累得满头大汗，脸上都洋溢着灿烂的笑容。他们看老师的眼神是亲切的信任的感激的。现在，国学班已经有30个孩子学习。

国学班开班以来，刘其威逐渐感受到孩子们对知识的渴望和对外面世界的向往，萌生了带孩子们出去开眼界的想法。在支部会上，有人提出不同意见，担心安全问题：一家就一个孩子，都是心肝宝贝，如果出点事，责任太大了。其实，这个问题，刘其威也想过。但是如果缩手缩脚，就什么事也做不成。最后他决定提前做好预案，举办研学之旅。2018年8月和2019年6月，刘其威和支部委员两次带领80名孩子到中国医科大学和沈阳师范大学参观学习，体验大学生活，引导人生方向，在孩子们心中种下"上大学"的种子。

他们参观校史馆、图书馆、文体馆、实验室、古生物博物馆，参观团委，观看大学生的才艺表演，学习剪纸和画画，参加体育活动，还互动游戏，一起在餐厅用餐，体验丰富多彩的大学生活。新华网刊载、新华社转发报道了刘其威的《驻村日记：在孩子们心中种下上大学的种子》，吸引了爱心企业和人士到村里结对帮扶，捐资助学。

为解决孩子们"精神陪伴"问题，刘其威多渠道征集图书，在村部建起了农家书屋，新书已达4000余册，设立了优秀学生奖学金，为留守儿童联系爱心妈妈"一对一"结对帮扶，给全镇留守儿童办新年趣味联欢会……

村小学校长说："刘书记特别关注教育，时常到学校了解情况，解决困难。修路，修停车场，学生上学，脚不沾泥。带孩子学习、出去见世面，孩子们打心里喜欢这个城里来的刘老师，村民也打心底里感谢刘书记。"

乡村振兴，不只是经济上的振兴，还有精神上的振兴。美丽乡村，不但要村容村貌干净整洁，重要的是村民精神面貌的文明和提振。而这些，关键看党员怎么做！

——摘自刘其威《驻村日记》

刘其威心里理想的村庄是清新美丽的，不是道路泥泞垃圾满街气味浑浊死气沉沉的。在乡村环境治理上，刘其威协调相关部门，带领党员干部重修了两条老村路，新建了小学停车场，重新点亮了村里年久失修的路灯，新建了10个卫生厕所，安装了四方位太阳能篮球架。基础设施到位了，又开始绿化环境，栽植杨树300棵，果树850棵，路旁栽种鲜花，推行垃圾分类，新建3个垃圾投放点，为村里争取到多功能垃圾桶1个和1000多个家用分类垃圾桶。

村民不习惯垃圾分类定点投放，嫌麻烦。刘其威要求党员带头，从孩子抓起。他拿着环保布袋和宣传品挨家挨户走，讲解垃圾分类的好处。现在，家家门口都是绿树鲜花，再也不见臭气熏天的垃圾堆了。

村里环境好了，村里的风俗也应该改一改了。驻村不长时间，刘其威就发现村里几乎天天都有放鞭炮办事情的,有时一天好几家,婚丧嫁娶、孩子升学、参军、乔迁……大事小情都办酒席收礼。百姓心里反感,又碍于情面不得不去随礼,结果就是你办我也办,恶性循环,村民苦不堪言。刘其威和两委班子研究,出台了《前二台子村简办婚丧嫁娶倡议书》。全村党员干部签字带头遵守,移风易俗,一年来,办事情的减少了三分之一。

如今的前二台子村街道整齐干净,空气清新,绿树成荫,鲜花盛开。每到傍晚,村部小广场上打球的、跳舞的、舞剑的、器械运动的……健康喜乐,一派祥和。

村民说:"挺多活他都亲自干,大热的天,他推着三轮车给花除草浇水,我们就得更加爱护这环境……"

村民说:"刘书记来这一年多,为咱老百姓办了不少实事,为村里孩子忙这忙那,自己家里两个孩子都顾不上。看他那么累,我们都心疼,不容易呀!"

…………

提起刘书记,百姓有说不完的话。

我一共见过他两次。第一次约好见面,他从沈阳赶回来,我在和老书记聊天,他打了招呼,放下包说:"你们先聊,我去看看孩子们,他们上英语课呢。"第二次约好了见面,我到时村部却锁着门。通电话后,他从葡萄园赶回来,还没说几句话,快递公司的人又来找他谈合作的事,院子里还有等他办事的人,而椅子上坐着的小女孩正等着他一起去镇里排练迎国庆的合唱节目。

只要看看听听这一年多村子的变化,就知道他有多忙了。但是,在他的脸上看不到焦躁,在他的话语中听不到无奈。他说:"我已经把这儿当成家了,无论他乡还是故乡,能为百姓做事,我特别高兴也很自豪。还有一年多的驻村时间,我争取为孩子们创造更好的学习、生活条件;继续做大做强村合作社,壮大村集体经济,带领村民增收致富;建设美丽乡村,让村子更加宜居……"

正是稻花飘香的季节。出了村子,路两旁是辽阔的稻田,平展展的绿色包围着安静的小村庄,像一幅精美的油画。那里和其他所有乡村一样,正在祖国大地上上演着一出波澜壮阔的振兴大戏。遂又想刘书记戴着眼镜、笑容亲切、目光睿智、语气稳重和善、朝气蓬勃的样子,想起并祝福他的三个愿望……

一名合格的共产党员。

## 消冰拂暖
——记铁岭市铁岭县马圈子村第一书记肖冰

肖显志

### 进　村

铁岭市委机关党校校长肖冰接到市委组织部的通知，选派到铁岭县双井子镇马圈子村任党支部第一书记，正是在水稻整田插秧的农忙季节。

2016—2018年，肖冰连续三年被评为市直机关优秀共产党员；2018年被评为铁岭市三八红旗手、铁岭县优秀第一书记。

她从铁岭县委报到回来，开着车行驶在去往双井子镇的路上。一方方水稻田如一面面镜子，反射着春日的阳光。三五成群的牛背鹭追逐耙地的拖拉机，不停地俯冲下来，啄食翻出来的蝲蝲蛄。矶鹬和青脚鹬则在翻过的水田里，在水中寻找着食物。黄鹡鸰站在田埂上，唧唧啾啾地鸣叫着，悠闲地梳理着羽毛。

春，从泥土中钻出来了，爬上了柳树枝条。

已经有人在插秧了。

有的农家开着插秧机，篦子一样给田畴梳头；有的手工插秧，弯着腰让你看到最原始的劳作方式。

一方方亮白的镜子，一方方绿色的地毯，车窗不断地闪过田野里勾勒出的一格格淡美的水墨画。

马圈子村就在眼前了。

"哦！马圈子村……"不知是激动还是紧张，肖冰的心跳有点快。

她，清晰地记得，县委书记跟她介绍马圈子村的情况——这个村位于双井子镇北3公里，全村共有303户，人口1240人，党员33名，耕地面积4733亩，5个自然屯，7个村民小组，主导产业是水稻和玉米种植。

从市委大楼到乡下田野，以前带着儿子踏青游玩来过，是欣赏大自然的风景。现在，来到田野上，是要把这里当作自己另一个家，像孝敬自己父母一样，为农民服务。

望着弯腰插秧的农民，肖冰的耳边不禁荡起儿时爸爸教给她的唐诗：锄禾日当午，汗滴禾下土。谁知盘中餐，粒粒皆辛苦。

她停下车，走到田埂上，看着这首唐诗的真实写照，不禁眼角发热，鼻子发酸……

"姑娘，你找谁呀？"一位老大娘直起腰来问。

"大娘，您是马圈子村的吗？"肖冰哈下腰问。

"是呀！是呀！"老大娘打量着肖冰，问，"姑娘是来……"

肖冰自我介绍："大娘，我叫肖冰。是来你们村……不，是来咱们村当第一书记的。"

"第一书记？"大娘用疑惑的眼神看着肖冰，嘴里叨咕着，"村里有书记呀！付书记。咋的，他让人给撤了？"

肖冰忙解释："付书记还是书记，我是第一书记。"

"第一书记？"大娘还是不明白，"那付书记不是成了第二了吗？"

肖冰忙摆手，说："大娘，第一书记是市里选派下来的，是在咱们双井子镇党委领导和指导下，依靠村党组织，带领村党支部委员会和村委会开展工作的。"

"尽啥工作呀？"大娘问。

"我的主要职责任务是帮助建强基层组织、推动精准扶贫、为村民办事服务。"

"你原来是干啥的呀?"

"我是铁岭市委机关党校的校长。"

大娘还是不明白,一个坐大楼工作的姑娘,咋就到乡下吃苦来了?"放着校长的官儿不当,要来给老百姓服务?"她叨咕着转身接着插秧。

"我是来为村民服务,解决实际问题的。"肖冰提高了声音说,"真的!"

老大娘停下来,转过身子,问:"实际问题?"

"嗯!是实际问题。"肖冰使劲点了下头。

老大娘把手里的秧苗扔在水里,问:"吃水算不算实际问题?"

"算。"

"我们村的自来水不来水了,就是来了也是浑水、苦水、涩水。"

"哦!大娘,究竟是怎么回事?"

大娘说,村子里的自来水是从七八年前修建的,刚开始还好,水清亮的,好喝,可近两年说不上咋的了,离水房近点的,水就旺;远点的,就没水。

"大娘,我知道了!"

肖冰说着伸出手要和大娘握手,可大娘把满是泥水的手缩了回去,说:"要是你第一书记有权,就把自来水整好。"

"大娘!我一定!"

肖冰向大娘道了谢,回身上车,直奔马圈子村村委会。

## 自 来 水

车子在马圈子村村委会门前停下了。

村党支部书记付光文和村委会主任等几位两委成员早就等在那里。

"肖书记,怎么才到?"付光文过来伸出手,"我是马圈子村党支部书记付光文。"

"付书记你好!我是肖冰。"肖冰看了一圈大伙,说,"到县里报个到,又在半路和一位老大娘唠了一会儿,才晚了些……"

握过手,付书记给肖冰介绍过前来迎接的两委成员,说:"快进屋吧!"

进了村委会办公室,让肖冰傻眼了——这里哪是办公室呀!一把椅子、一张办公桌,简直是家徒四壁。

付光文张开两手,说:"也没法儿让你坐……"

肖冰收回目光,说:"上级选派我来马圈子村,时间是三年。在这三年里,我就跟着大家一起为村民服务了。"

大家瞅着眼前这个姑娘,没人吭声。

肖冰想起老大娘问她的话,说:"大家不要有误会,我这个第一书记,任期一般为两年,或者两年以上,我是三年,不占村两委班子的职数,也不参加换届选举。在任职期间里,原则上说,不承担派出单位工作,就是不再干市委机关党校的工作。原来的人事关系、工资和福利待遇还是我的原单位管,党组织关系转到村里,由县委组织部、乡镇党委和派出单位共同管理。"

"哦!原来是这么回事。"

大家舒了一口气。

"我就是来和大家一起帮助村民致富的。"肖冰接着说,"我坐在大楼里坐惯了,冷不丁来到农村还有些陌生,一些情况还不熟悉,还不了解,以后就靠大家多多帮助,共同解决马圈子村存在的难处……"

"难处……"付光文脸上的表情现出"难处"。

"半路上我和一位大娘唠了,眼前的难处就是自来水。"肖冰心直口快。

"是呀!自来水……"

"自来水年头太久了……"

"要解决自来水,得钱哪!"

两委成员喊喊喳喳。

付光文凑近肖冰，低声说："肖书记你看……"

肖冰说："明天，召开两委会议，具体研究一下解决的办法。"

"好。"付光文转身对大伙说，"明天早上8点，都回到这儿开会。"

第二天，两委会成员准时来到村部，具体研究改造自来水问题。

马圈子村现在用的自来水工程修建于2009年，因村集体经济没有什么收入，十年间基本没有进行过维护，造成水压低、锰超标、管道浅，导致冬季寒冷时水管子被冻住了，不能正常供水，水费就收不上来。即使水房的电费都是由村干部个人垫付，能勉强供水，也不能满足全体村民用水需求，为此，村干部压力大，村民颇有怨声。

肖冰面对自来水的两个问题：一是供水难，二是水质影响村民身体健康。如果不及时解决，难以向村民交代。

自来水的问题出在哪儿？

集中大家反映的情况，一是管道挖得浅，才一米来深，冬天不冻才怪；二是铁管子老化，不是堵，就是漏，影响畅通；三是过滤水芯十年了，用的时间过长，起不到过滤作用，造成水浑，锰超标。

问题找到了，大家研究来研究去，最后集中到一个字"钱"。

虽说，钱不是万能的，可没钱是万万不能的。

村里穷得叮当响，上哪儿掂对钱去？

大家你瞅瞅我，我看看你，没主意。

"大家都别发愁，我试试看……"

这话，肖冰也是夯着胆子说的，其实她心里也没谱儿。

望着肖冰的背影，大家对这个第一书记没抱多大的希望。

为了解决"钱"的难题，肖冰回到市里，多次到相关部门沟通协调，就是找过水利部门也不下十次。

水利部门的领导被肖冰的执着，被她的一心为民的责任心感动了，最终在水利部门的大力支持下，协调到资金15万元，用于改造饮水工程。

钱有了，开干吧！

可是，在选定水泵房地址上，肖冰犯愁了。要是占村民的地，补偿这一块需要一笔不小数目的补偿款，本来协调到的资金是卯顶卯的，没富余。

正在肖冰发愁的时候，村党支部书记付光文来了，对肖冰说："水泵房就建在我家边上吧！"

"可你家边上是玉米地和榛子园哪！"肖冰还是为难。

付光文说："我自己损失点没啥，你费那么大的劲把钱要来了，我还有啥舍不得的。"

这样，建水泵房的地址解决了。

为了早一天让村民吃上放心水，肖冰没白天没黑夜整个人扑在自来水改造工程上。每一项工作她都到现场监管，对自来水过滤设备更换、水井作业、管道铺设、泵房搭建……她都要一一过问，看着工程高质量完成。

为了不让管道在冬季冻住，从以前的1米深，挖到3米深；输水管全换了新的，过滤芯也换了高质量的……把发生问题的概率减到最小。

经过日夜奋战，在肖冰下到马圈子村三个月的8月14日，自来水改建修复工程竣工啦！

村民拧开水龙头，喝着哗哗流淌清凌凌的自来水，吧嗒着嘴说："真甜！"

## 安　身

"丁零零！"

村委会的电话响了。

肖冰赶忙拿起话筒，里面传来一位女士的声音。

"您好！"肖冰问，"您找谁呀？"

"我找村里。你是谁？"

"哦！我是驻村第一书记肖冰。"

"第一书记？就找你啦！"

"大姨，有什么事情请讲吧！"

大姨说，她家是贫困户，儿子得了膀胱癌，儿媳妇脑出血瘫痪，孙子和孙女都是智障，现在就靠救济金过日子。

肖冰心一揪，这样的家庭怎么过活呀！

大姨接着说："你是新来的吧，我也不为难你……"

"大姨您说吧，我尽力解决。"肖冰说得很轻巧。

"就是拆迁的事。"

这个情况，肖冰还是了解一些，大姨家的拆迁补偿款已经兑现完了，还有什么事？

大姨接着说，拆迁款是兑现了，可眼面前要是从老房子搬出去，上哪儿去住哇？

"哦！"肖冰清楚了，大姨家是不想腾房，还要在老房子住一阵子，便说，"大姨，我理解您的心情，不过这事得村委会班子研究研究才能定怎么解决。"

"有这句话就行。"大姨临放下电话时说，"我等肖书记的信儿。"

肖冰撂下话筒，心想，这么困难的村民，在老房住也不是长久之计，得想办法彻底解决住房问题。明天一早就召开村两委会议。

没等开会呢，下午大姨又打来电话。

"大伙说你老好了，尽给我们办好事，我相信你。"

"大姨，您放心吧！"

肖冰暗下决心："为了村民这份信赖，我一定做一名有责任、有担当，尽心为村民服务的驻村干部。"

不等了。

肖冰放下电话就和付书记沟通，马上召开两委会议，研究解决大姨家住房问题。2018年12月23日，村里召开村两委会议，研究单户城镇化遗留拆迁引发的问题。

223

她在会上将这个问题一提出来,大家都感到应该马上给予解决。

会后,肖冰建议村干部一同到贫困户家中看看,征求意见。

来到大姨家,大家看到状况属实,确实是村里最困难的家庭,应该给予特殊照顾。

接着,两委成员们又察看了建房地址,最后定下来位置。

大姨见肖冰领着村两委成员们来到家里,感动得不知说什么好,嘴里一个劲叨叨着:"这下我心托底了,住房有望了……"

肖冰毫不怠慢,把贫困户大姨家的情况,以书面形式上报镇政府。

双井子镇政府很重视肖冰打来的报告,马上研究,立即批复,协同民政部门,解决贫困户住房问题。

肖冰接着又跑县民政部门、市民政部门,大姨家的住房按照政策得到落实。

房场找好了,房子建起来了,屋子里面也粉刷一新,收拾得"拿笤帚上炕",让大姨一家简直不敢相信自己的眼睛——这是我们的家吗!

## 堡 垒

肖冰来到马圈子村时间不长就赢得了村民的称赞。

村头上,村民吃完饭聚到一块,唠着家常——

"咱们村新来的小肖书记,人可好了。"

"可不是嘛,尽想着为我们老百姓干事。"

"看看自来水,一点也不苦一点也不涩了。"

听着这些议论,肖冰由衷地感到骄傲和自豪,下决心用自己的炽热的真心和不懈的努力,改善村级集体经济薄弱的现状,让村民过上更加美好的生活。

肖冰充分认识到,要带领群众走上小康之路,就首先要加强党的支部建设，从党员做起，充分发挥党员模范带头作用。

马圈子村共有33名党员，要发展壮大村级集体经济，就要充分发挥基层党支部的战斗堡垒作用。

可是，马圈子村党员年龄普遍偏大，凝聚力又不强，没能充分发挥模范带头作用。

针对这些问题，肖冰跟支部书记研究，怎么才能迅速解决党员存在的问题。

"以前是我抓得不够……"付书记检讨说，"我们还是发动班子成员，研究出一个解决方案吧！"

于是，召集支委会成员，研究党支部建设问题，最终大家一直认同应该从三个方面进行重点切入：一是在日常的组织生活中严格落实"三会一课"等制度，不断增强凝聚力首先就要唤醒党员的意识；二是加强践行习近平总书记的系列重要讲话，不忘初心，牢记使命；三是开展党员思想政治教育，提高党员思想觉悟。

会不能白开，研究下来的事就要落于实践——

肖冰带领村两委班子到党建示范村学习。

积极与上级沟通，邀请市委组织部和市直机关工委的党建专家，到村里为党员进行现场指导。

成立了党员教育活动室，创建了党员之家。

为进一步强化党内政治生活的落实，她带领全体党员开展主题党日活动。

与派出单位反复协调，带领全村党员参观雷锋纪念馆、博物馆和周恩来纪念馆。

她还与铁岭天地摄影社沟通协调，联合开展"过大年 全家福"公益活动，全体党员无论老少都积极参与并合力筹备，党员的积极性被调动了起来，纷纷主动分组带领摄影师入户为村民照全家福，村民切实感受到了党的关爱。

党员的觉悟提高了，精神振奋了，都跟换了一个人似的。现在，马圈子村的党员心聚在一起,发挥示范引领作用的主动性更强了。

"你瞅瞅,小肖书记一来,党员就是跟咱们老百姓不一样。"

村民的评价,让肖冰心头发热……

## 送 暖

肖冰在走访低保户的过程中,看到一些贫困户人家还穿着破旧的衣服,就将家中不常穿的衣物拿来,送给村民。

70多岁的孟大爷看中了一件羽绒服,虽说正值夏天,天头还热,但他还是乐呵呵地穿上,说:"我活了大半辈子,这件衣服最暖和。"

"群众有需要的,我就要真心去做,给百姓以温暖。"

肖冰这样想,就立即去做。

她牵头发出"选派干部开展捐赠活动"的倡议,市委组织部和市直机关工委等部门对她发动的捐赠活动十分认可,并给予大力支持。成立了铁岭市选派第一书记志愿者服务队,联合发出《"情暖乡村"大型公益捐赠活动倡议书》,通过志愿服务搭桥,将机关单位、选派干部和爱心人士紧密联系在一起。

一个月里,100多家市直机关、企事业单位纷纷行动,捐献物资4万多件;企业家、村民代表、高校学生、耄耋老人等社会爱心人士,捐赠物资3000余件。这些物资,有的是衣物,有的是米面粮油,有的是电视机、洗衣机……市直机关、企事业单位、选派干部把东西源源不断地送到所在村贫困户、低保户、五保户手中。

社会各界爱心人士捐献的物资,由志愿者服务队统一捐献给铁岭县双井子镇的双树子、永收等6个村。

收到了这么多干净整齐的"爱心物资",困难群众欣喜不已,一个劲地与送爱心的工作人员握手感谢,并连声说:"永远忘不了党和政府的关怀。"

肖冰这一举动似乎有些"过格",超越了她所驻的"村",可一声呼吁，带动全局，彰显了一个共产党员的本分，怎么能不得到百姓的称道呢！

## 家

当初，当肖冰走进村委会办公室时，她的第一感觉是"凄凉"，光秃秃的不像个"家"的样子。

"改善办公条件，让村委会有个'家'的样子。"

肖冰这样想，就迈开双脚，到市安监局、市电业局、市体育局等部门，沟通协调，为村部争取到办公桌椅、电脑、打印机等办公设备。

村委会不再是"空房"了，进屋有地方坐，开会有会议室，党员活动有活动室。但，在肖冰眼里，还不完全像个家。

于是，她再跑市体育局，跑来了体育活动器材。

体育场上，村民在运动锻炼时，都纷纷称赞肖书记为群众着想的举动。

肖冰看着载歌载舞的村民，脸上绽开了开心的笑容。

真正把马圈子村当作自己的家，肖冰把工作做到家。她经过反复查阅资料、调研考察、深入实践，研究出"真、实、想、法"四字工作法：真，就是用真心去对待驻村工作，不敷衍；实，就是实实在在为村里做实事，不虚伪；想，就是拓宽思路，为民着想，多渠道；法，就是办法多样，方式灵活，多措施。

"学懂弄通农村政策，撸起袖子加油干"，是她三年驻村第一书记工作的决心。

真正把马圈子村当成家，把这里的村民当作自己的亲人，让群众过上温暖幸福的小康生活，年轻的肖冰有使不完的劲……

# 脱贫致富路上的领头雁
## ——记铁岭市昌图县丁家村工作队队长关利群

刘学飞

在辽宁省最北端昌图县八面城镇丁家村村委会文化广场上，有一座被老百姓叫作"奋斗碑"的雕塑，立起这座碑的人就是市委办驻村工作队队长关利群。村民都亲切地称他"关书记"，还有很多人称他"执着奋斗者"。

关利群，男，满族，1974年5月出生，2001年6月加入中国共产党，研究生学历，工商管理硕士学位。现任中共铁岭市委办公室副主任，市委办公室驻铁岭市昌图县八面城镇丁家村工作队队长，2018年被评为辽宁省优秀共产党员。

驻村以来，他一直践行着"不把丁家村包扶好、建设好誓不罢休"的承诺。通过五年的奋斗，他和他的工作队终于打磨了一张闪亮的名片：丁家村——省级文明村、昌图最美乡村。

群雁高飞头雁领，那么他在当好第一村书记，落实党托付给他的领导全村脱贫攻坚工作中，具体是怎样做的，有哪些值得借鉴推广的呢？

### 明宗旨，心系家国丹心无悔

"刚来时都是我找村民，现在村民有事就找我。"关利群说驻村五年多来，每当村民遇到事找到他时，都是他最开心的时候，虽然每天大事小情不断，但这一种奔忙给他带来的不仅仅是快乐，更准确地说是幸福感！

但是，他明白群众对他的信任，就是对党和政府的信任，他所做的一切都是以一名党员的标杆来衡量的，"先天下之忧而忧"，是对家国的热爱，绝对不是沽名钓誉，弄虚作假。

到基层，到偏远的贫困乡村担任第一书记之后，关利群深感自己的使命重大，在深入而踏实的工作中，他也深刻体味到，作为一名党员干部只有把无私奉献精神列为自己的第一人品，把脱贫攻坚作为第一政治使命去完成，这样才能全力以赴，不辜负党的委托，不辜负人民的期望，把最广大人民的根本利益作为一切活动的出发点和归宿，践行为人民服务的宗旨。

关利群回忆2014年7月第一次到村跟全体村民见面时的情景，至今历历在目，他说："我是农村出来的孩子，父母也是农民，还住在农村。我母亲办身份证拓印指纹时，因常年干农活，双手磨得竟连一个指纹都印不上去。我坚信，只要把老百姓的事当自己父母的事办，就没有办不成的。"

他说到了，也做到了。他把村民视为父母，把心和群众连在了一起，在工作中和群众打成了一片，他时刻记挂的都是老百姓的事，无论是在家里，还是在单位，他逢人必讲村里的事。

有一种精神叫奋斗，有一种奔忙叫幸福，有一种责任叫担当。文化广场上的"奋斗碑"，既是给脱贫攻坚立的，也是给关利群和他的工作团队立的，因为他必将和丁家村村民共同奋斗，把一场关系家国繁荣、民族发展的事业做踏实，做长远。

## 走基层，访民情助力脱贫找门路

驻村之初，虽然八面城镇给工作队安排了宿舍，可他们坚持吃住在村里，就住在到处漏雨的村委会。炕上漏雨，他们就搬到村书记办公桌上住，哪儿不漏往哪儿挪。就在这张移动式"大床"上，驻村工作队的同志硬是住了一个多月，每天早出晚归，走遍了全村620多户，摸村情、访民意、问民需、探民苦。经过深入调研，找出村集体经济薄弱、村容村貌脏乱差、贫困人口多的症结所在。

调研后，关利群的工作队达成共识：要改变丁家村的现状，必须改变村民观念，做到扶贫先扶志。他们主要从思想入手，帮助贫困群众转变思想观念，激发内生动力，摆脱"精神贫困"，增强"我要脱贫"的志气。

贫困户武文阁，妻子患脑血栓，儿子患癫痫病，女儿读高中，生活十分艰难。关利群给他留下1000元钱，帮他解燃眉之急；后又送去4000元钱帮他儿子治疗烫伤。武文阁说："关书记不仅给我送来了葫芦苗，联系爱心人士资助我女儿上学，还介绍我到村环卫队、绿化队干活，每年增收1万多元，我的日子有奔头了。"

他还协调有关部门，帮贾德宝等12户困难群众进行了危房改造。帮助贫困户张向武筹集5万元，建起了1200多平方米的蔬菜大棚，当年增收3万多元。

帮助高德江建羊圈，送两只种羊，发展养羊项目。针对脱贫难度极大的17户34人，他制定一户一策，帮助无劳动能力的贫困户办理了低保，让有劳动能力的到合作社和工程项目务工增加收入。

他联系中邮保险等多家企业捐赠款物近30万元；发动社会力量，救助30名贫困学生，累计捐款5万多元；动员机关干部捐赠衣物1000多件；联系40多位沈阳知青返乡资助贫困生。

到2018年年底，全村110多户、220多人实现脱贫销号，村年人均收入增加到1.6万元。

大到产业扶助，小到生活琐碎，凡是入了村书记眼里的都是重要的事。

在摸查中，他发现偏远的农村阻断了人们的经济意识和经济活动。比如村里不少村民家里都散养母鸡，这些"绿色"的鸡和蛋在城里非常走俏，能卖个好价格贴补日常生活。但是由于丁家村距离市区远，不能销售出去。关利群就和队员们想到，工作队可以先从自己的朋友圈组建卖鸡蛋群开始，大家传帮带，把消息宣传出去。于是，驻村工作队微商小分队成立。通过大家的宣传，有的自己买，有的给父母带，还有的帮朋友买。就这样，平均每个月可以销售出去3000余枚鸡蛋，赶上年节，家养的鸡鸭鹅都给农户带来不少利润。

又是奔忙的一天，更是欣慰的一天。老高种地不挣钱的事终于解决了，由种田大户托管，多收归老高，赔了我补。想着老高家9亩地能增收6000多元，心里甜滋滋的。我要用这办法解决其他观念落后贫困户和村民种地不挣钱的问题。我坚信，只要我们真心替老百姓着想，再难的事都能办成。晚上8点多，忙完接待沈阳老知青响应我村发起的"参与精准脱贫，助力乡村振兴"爱心公益行动的事，我才往回返。车在高速上，视线不好，前面忽然有一个路障柱，我躲闪不及，偏侧一些撞了过去。当时我心里反复念叨：我不能有事，老百姓还有很多事等着我去做呢。（摘自关利群驻村日记）

正是这样的人文关怀，让关利群的工作队更深入人心，这样为村民着想接地气的书记，怎么能不受群众的认可和支持呢？这样的努力注定脱贫攻坚道路走得畅通，这是人心所向。

## 凝聚力，强基固本集体经济活党建

给钱给物，不如建强一个好支部；帮贫帮困，不如帮助理出一条富民强村好思路；留声留名，不如留下一套好制度。

驻村工作队深深地意识到：如果不把党支部建设好，丁家村永远改变不了。于是，关利群带领驻村工作队与村两委同心协力，从加强村党支部建设入手。帮助村两委班子理思路、换思想、转作风、强本领，组织村两委班子加强政治理论学习，带领两委班子成员到先进地区考察学习，培训实用技术、实行村社合一，重点抓招商引资，为村里引来金凤凰，通过开展项目帮扶、产业帮扶，着力解决农村党建与经济发展问题。

关书记的引领和组织，硬是把一个平均年龄近60岁的村两委班子打造成了一个"奋斗班"。

关利群也常常感叹道，工作开展得这么顺利，真的要感谢村书记沙守田和其他所有人的共同合作，不管遇到什么事，大家都有商有量，因为目标一致，工作干起来自然就事半功倍。

在关书记的领导下正在积极筹建扶贫基金，尝试为困难户购买大病商业险和意外伤害险，探索完善脱贫救助保障机制；并力争将全部困难群众都"+"到一个项目、一个产业、一个合作社、一项保障里去，有劳动能力的靠项目脱贫，没有劳动能力的困难群众全部列入保障扶贫，实现困难群众全部脱贫。

在硬核党组织领导下，丁家村特色产业初步形成，科学的思路加上严格的组织制度保证，一个硬核村集体经济壮大起来。

## 抓文明，旧貌换新颜贫困村增信心

以前，丁家村内巷道狭窄泥泞，没有路灯，一到天黑或者遇到雨雪天，村民就只能窝在家里，出行难成为制约全村振兴发展的头等难事。看到村里交通不便、缺少健身场所等实际困难，看到村两委班子满面愁容和没着没落的眼神，面对困难群众病痛缠身、缺衣少食和迷茫无措的目光，他下定决心从难题入手，要让党员干部和群众看到希望。于是，他把村里急需解决的事列出清单，组织驻村工作队的几位同志向有关部门咨询帮扶贫困村政策，设法争取资金。关利群挨个部门跑，反复跟人家介绍、求人家帮忙。即使因为感冒发烧，嗓子疼得说不出来话，他也没放下手中工作。

功夫不负有心人，经多方协调，筹措2000多万元，新建了近20公里村路、200平方米村委会、1500平方米文化广场，安装路灯290盏、体育器材2套，还协调了电脑和办公桌椅；争取到80万元美丽乡村项目，实施改水改厕工程，村民健康卫生条件极大改善。他联系爱心企业筹集7.5万元，大力开展村屯环境整治：重新修建了院墙，在房前屋后、道路两侧栽植了花卉苗木。

村民走在像城里一样鲜花簇拥的村路上，心里忒自豪，环保意识也大大增加，积极组建了丁家村环卫队，定期清理垃圾，全面改善办公环境和村民生活环境。

乡村一天天变美，村民的心气也一天比一天足了，街灯亮了，人心也欢快起来，劳作一天的人们在文化娱乐广场随着音乐跳起舞蹈，这时的关利群却转身去张罗另一项事业了。

## 招商资，产业引领致富路

"授人以鱼，不如授人以渔。"脱贫攻坚要"输血"，更要"造血"。驻村工作队与村两委积极沟通，通过开展项目帮扶、产业帮扶，让丁家村的集体经济真正拥有"造血"功能。

丁家村有9个村民组，绝大部分村民仍以种植玉米为主业，生产力发展水平滞后，2014年以前年人均收入不足5000元。通过调研发现，只有发展特色产业，才能使全村脱贫致富。于是，他带领驻村工作队与村两委同心协力，从加强支部建设入手，组织村两委班子到外地考察学习、培训技术，通过开展项目帮扶、产业帮扶，着力解决农村党建与经济发展"两层皮"问题。

截至目前，共帮助组建农民专业合作社9个，流转土地4000多亩，仅此一项就人均增收1000多元。为了帮蔬菜合作社打开销路，他在市直机关食堂设立扶贫小铺，利用休息时间，帮助售卖蔬菜。

此外，他还积极探索农业产业发展新模式，通过招商引资，引进沈阳企业投资500万元，创办新雨旱稻种植合作社，流转1300多亩土地种植旱稻，当年为村民增加劳务收入60多万元。

组织村两委用扶贫资金20万元与沈阳企业、种田大户刘春东合作，创建了注册资金141万元的昌图犇旺牧业有限公司，发展黄牛养殖项目。

已投入使用的30千瓦光伏发电项目每年帮贫困户增收近5万元。他还协调资金帮助村里建了约40亩方塘，引进一家旅行社，投资150多万元成立源于爱农业观光旅游专业合作社。现在，市委办驻村工作队正带领村民建设近3万平方米水面的垂钓园、1万多平方米的亲子体验农场、2000多平方米的葫芦园、30多万平方米的玉米地迷宫，发展以好吃、好看、好玩为特色的观光体验休闲旅游农业。

有了梧桐树，招来金凤凰，"最美乡村"的名片飞出昌图，在辽北广袤而深情的黑土上，飞出一条既新又美的振兴发展之路。

## 扶返乡，扎深根脱贫致富靠后劲

原本在外村发展的王立海说，这两年村里变化太大了，有一心为村民的驻村工作队，丁家村将来一定有大发展，他得回来建一家纯粮酒厂，干一番事业。

做水泥制品的武红波，看到村子变美了，说要把这些年的积蓄拿出来，在村里建一个高标准养老院……

看着村里发展好了，想要跟着驻村工作队一起干出一番事业的村民也越来越多了。抓住契机，关利群积极为他们争取国家福利待遇，引导他们了解国家扶持政策，让他们少走弯路，找到适合的经营项目。

他组建了乡村振兴志愿者联盟，建立微信群、互通信息，资源共享，帮助村民增加劳务收入累计近150万元。当得知在外经商的村民郝传江想回村投资300万元建设种鹅繁育项目后，他主动联系，帮忙找地、办理手续。郝传江对此感叹道："就冲关书记这样为百姓办实事，我回来创业就对了。"

奋斗创造历史，实干成就未来。现在，广大村民正满怀信心和梦想，在关利群和村党支部的带领下，组建起乡村振兴志愿者联盟，汇聚起越来越多的力量，朝着让村民过上"生活如画，画绘生活"的富足安康美好生活的目标奋力前行。

脱贫攻坚因为新生力量的加入，如虎添翼，后继力量蔚然可观。

## 重文化，展名片互动交流共享乡村美

最美乡村，美在经济生活的富庶，文化生活的多彩。

驻村工作队与村两委研究，利用村委会活动室建设新时代农民讲习所，邀请沈阳老知青、铁岭美协画家教授农民画画，开设普法知识大讲堂和农业科普知识课堂等，全面提升村民的法律意识和农业种养技能，让农村的"三闲"忙起来、赚起来、乐起来。

一个聪明的领导者应该是善于攻坚，也善于公关。丁家村成型而科学的脱贫攻坚，在全市产生了非常好的社会影响和效应，关书记的宣传功不可没。

2019年5月25日，铁岭新区实验学校小学三年三班的学生放下课本，走出课堂，来到辽宁省铁岭市昌图县八面城镇丁家村，开展"关爱贫困家庭　助力乡村振兴"公益活动，一起感受乡村的魅力。

在讲解员的带领下，孩子们来到村史馆内，展开一次对丁家村的历史与农耕文化的探索，感受淳朴的丁家村民风。

孩子们现场观看昌图县新雨旱稻种植合作社工作人员向方塘里投

放鱼苗；进蔬菜水果大棚，了解植物特性，进行采摘有机玫瑰香葡萄、有机香瓜等活动，感受劳动成果丰收的喜悦；参观昌图犇旺牧业有限公司的养牛牧场，观看了解饲喂的过程……

关利群书记与孩子们分享自己对于"奋斗与幸福"的理解和感悟，希望能有更多的城市孩子走进乡村，了解乡村。

丁家村文化广场前，《我和我的祖国》音乐一响起，城乡结对子的学生手拉手，一起唱起动人的歌。

学生钱雨嘉说："看到那些贫困家庭的生活环境让我很震撼，我希望能够真正帮助他们走出贫困，不仅仅是依靠捐款的这种形式，希望自己以后也能为他们做点什么，我和妈妈也约定了以后还要来看望他们。"

关利群说："教育了我们的孩子，又帮助了贫困的群众，这件事情意义太重大了，我愿意做它，我愿意把它做下去。"

美丽新村，它既是丁家村人的，也是每个心怀乡愁和诗意的人的。

脱贫攻坚，丁家村为我们树立个好样板。对于关利群书记和他的团队，对于丁家村来说，这是一个美丽起点。

共享乡村美，共圆中国梦，需要关利群这样的领头雁，也需要更多有识之士和社会力量加入。

丁家村距离我们不远。

# 干实事的单葆成
## ——记朝阳市龙城区北台子村第一书记单葆成

魏泽先

　　采访单葆成我是分两步走的：一是面对面，听他讲驻村近两年来所做的工作；二是走村入户，听村民对他的评价。每到一个村民组，没有不认识他的，一口一个"单书记"地叫，卷旱烟给他，熟悉得如同在一起生活了多少年的邻居。单葆成只要在那里一站，一会儿就会聚拢来一大帮人，这些人他都能一一叫出名字，知道他们家住在哪儿，都是啥啥情况。

　　经过几天的深入采访，坐下来梳理采访笔记，准备开笔的时候，让我自然地想起了1996年央视春晚赵本山小品《三鞭子》中的一句话：干实事的来了！

——引　子

　　2019年2月12日，农历己亥年正月初八，单葆成就告别妻儿，驱车350公里来到朝阳市龙城区联合镇北台子村开始工作了，从北台子村到沈阳这条路，迄今为止他已经往返50多趟，在沈阳到朝阳的高铁开通前，他一个多月的行车里程就达到5000多公里。

　　此时，朝阳大地还沉浸在春节的喜庆气氛中，亮丽的春光照耀着山山水水，丘陵深处的村庄道路上，走亲戚的自行车、电动车、轿车川流不息。家家门前的大红灯笼高高地在早春的微风中飘舞，零星的鞭炮声还在大山的角角落落回荡，办秧歌的村子正是最热闹的时候，唢呐声、锣鼓声此起彼伏。

在这样的气氛中，2月13日，正月初九，朝阳市脱贫攻坚大会胜利召开，在会上，省科技厅驻朝阳市龙城区联合镇北台子村扶贫工作队又一次获得"2018年度先进驻村工作队"称号。北台子村第一书记单葆成散会后，没有回家，而是急忙赶往村里宣布这个好消息。

这的确是个好消息，这一荣誉称号已经连续获得两年。它不但证明了驻村工作队"驻"到了百姓的心坎里，脚踏实地，用真心扶真贫，当地政府和百姓对扶贫干部的认可，更是证明了北台子村已经开始摆脱了贫困的束缚，走上了富裕的道路。

## 二十年的轮回，从辽南到辽西，
## 乡情依然，让他感到亲切而信心十足

朝阳是东北历史名城，也是东北地区进关的重要通道。然而，这座历史悠久的三燕古都却是辽宁省最"穷"的地区。贫困县数量占全省三分之一，贫困村占全省四分之一，贫困人口占全省三分之一。十年九旱，自然条件恶劣，返贫现象突出，基层能力薄弱，有的地方还被称为涣散村、负债村、光棍儿村。

在采访中，单葆成不止一次说："第一次走进农户，发现生活水平跟辽南相比至少相差十年，心里很不是滋味。"

北台子村有7个村民组，310户，1089口人，居住在七沟八岔比较分散，耕地面积3453亩，大部分是山坡地。由于交通闭塞、土地贫瘠、生产生活条件十分落后，贫困户有82户185口人，靠天吃饭是北台子村真实的生活写照。

2014年7月31日，省科技厅扶贫工作队进驻北台子村。五年来，扶贫工作队所做的一桩桩、一件件事，如春雨润物，在北台子村无声地催发了勃勃生机，让北台子村悄然改变着模样。

2017年9月21日，单葆成在组织安排下来到北台子村负责驻村扶贫工作，任第二任驻村第一书记、区长助理，协助副区长做好扶贫和科技工作。

单葆成，高个，身材适中，眼镜后面的双眸明亮而充满思考的神情，让每一个第一次见到他的人都感到似曾相识，说话和善而亲切，没有一点干部的架子。1978年10月出生于大连普兰店北部的一个乡村，1997年9月，考入沈阳农业大学农业机械化专业，1998年12月加入中国共产党。2001年作为辽宁优秀毕业生和辽宁省三好学生成为辽宁省委组织部第16期选调生，经过省委组织部和大连市委组织部培训后于2001年9月被分配到普兰店市安波镇政府工作，先后在乡镇的水利站、社会治安综合治理、610办公室、人大、工会、民政等部门工作。2003年5月借调到大连市科协工作，负责组织建设和宣传工作。2004年5月调入辽宁省科协学会学术部，负责学会组织建设和辽宁省自然科学学术成果奖评审工作。2008年5月调入辽宁省科技厅农村科技处，负责处内综合计划等方面工作。2013年借调科技部农村科技司基层处工作一年。

单葆成又一次站在了乡村的土地上，肩负重任，即将在这里打拼三年，二十年的轮回，从辽南到辽西，乡情依然，让他感到亲切而又信心十足，于是制定出分三步走的扶贫方案。

第一步，雪中送炭，解燃眉之急：一袋米，一袋面，一桶油，几百元慰问金，虽然解决不了贫困，但是也能够让贫困户感到温暖，看到希望。第二步，立竿见影，当年见效：种子化肥，养殖种植。第三步，彻底拔掉穷根，筑牢脱贫根基，可持续长远发展：助学，建场，栽树。

## 雪中送炭，虽然只是解燃眉之急，但是也会让人感到温暖，看到希望

2018年1月21日，农历丁酉年腊月初五，单葆成慰问贫困户，来到贫困户陈桂山家。陈桂山家俗称"三虎"家，就是三个光棍儿，老大陈桂山户主，老二陈桂玉，老三陈桂林。单葆成来到他们家的时候，只有老二陈桂玉在家，看见他家的破炕席，桌上吃剩下的饭菜，单葆成感慨万千，这些情景有的人可能一辈子也未曾见过，这些东西可能有的人一辈子未曾吃过！除了给发放粮油和慰问金之外，单葆成又拿出100元钱，让村里的村医去帮忙买一块地板革换换炕席，又对陈桂玉半开玩笑说："过年了，好好把家收拾收拾，要是收拾好了，来年帮忙给你娶个媳妇。"陈桂玉虽然知道这是书记跟他开玩笑，但是也非常开心。

随后来到张春学家，张春学家四口人，张春学50多岁，父母都70多岁了，女儿3岁的时候妻子离婚走了，家里困难。单葆成看见孩子穿上捐赠的衣裳，站在地上，爷爷奶奶夸奖这衣裳多么多么合身，就跟量身定做的一样，在孩子高兴、一家人高兴的时候，他转过身去，不由得发出了一声叹息："多么可怜的孩子呀！"

2018年的冬天少雪，沈阳人很期盼降一场"正经"的雪。正月十五的前一天，一场不期而至的大雪，让沈阳人兴奋起来，人们纷纷外出踏雪赏景，单葆成的儿子也兴奋地嚷着要爸爸带他去滑雪场玩。妻子劝他，趁着农闲先休几天假，调整下身体，也好带着儿子出去玩玩。

然而，他又一次让家人失望了。四小时后，他驱车350公里，来到了朝阳市龙城区北台子村漫子沟组，探望贫困户王金文并给他送去汤圆。

每天，单葆成都会把扶贫的工作内容发到微信朋友圈里，目的就

是让朋友感知这里的一切，知道这里的需求；每次，他开车从沈阳回来都会带来朋友捐赠的衣物等生活必需品。如今，已向北台子村捐赠衣物1000多件，向镇敬老院、贫困户捐赠20多套被褥和生活用品，为贫困户带去慰问金8000多元。

颜家沟是一个只有28户人家的村民组，地方小而偏僻，由于地势高，缺水，一直是困扰村民的大事。村民杨玉春64岁，她说："自打祖上从山东来落户的时候就缺水，有挺深的一口井，没多少水。有牛羊吃的就没有人吃的，天旱一点就得到山下去拉水。所以虽然住在山上，却很少饲养牛羊，就别说种地了，雨养庄稼，靠天吃饭。自从单书记来了以后，帮助打了井，推了地，还转圈修了水泥路。这回可好了，安上了潜水泵，一推电闸，不但吃水不愁了，就连山上的庄稼都浇上了。我家还养了两头驴、八头牛和一大群羊，你说这不都是钱吗？要不大伙都说呢，尽干实事了，到时候期满了也不让他走，不行的话大伙签字也得把他留下来。"

村民王金文一家老两口，老太太见人总是念叨玉米生虫子的事。她说，2019年6月份，玉米地里突然生了虫子，眼看着玉米就被虫子吃光串了，人们急得火上房似的，有人给在外地的单葆成打电话，单葆成连夜电话遥控，第二天早晨就把免费农药发放到了各户，虫情解除。村民都说单葆成真是个干实事的人，拿村民的事当事做。老人家一边说一边擦眼泪。

村民张淑芝老人，原来的房子是女婿建的，两个闺女都在他们家住，2018年走访的时候，她跟单葆成说，一年四季晚上都得穿着衣裳睡，不管怎么热都不敢脱，有女婿在，穿少了不方便。单葆成记在了心里，决定把她家原来的房子翻新重建。

前些日子单葆成到她家走访，看看房子建得怎么样了。

她可能听说单葆成驻村快到期要走了，就拉着他的手，眼泪汪汪地说："单书记，听说你要走了，我们村刚刚好起来，你这就要走了？不行的话，我们老百姓捐点钱给你开工资吧（我猜测在她看来单葆成在这儿工作可能工资比在沈阳低），你就别走了，行吗？"说得单葆成心里酸酸的，热热的。

## 拔穷根，需要转变观念，知识改变命运，家和万事兴，孝敬父母是脱贫致富的必要条件

单葆成在农村长大，亲身经历让他发现了一个现象：不和睦、缺少孝道的人家，大多贫穷，最显著的特点就是儿媳不孝敬公婆。

为转变北台子村村民精神面貌，促进家庭和睦，弘扬尊老爱幼的传统美德，单葆成决定开展北台子村"新时代好儿媳"评选活动。

经过村班子、村民代表和党员的共同选举，选出了7名北台子村的好儿媳。她们不仅孝顺长辈，爱护子女，同样团结邻里，乐于帮助他人，是村民心目中的好人。当选好儿媳必备的条件，必须是与公婆生活在一起的，并且和和睦睦。"勤母看儿衣"，孝道看婆媳之间的情感。为此，单葆成到这几户暗访，通过察言观色，最后才拍板确定。

刘淑娟是好儿媳中的一位，刘淑娟说："感谢单书记组织此次评选活动，为了促进家庭和睦，弘扬尊老爱幼的传统美德书记也是煞费苦心，这些事情其实都是微不足道的小事，都是我们应该做的，百善孝为先，我们的下面也都有自己的子女，而我们的所作所为就是最好的榜样。只有家庭团结一心，我们才能过上更好的生活。"

知识改变命运，因为单葆成也是一个从农村走出来的孩子，所以他能够切身体会到知识对一个农村孩子未来成长以及对家乡回报的重要。所以从驻村的第一天开始他就时刻关注村里贫困家庭孩子的上学问题。

北台子村漫子沟组王金文70多岁，他的儿子15年前在车祸中去世，儿媳带孙子王成男改嫁，但是孙子却不愿跟母亲在一起，常回家跟爷爷奶奶生活。王成男上大学很懂事，读大学寒暑假都会到外面打

工挣钱,但是在校生活还是很艰难。

2018年9月的一天,奶奶找到单葆成,不好意思地说:"单书记,有个事一直想跟你说,可是就是没法张口。"单葆成说:"你就说吧,有啥为难事只管说,能解决的一定帮你解决。"

了解到这个情况后,单葆成说:"按理说你孙子户口没在咱们村子,但是,孩子毕竟是你们的孙子,是咱北台子人,村子里没办法解决,我个人来帮助你。"单葆成说到做到,通过微信朋友圈一天时间就募集到了助学金1万元。为了稳妥起见,交由王成男的老师每月代发500元,直至大学毕业。

王金文老两口每每提到这事都满怀感激,说遇到个"大善人",解决了他家的大困难。

北台子村王上组的王冬松,他家曾经的生活水平让村里人羡慕,可是他因为三年前的一次车祸,眼睛造成终身残疾,身体仅能自理,家里上有70多岁的父母需要赡养,下有10岁的孩子正读四年级,家里的经济收入一下子压在了40多岁的爱人身上,日子一落千丈。了解到这个情况后,单葆成带来曾在中国医科大学附属盛京医院眼科工作的爱人到王冬松家查看病情,为恢复健康提供意见和建议。通过动员自己的一名同学,每月为王冬松的孩子给予200元的学习资助。

建档立卡贫困户杜广纯的女儿在朝阳市一高中就读一年级,学习成绩名列前茅,懂事的孩子每天生活费仅10元钱左右。得知这一情况后,单葆成每月协调资助生活费1000元,直至高中毕业。

两年来,单葆成已为北台子村协调助学资金4万多元,建立了"北台子村新生入学奖励基金",对村内考取研究生、本科生、专科生的学生给予一次性300—500元不等的奖励,建立实施了北台子村"雏鹰计划"。

每学期期末,对村内综合排名前10名的初中生,综合排名前5名的小学生,分别给予100—200元不等的学习用品奖励。旨在通过一点一滴的行动，营造村内重视教育氛围，立足当下，着眼未来。

2018年，为拓展北台子村村民增收渠道，让贫困户早日奔上小康路，单葆成与锦州医科大学畜牧兽医学院积极协调，在北台子村推广"锦医1号鸡"新品种，为北台子村农户免费发放鸡雏1700多只，经过一年多的精心饲养示范推广，村民反响强烈十分认可，经济效益可观。2019年又为联合镇和北台子村引入锦医1号鸡雏3000多只。

70岁的北台子村甘家沟村民组董春侠就是当年受益的一个，如今提起这件事，他还很高兴："我和老伴年岁大了身子骨不好，日子紧巴。第一次我领了20只鸡雏，9只母鸡刚入秋就下蛋了，天天有收入。卖鸡蛋收入2000多元，卖6只大公鸡赚了600多元，生活有了很大改善。这次我又领了30只，现在长得可好了。真得好好感谢单书记，尽干实事了。"朴实的语言，充满了对单葆成的感激之情。

## 脱贫致富，不是一朝一夕的事情，
## 拔穷根，筑致富根基，立足长远才是扶贫的目标

二十年前，联合镇曾发展过食用菌产业，由于缺乏技术支撑和品种保障，产业日渐萎缩，基础设施几近荒废。自2014年科技厅开展驻村帮扶后，结合当地产业基础，积极谋划发展壮大这一产业，经过科技厅第一批扶贫工作队的努力，当地香菇产业发展日见成效。

2017年9月，单葆成带领第二批扶贫工作队入驻后，在两年里他先后带领区、镇、村各级领导干部分赴河南西峡、河北平泉、辽宁抚顺，针对香菇产业发展模式、栽培方式、生产设备、菌种选择等多个方面进行学习调研。同时，组织省内食用菌专家对当地香菇产业发展进行论证研究，结合当地的气候特点和自然资源提出最优的发展模式。

2017年年末，争取中央引导地方专项资金320万元，对联合镇北台子村香菇菌棒生产基地进行了改造升级，新建立香菇菌棒生产线4条，装备新型节能环保菌棒灭菌罐2个，扩建厂房1000平方米，硬化基地6000平方米，新建综合办公楼400平方米，随着改造工程的进一步推进，未来该基地将打造成集科研、生产、示范、培训于一体的科技扶贫示范基地。

2018年年初，单葆成协调争取省财政厅200万元壮大村集体经济项目落户联合镇大三家子村发展香菇产业。2019年年初，配合镇政府争取300万乡村振兴项目落户联合镇发展香菇产业。受香菇产业发展态势的吸引，2018年朝阳农发科技有限公司在联合镇大三家村流转土地500多亩，总投资1亿元的香菇田园综合休项目正式落地并投入生产。截至目前，联合镇已有6个村发展香菇产业，建设香菇大棚300多栋，种植香菇200多万棒。

农民一方面从流转的土地获得每亩地500多元收入，另一方面，农民打工每天还可获得50—100元不等的劳动收入。不仅让农民一年四季劳有所获，而且村集体每年还可从菌棚的承租过程中获得5万—10万元不等的集体收益。

2018年，辽宁省副省长陈绿平先后两次到北台子村检查指导扶贫工作，对省科技厅在扶贫工作中结合村情实际，因地制宜，把香菇作为北台子村脱贫致富的主导产业的做法给予肯定。他说："省科技厅上上下下能够沉下身子，扎扎实实地用真心真扶贫，体现出了科技是第一生产力的价值，值得各扶贫单位借鉴和推广。"

为了进一步筑牢致富的根基，2018年年末，扶贫工作队带领全镇领导班子赴本溪市桓仁满族自治县调研平欧杂交榛子产业，坚定了发展榛子产业的信心。通过与辽宁省经济林研究所合作，2019年在联合镇赵家沟村建立120亩平欧杂交榛子示范园，在北台子村颜家沟组推广试种50多亩。

为联合镇和北台子村引入桑树种植面积400多亩，从沈阳农业大学引进葡萄苗新品种6000多棵在全镇示范推广，并依托中国农科院果树研究所、辽宁省农科院和沈阳农业大学的技术优势，在联合镇林家沟组建立了科技扶贫示范果园，为下一步建立农业特色产业园区奠定了坚实的基础。

## 金杯银杯，不如村民的口碑，
## 一步一个脚印，走出脱贫致富的大路，才是丰碑

2017年9月，单葆成作为省科技厅派驻北台子村扶贫工作队队长以来，已为联合镇和北台子村引入项目资金900多万元，为北台子村协调道桥资金372.1万元，硬化村道路9.6公里，维修桥梁100.3米，争取资金47万元为颜家沟打了两眼30米深、直径3米的大口井，引入价值37万元的种苗、种畜，争取资金17万元为北台子村建立了120多平方米的妇女儿童之家，重新修建村卫生室，改善了村办公环境。

为此，单葆成在扶贫期间连续两年带领扶贫工作队荣获朝阳市优秀扶贫工作队，获得2018年度朝阳市优秀共产党员荣誉称号。

采访期间，村民说得最多的一句话就是："单书记干实事，干好事，不能走，到时候我们村民联名请愿！"

这不是一份即将出现的"万民书"，而是对辽宁省科技厅扶贫工作队的肯定，是对驻村第一书记单葆成的认可！

## 一段美篇，不是结尾的结尾，工作还在继续

就在我写作这篇文章的时候，单葆成发给我一段还没有完成的美篇《我的三年》，用照片和文字记录了他来到北台子村的经历。他说："2017年的9月21日，在组织安排下我赴朝阳市龙城区联合镇北台子村负责驻村扶贫工作，任村第一书记、区长助理，协助副区长做好扶贫和科技工作。为了给自己留一个回忆，借用美篇记录一下工作

和生活！"美篇的节点在2019年2月。其中有一句话：生活那么美，留下一篇自己的美篇吧。

　　是呀，生活那么美，单葆成美的是自己无悔的岁月，美的是生命中一段为扶贫干实事，是村民有口皆碑的壮丽人生！

# 使 命
## ——记朝阳市建平县建平镇党委书记孙宇

邱玉超

## 一

500多个日夜以后，面对我的到访，孙宇不禁再一次回忆起那个远赴辽西的日子。

那天上午，孙宇自己驾车从省城沈阳一路向西，准确说，是一路向西南奔驰而去。那天上午的天空很辽阔，辽阔得像列维坦的《三月》；天很蓝，蓝得似元青花；也很明净，明净得犹如门德尔松的《春之声》。进入辽西地界，天空却忽然飘起雪花，不多时，竟然大雪纷飞，天地一片苍茫。这场雪本该是2017年冬天唯一的一场大雪，却下在了2018年3月7日的早春。这场瑞雪滋润了辽西的土地，带给即将与乡村亲密相处的孙宇意外的惊喜。

行驶近400公里后，孙宇的轿车停在朝阳市建平县青松岭乡政府院内，乡干部帮着把孙宇带的行装安置到办公楼三楼的一间简陋的办公室，这里就是孙宇未来三年的家。乡干部一边往楼上拿东西一边纳闷，孙宇处长从省城带这么多手纸、方便面，还有电水壶干吗呀？他不知道，从省自然资源厅下派青松岭乡担任第一副书记的孙宇，已经做好了吃苦的准备。

夜里，空荡荡的四层办公楼只有孙宇一个人。春宵花影，乡夜沉沉，他在压力中思考，在焦虑中筹划……

《左传·昭公十六年》曰："会朝之不敬，使命之不听，取陵于大国，罢民而无功，罪及而弗知，侨之耻也。"使命，指出使的人所领受的任务。习近平总书记在十九大报告中开宗明义："中国共产党人的初心和使命，就是为中国人民谋幸福，为中华民族谋复兴。"作为一名党员、一名下派干部，孙宇知道，他是带着使命来的。

关于建平县，孙宇并不陌生。此前他曾挂职建平县副县长，虽然那时他身为辽宁省国土资源厅耕地保护处处长，没有常驻建平，但是建平县情他是了解的。建平县历史文化厚重，红山文化遗址驰名中外，考古界泰斗苏秉琦在《中国文明起源新探》一书中论述："建平、凌源两县交界处的牛河梁红山文化的发现把中华文明史提前了一千年。"历经五千年时光磨砺，今天的建平已经暗淡了曾经的辉煌。建平县属于丘陵地区，自然环境差，经济欠发达，是省级贫困县。而青松岭乡又是全县最穷的乡。全乡辖铁营子、丰山、大营子、高营子、迟杖子、青松岭6个行政村，48个自然屯，71个村民组，总人口1.2万人。这里四面环山、土地贫瘠、基础设施落后，农民靠天吃饭，增收致富缺门路……6个行政村，竟然都是贫困村，其中省级贫困村2个，市级贫困村4个。这时正是扶贫攻坚的最关键时刻，如何让青松岭乡摆脱贫困，走上振兴发展之路，让人民群众走上幸福之路，是下派干部的神圣使命。孙宇感到肩上沉甸甸的责任。

孙宇几乎彻夜未眠。他在兴奋中迎来了青松岭乡的第一缕晨曦。

孙宇开始走阡陌、入农户、登青山、看大棚、坐炕头，和干部群众谈发展、说收入、话民生、聊疾苦，全面了解乡村与百姓的基本情况。风雨无阻每天入户成为孙宇的必修课，全乡6个村不知走了多少遍。短短的一个月，他就对青松岭乡的产业发展、精准脱贫情况、制约发展难题、群众所想所盼做到了知情在心，了如指掌。

孙宇发挥行业部门优势，多方奔走联系，请来省地质专家，对全乡水资源情况和土壤情况开展调查，对全乡的资源禀赋进行深入分析；请来社科院专家以全省的视角和高度帮助青松岭乡做发展规划。在乡党委班子认真研究后，在全省率先完成了全乡村级规划编制工作，同时，编制完成了《青松岭乡乡村振兴三年规划》，确定了精准扶贫与乡村振兴的路线图和时间表。

## 二

孙宇从省城来青松岭乡之前，在家特意看了一部老电影——长春电影制片厂摄制的《青松岭》。1970年10月出生于本溪的孙宇对老电影并不感兴趣，他猜想这部电影是否与青松岭乡有瓜葛。青松岭乡虽然不是老电影中的故事发生地，但两个"青松岭"的共同之处就是山上都出产野生蘑菇，电影中的这个细节给了孙宇一个产业项目的灵感启发。更让孙宇兴奋的是，青松岭乡驻地还有个蘑菇加工企业。孙宇了解到，这家蘑菇加工厂的产品远销美国、欧盟、俄罗斯等国家和地区，但原料却是从外地购进的。探究底细，原来前些年全县曾一窝蜂搞食用菌种植，因为销路不畅、品种不对路等原因，导致种植失败，伤农了，人们谈菌色变，所以青松岭乡再没有人种植蘑菇。根据专家调查，青松岭乡昼夜温差大，水质好，土质优，适宜发展食用菌种植业。孙宇决心重塑青松岭人种植食用菌的信心。

2018年4月，孙宇带领乡、村相关干部和有意愿的村民到内蒙古宁城县、河北省平泉市食用菌产业园去参观，让村民直观感受外地村民种植食用菌的成功经验。这里的食用菌种植户人人开小轿车，家家户户都富了。参观归途，大家兴奋不已，都说回去就干。可过了一段时间，孙宇一问，一户也没有真干的。他们有种种顾虑。孙宇理解大家，种植食用菌毕竟投入大，何况还有以前种植失败的阴影。孙宇走他的第二步棋：去外地请食用菌种植高手入驻青松岭乡，现场教授村民种植食用菌技术，带动大家搞种植；与食用菌加工企业协商销售合作意向，打消农民的后顾之忧。随后，孙宇与乡领导班子商定，给外地来乡里的种植户免费提供土地、住房、水电等设施的优惠政策，吸引他们入驻乡食用菌产业园做示范。经过一番波折，孙宇用诚心打动了内蒙古宁城县种植食用菌专业户刘志夫妇，两人打点行装开车来到青松岭。刘志人实诚，技术过硬，而且心地善良，愿意帮助大家发展食用菌种植。孙宇告诉刘志，有困难你找我，你只能成功，不能失败，我就不怕你挣钱，你挣钱了，大家信心就足了。

然而，做任何事，都不可能一帆风顺。入冬后，一场风雪，把刘志和部分村民的食用菌种植大棚刮塌，种植户四处找人修复大棚，却找不到年轻力壮的人。孙宇等乡干部马上组织人帮助抢修。一天，孙宇到食用菌产业园走访，刘志的媳妇见到孙宇就哭了。原来刘志增建大棚，忽略了水井小的问题，菌棒正喷水出菌，水井却干了。如果一周内不能解决水源问题，这茬菌就废了，那将损失几十万元。孙宇马上打电话向朝阳地质局一〇九队求援，队长和孙宇是朋友，说打井没问题，钱也不是问题，公家出不了我个人掏腰包，但就是马上打井我没有队伍。孙宇急中生智，说要不那样，我自己找打井队，你给我出费用。孙宇撂下电话，四处联系打井队，一周内，一眼大井顺利完工，刘志的食用菌终于喷上水。一棒棒菌棒，冒出如花如伞的蘑菇，刘志媳妇笑得像朵山花。

村民见外来种植户入驻且收益颇丰，争先恐后挨着刘志建食用菌种植冷棚，乡里其他村子的人也来参观学习，在自己村子建起食用菌大棚，产业园很快形成规模。目前，全乡共落实食用菌种植120亩，建设食用菌大棚50栋，种植食用菌100多万棒。孙宇与乡领导班子决定，为有劳动能力的贫困户修建食用菌棚32栋，带动了80多贫困人口实现脱贫。2018年青松岭乡被省授予"辽宁省特产之乡（食用菌）"称号。

在采访孙宇当日下午，我和孙宇、翟晓东书记、陈乡长一行到高营子村现场走访种植户老高。老高在2018年建了3个食用菌种植大棚，购进10万棒食用菌棒。2019年刚收两茬蘑菇，就回收了70%的投资，秋天还将收三茬。老高满脸笑容地说："在孙处长的帮助下，我才下决心种植蘑菇。孙处长经常来我们产业园，关心帮助我，怕我赔了。放心吧孙处长，我肯定挣钱了，保守说能赚20万元！"

## 三

丰山村是个偏僻的省级贫困村，几个自然屯都在山沟里，是全乡最穷的村，女孩都外嫁，男青年也"倒插门"当上门女婿。因为路不通，生病都得不到及时医治。村民出门一身土，回来一身泥。要想富先修路，孙宇多方争取资金，把丰山村的三条土路修成混凝土路。老百姓高兴啊，说咱们村子走了上百年的土路，如今就要换成水泥路了，老祖宗都没想到哇。许多村民请修路工程队的人吃饭，希望筑路人员把这条寄托着希望与梦想的"丰山路"早日修好。孙宇几次到丰山村查看修路情况，要求筑路队把好质量关，把混凝土摊厚、轧平，让农民走路更平坦、更踏实。

丰山村山坡地多，平地少，土地贫瘠，没有水源。为了保障农民生存的基本条件，孙宇积极向上争取土地治理项目。2018年，全村治理坡地3000亩，使山坡地变成水浇地，村民告别了靠天吃饭。平整土地容易重新分地难，孙宇向村干部提出要求，公平公正分地，做到最吃亏的是村干部，一级带一级。村干部和村民组长纷纷表态，保证能做到吃亏在前。孙宇2019年4月离开青松岭乡，每次从建平镇回建平县，孙宇都绕弯去看看这些整治的土地，直到他看见地里的玉米苗齐刷刷从平整整的土地冒出来，才放下心。

修完路，平整完土地，几眼大井打出水，丰山村党支部书记老孙想请孙宇喝酒，孙宇从不参加村民的吃请，再三推辞。老孙说，一笔写不出两个孙字，咱俩是一家子，我自掏腰包请你，你不端我饭碗，就是瞧不起我。孙宇只好答应，并自己带两瓶酒前往。酒桌上，老孙动情地说:"你知道我为啥请你喝酒?因为你圆了我一个梦。我当了几十年村干部,总惦记把几个自然屯的路修了,让村民走路不犯愁,可乡里、村里穷啊,拿不出钱修路,这个心愿一直没有实现。马上要换届,我就退下来了。你若不把路修上,我后半辈子都欠村民这个良心账。现在我总算对群众有个交代了!"

2018年,在孙宇的协调和努力下,全乡共修建公路21公里,解决了4个村、8个组,近1500人的出行问题;完成农田整治项目1.2万多亩,为农业增产、农民增收奠定了坚实的基础。

2019年8月2日,我们坐车冒雨前往丰山村,行驶在平直干净的混凝土路上,观村路两旁葱葱郁郁的青纱帐,看清凉夏雨中村后的青山云雾缭绕,仿佛前往世外桃源。我想,孙宇此刻一定想起了2018年那个夏夜,他站到玉米地青纱帐,倾听玉米拔节声,感受生命的成长,感叹时光的流逝,享受乡村的美好。转瞬间,一年时间在四季交替中匆匆而过,使命在肩,时不我待呀。

在众多的扶贫攻坚与乡村振兴项目中,孙宇耗费精力最多的是"扶贫车间"项目。孙宇协调资金80万元,联系上朝阳宝联勇久科技有限公司的老总,利用迟杖子村闲置的集体用房,进行厂村合作,引进了服装加工项目,建起"扶贫车间",帮助近30名贫困户和农村闲置劳动力实现就近就业。"扶贫车间"运行伊始,有的村民刚干几天,见企业没给发工钱,就打退堂鼓。孙宇和大家座谈,耐心讲解说明,在工厂工作,不同于打零工,不能天天发工资,要一个月一发。虽然不如打短工挣得多,但在这儿上班一年四季都有收入。孙宇又帮助解决上班村民的免费午餐问题,每天午餐都是四菜一汤。大家心安下来,上班的热情高了。10名贫困家庭女工就地就近就业,每月都能挣1000多元,还不耽误照顾家。一位妇女下班回到家,丈夫又给她洗脚,又给她按摩,说媳妇你是我们家的功臣。

孙宇每天晚上都会独自思考问题。孙宇在引进项目时,首先考虑的是没有风险或者风险小的项目,因为贫困村民承担不起风险。他认为只有乡、村、村民形成合力，让百姓有内生动力，消除村民"等靠要"思想，才能使贫困户富起来、强起来。

# 四

2019年8月2日，在青松岭乡召开的座谈会上，6位村支书争先恐后发言，大家谈笑风生，历数孙宇在青松岭一年多的贡献。在修路、平整土地、打井、建服装加工车间、做大做强食用菌产业的同时，孙宇又为各村发展找到了新的出路：针对青松岭乡海拔高、风力资源丰富的实际，孙宇积极沟通协调，与北京协合新能源公司签订了6500万元的分布式风力发电项目；针对青松岭乡师资力量薄弱问题，孙宇联系沈阳师范大学研究生院，达成选派学生顶岗支教的协议，2018年已有4名研究生到校任教，2名大学教授到学校对师生进行现场指导，并举办了"沈阳师范大学教育硕士培养工作站"的挂牌仪式。同时，孙宇争取各界捐赠现金28万元，电脑2台，书籍2000余册，支持乡村文化建设和教育发展。更为重要的是，通过孙宇的努力，落实自然资源部门项目资金754万元。青松岭乡产硅石，前些年开采矿石曾经辉煌过，但留下的是负资产——环境被破坏，754万元中将有400万元用于矿山环境治理项目。地质遗迹保护项目169万元——集群众休闲与地质遗迹保护于一体的公园即将开工建设。地下水资源勘查185万元——乡亲们将不再仅仅依赖大自然的雨雪种地、生活。

几位村书记借座谈会的机会，向孙宇"挑礼"。铁营子村书记说："你走了也不知会一声，平时你不端老百姓饭碗，你走了我们请你吃顿饭，送送你，总应该吧？"另一位村支书说："过年我给孙处长拿些蘑菇尝尝鲜，不承想他像打架似的硬是把钱塞给了我，让我很丢份。"乡党委书记翟晓东真诚地说："我和孙宇书记在一个锅里搅马勺一年多了。我敬佩我这位好搭档。他做工作动真情，使真劲，为我们青松岭乡的发展做出了不可替代的贡献！"

是呀，这一年，孙宇白天走村串户遍访贫困户，分析致贫原因，晚上与乡党政班子研究脱贫与振兴对策、制定工作方案、全力推进各项脱贫攻坚与乡村振兴工作；他脱掉挺括的西装，换上宽松的运动服；不再说都市话、机关话，学会了当地农民的方言土语；放下了装满热水的保温杯，坐在百姓家的炕头上端起了农家大碗，实心实意做老百姓的贴心人。

作为儿子、女婿，他不能常伴父母尽孝，父母的床前病榻，他的陪伴以分秒计算；下派建平的事，至今仍然瞒着身体不好的岳父。作为父亲，他只能通过电波，偶尔关心一下女儿的学习、工作和生活。作为丈夫，他在家的时间屈指可数，家里的柴米油盐，他无暇顾及……家，之于孙宁，成了旅馆；乡镇办公室，反倒成了他常住的"家"。这一年多时间，他一直住在乡政府办公室，屋里没厕所，冬天冷，半夜起夜，都不愿意起来。偶尔回到沈阳的家时，半夜醒来，迷迷糊糊的还以为在乡下，不想起来小解，憋半天才反应过来是在温暖的家里。作为担任了十余年厅级机关处长的他，作为在省城生活了几十年的他，能如此接地气、贴民心、有担当，不能不令人敬佩。

## 五

2019年4月初，又一个新的使命摆在了孙宇面前。省委提出在优秀的驻乡村第一书记中选拔一批人任乡镇书记，省市领导再次给孙宇肩上加重担，委任他为中共建平县委常委、建平镇党委书记，孙宇成为全省唯一的任县委常委兼乡镇党委书记的第一书记。

建平镇所在地史称"新邱"，俗称"老建平"，距离建平县城56公里，是个百年老镇。自清光绪二十九年（1903）建平县建县至1954年，建平镇一直作为建平县县城。曾经的繁华之地因县城南迁而沉寂。孙宇走马上任后，思考的是如何让这个"老镇"变"新镇"、"穷镇"变"强镇"。

孙宇马不停蹄地了解乡情民情，深入调查研究，提出首先抓好队伍建设、产业项目和小城镇建设三项重点工作的思路。因为多种原因，镇村干部队伍有些涣散。孙宇把队伍建设放在十分突出的位置，在班子中牢固树立责任感和使命感，增强大局意识。加强制度建设，严格执行工作纪律和廉洁纪律，克服和杜绝不良习气，带领干部群众踏踏实实投入扶贫攻坚和乡村振兴当中。

在项目推进上，孙宇东奔西走，南征北战，先后与北京一家、河北两家、沈阳一家企业签订了机械加工、乳制品生产、医疗康养等项目建设协议。沈阳三所大学与建平镇三家企业达成了校企联合的意向……

在小城镇建设上，孙宇更是花了很大心思。他积极协调交通、财政、林业、公路等部门，为小城镇建设、基础设施建设、环境整治提供相关的政策和经济支持。目前，小城镇建设规划正在编制，基础设施建设和环境整治正在实施，私搭乱建，车辆乱停乱放得到有效治理，人居环境焕然一新，群众的幸福感、获得感得到提升。

行百里者半九十，孙宇在脱贫攻坚与乡村振兴路上始终保持初心，未敢有丝毫倦怠，无论道路多么艰辛，任务多么艰巨，他从未犹豫当初的选择。他把共产党员的初心牢记在心上，把领导干部的使命扛在肩上，把选派干部的责任付诸脚下。

我前去采访孙宇的2019年8月2日，孙宇托朋友要的一块巨石已经有了着落，他准备在建平镇政府楼前广场树立一方碑石，上面镌刻：不忘初心、牢记使命。

他在用行动践行一个新时代奋斗者的使命。

# "稻蟹小镇"的数字书记
## ——记盘锦市盘山县胡家镇第一书记冯大庆

李 箄

在我国最北海岸线,广袤的辽河入海口冲淤积平原,那里水是咸的,土地是碱的,一马平川盐碱地,曾经的不毛之地,如今有两样特产遐迩闻名,一个是盘锦大米,一个是盘锦河蟹。在盘锦流行着一句话:中国河蟹看盘锦,盘锦河蟹看胡家。胡家镇是全国有名的稻蟹特色小镇,全域种稻,全民养蟹。这里还出了"中华十佳农人""中国十大名蟹"。前不久,农业农村部批复胡家镇为"全国产业强镇示范镇"。说起这些成绩,离不开一个人——胡家镇第一书记冯大庆。

## 一水两用

冯大庆在大学是学农业的,自打参加工作也一直在农口部门。为了更好地发挥专长,指导农民把农村一二三产业做大做强做精做优,身为盘锦市农业农村局副局长的冯大庆,请缨到胡家镇当第一书记。本来这些年在农口部门,农家那些事都在他心里装着,但是,自到镇里当第一书记的那天起,冯大庆就穿上胶鞋,一村一村地走,一户一户地看,深入田间地头搞调研,倾听群众的建议,共同研究致富新路径。

盘锦是稻米之乡,是河蟹的故乡。悠悠辽河水,孕育出风味独特的盐碱地稻米,孕育了野味十足的盘锦河蟹。百年成一稻,唐王征东蟹搭桥,这些故事家喻户晓,想致富还得依靠这方水土,可胡家就那么多土地,怎么能让土地增加呢?一次,从乡下回镇途中,冯大庆看到河边大片大片荒芜的坑塘,那是河蟹的越冬坑。这也是北方养蟹与南方养蟹的差别,北方冬季严寒,蟹农把河蟹放进池塘里过冬,中央电视台农业频道曾以《螃蟹养在冰下面》为题,介绍过胡家镇的养蟹经验。冯大庆心里有笔账,知道这些散落的"越冬坑"加在一起足有上万亩,夏季蟹农在稻田里养蟹,"越冬坑"在夏季全部闲置。如果做到"一坑两用",冬天用,夏天也用,盘活万亩闲置的越冬池塘,那会产生多大的价值呀!

心中有了想法,他就格外留意,听说南方有池塘高密度养殖技术,凭经验他认为值得一试。慎重起见,他没有声张,一个人自费去学习。他是学农的,养殖是他的特长。从南方回来,冯大庆就去了西胡村,找秀玲河蟹专业合作社社长孙秀玲。

冯大庆认识孙秀玲20多年了,那时孙秀玲是一个普通的农家妇女,没有多少文化,刚刚尝试养蟹。冯大庆在海洋渔业部门工作,正好负责河蟹养殖这一块。孙秀玲一有问题就找冯大庆,冯大庆不厌其烦地指导。孙秀玲养蟹逐渐有了名气,她组织几十名蟹农,成立秀玲河蟹专业合作社,采取"合作社+基地+农户"的养殖生产经营管理模式。正是在冯大庆的指导下,秀玲河蟹获得"蟹王""蟹后""中国十大名蟹"等一个又一个殊荣,秀玲河蟹合作社的墙上挂满各种荣誉奖牌,按照孙秀玲的话说:秀玲河蟹有今天,多亏了大庆兄弟。冯大庆为人随和,没有官架子,孙秀玲从不叫他局长,也不叫他书记,而是叫大庆兄弟,冯大庆则称孙秀玲为"大姐"。

冯大庆对孙秀玲说出想在她的合作社搞试验的想法。冯大庆说:"大姐,改造10亩越冬坑,每亩投放15公斤扣蟹,做高密度精养试验。"孙秀玲心里直打鼓,10亩河塘,150公斤扣蟹,高密度精养,一且失败，十几万元就打水漂了。

孙秀玲心虚地问冯大庆："兄弟，能行吗？"

冯大庆说："大姐，赔了算我的。"

孙秀玲一拍胸脯，说："兄弟，冲你这句话，这个试验我做。"

就这样选定西胡村秀玲河蟹专业合作社，作为"中华绒螯蟹池塘高产高效养殖试验"项目基地。冯大庆带着试验小组和秀玲专业合作社的试验人员到江苏金坛等地学习，回来以后结合胡家镇实际情况，制定养殖试验方案。首先，选定试验池塘进行改造，先清沟，把陈年的苇子翻过来，清整消毒，修筑坝埂护坡，安装增氧设备，移栽江苏水草伊乐藻。南方水草来到北方生长缓慢，他们及时调整，又移栽了本地水草金鱼藻。螃蟹20天脱一次壳，脱壳的时候身体柔软脆弱，没有水草做隐蔽，螃蟹脱壳以后会死掉。栽完水草，往塘里放田螺，1亩塘100公斤螺，田螺繁殖快，成活后每周繁殖一次，可以做饵料，还可以净化水质。

冯大庆在镇里上班，白天工作忙没时间，晚上下班天天要去试验基地。看看水草活没活，看看田螺长势如何，繁殖没繁殖。看到池塘水草繁茂，田螺繁殖出小螺，冯大庆指导试验人员投放扣蟹，科学精养，四定投喂。等到小扣蟹在水里自在地游玩，冯大庆才长长地舒了一口气。

几个月后，一个细雨绵绵的傍晚。冯大庆外出开会回来，为了看一眼螃蟹，他在坑塘边转了许久。静悄悄的池塘里，一个螃蟹都看不见。

孙秀玲赶过来，见冯大庆脚上的新旅游鞋被泥"没帮子"了。孙秀玲心里不落忍，说："兄弟，到家里坐。"

冯大庆在池塘边蹲下来，望着水面说："我等螃蟹'上边子'。"

白天太阳大，螃蟹躲在水草里，夜里凉快了，螃蟹会爬到池塘边的护坡上，叫"上边子"，那要等到大黑。

夜幕笼罩，蚊子下来了。盘锦的蚊子是出名的厉害，特别是水塘边的蚊子，像一群轰炸机，嗡嗡嗡地围着猎物转悠。眼见大庆兄弟的胳膊被蚊子叮出好几个又红又肿的包，女汉子似的孙秀玲眼里涌出了泪，她赶忙低下头，就在她偷偷拭眼泪的时候，手掌大的螃蟹像约好了似的，源源不断地从水里往上爬，密密麻麻地爬满护坡。冯大庆兴奋地站起身，在一边喊："大姐，螃蟹咋长这么大、这么多呀？这是咱养的螃蟹吗？"孙秀玲说："是呀，就是咱养的螃蟹。"冯大庆高兴地说："高密度精养试验成功了，明年要在全镇推开。"

冯大庆说到做到，他召集全镇各村第一书记来秀玲河蟹专业合作社学习，研究养殖推广计划。借助国家政策的东风，他向县里、局里和省里跑项目，推进中华绒螯蟹池塘高产高效精养技术。

## 一地四收

胡家镇稻田养蟹，一地双收，已经是一个创举。如何更充分地利用土地，提高土地附加值，成为冯大庆思索的一个新课题。北方河蟹，饲养期短，头年养扣蟹，二年养成蟹，两年生，养不大。冯大庆首先想到的是养大蟹，如果提前放养蟹苗，延长河蟹生长期，每年增加两次脱壳机会，河蟹的个头必然增大，产量必然提高。还有苗种问题，从遗传学上讲，好苗才能结出好果，养大蟹要有好蟹苗，这是源头的问题，如何培育出好蟹苗，这些年没人考虑。除此之外，冯大庆还思索一个问题，除河蟹养殖之外，是否还能引进新的养殖项目？比如南美白对虾、澳洲龙虾等特种养殖。

一系列问题在冯大庆头脑里萦回，挥之不去。经过深思熟虑之后，冯大庆找到田家村党支部书记郑百江等5位村书记，找来盘锦鑫龙湾水产有限公司负责人，又请来最权威的水产技术专家，大家一起坐下来讨论，集思广益。经过充分的讨论和论证，最后决定：由鑫龙湾水产有限公司负责培育优质苗种试验，养出个大腿长的好扣蟹；由田家村做提前放养、养大蟹、精养试验，成蟹、扣蟹混养试验。

冯大庆说，北方小龙虾上市时间为8—9月份，这个时间正是南方小龙虾夏眠时间，北方养殖小龙虾具有得天独厚的优势，价格会达到一年之中的高峰值。于是，他决定引进新的养殖品种，选择6个试验点，做小龙虾、南美白对虾、澳洲龙虾养殖试验。

冯大庆作为第一书记，作为养殖技术的行家，他思路清晰，大胆决策，笃定前行，4个试验同时实施。冯大庆通过与相关部门积极协调，免费为养殖户发放价值9万元的南美白对虾苗150尾。那段时间，冯大庆马不停蹄地辗转于各村之间，量水温，测水质，水pH值、亚硝酸盐、溶解氧、氨氮含量，他一一过问。田间地头、沟塘河套、各个试验场地，全都留下他的足迹。田家村的郑百江书记曾经指着河套内一串泥泞的脚印说："冯书记，你的脚印比蟹农的脚印都多，你来的次数比蟹农来的次数还多。"冯大庆说："4个试验一起做，哪一个我都放心不下，不来瞅一瞅，我夜里睡不着觉。"

在冯大庆的直接领导和指导下，4个试验于当年全部成功：绿色水稻，生态河蟹，蟹苗茁壮，龙虾鲜肥。特别是精养出来的成蟹，个头大，肉质鲜嫩、膏满黄多、野味十足。上市早，产量高，收益好，农民尝到了甜头，全镇家家搞稻田养殖。冯大庆又争取到160万元帮扶资金，每亩地补助200元，在胡家镇拉拉、田家等5个村新增优质稻田成蟹养殖面积8000亩，创建了集中连片的稻蟹混养，成蟹、扣蟹混养，对虾混养示范区，为胡家镇集体经济带来了800万元收益。破除了河蟹生产经营细碎化、小农分散经营问题，不断提升稻蟹生产整体水平。

# 1加1等于5

北方腊月，天寒地冻，盘锦河蟹冬捕大幕在冰天雪地的河蟹养殖基地隆重开启。在体感温度接近零下20℃空旷的蟹塘里，冯大庆手拿一把冰镩，指挥老把头们破冰冬捕。他的手指已经冻得近乎失去知觉，刺骨的寒风吹得他双颊通红。几十名蟹农分成两组，高喊着嘹亮的口号，用力拖拽坚冰下面沉甸甸的蟹网。经过五六小时的努力，肥满的河蟹从几十厘米厚的坚冰下面打捞上来，蟹农们激动地高喊："今年的河蟹好肥呀！"

冯大庆说："咱们的河蟹个大，卖相好，恰逢春节到来，一定能卖出好价钱！"

在冯大庆的策划下，胡家镇成功举办了河蟹"冬捕节""秋捕节"，把河蟹捕捞打造成了一个品牌活动。为加大宣传力度，冯大庆主持召开了媒体发布会，盘锦河蟹"飞进"中央电视台，"飞上"央视大舞台，"飞上"省、市级各级新闻媒体，"飞上"全国百姓的餐桌。冯大庆说，盘锦河蟹要打出自己的品牌，做到质量高端化，品牌产业化。

为了推进河蟹产业品牌产权化，冯大庆深度开发"原字号"，推动注册"胡家特色小镇"品牌商标，鼓励那些河蟹专业合作社、河蟹生产加工企业抢注自己的商标，倡导一社一品牌。其中"海涛卤蟹"获得全国第一张卤河蟹食品生产SC许可，成为全国第一个卤河蟹加工生产标准。在海涛卤河蟹的带领下，"秀玲卤蟹""碱地宝卤蟹"等品牌相继产生，带动多个卤蟹品牌。

为进一步拓宽河蟹深加工项目，冯大庆带队市海洋渔业局、胡家镇政府和海涛河蟹等几家企业到江苏兴化等地，就河蟹深加工、网络平台建设等有关情况进行考察，细分消费市场，调整河蟹产品结构，有针对性地研制开发河蟹深加工项目。对接5个企业，洽谈招商项目，在卤蟹的基础上，研制开发醉蟹、呛蟹、香辣蟹、蟹黄酱、蟹罐头、蟹肉速冻食品，将河蟹加工成适应现代生活模式的各种食品。通过与几家企业的对接合作，实现河蟹产品多样化，拉伸河蟹深加工产业链条，不断衍生下游产品，增加产品附加值。如今，胡家镇的河蟹产业，已经从最初的"养殖+餐饮"，向稻田养殖、餐饮物流、河蟹深加工、销售出口一体化服务拓展，形成从田间地头到百姓餐桌的全产业链发展模式，全镇河蟹养殖、加工、流通、餐饮等综合产值达3.6亿元，同比增加28%。

徜徉在胡家"稻蟹小镇"乡村公路上，稻浪飘香，绿苇如画，河水如练，饶阳河、西沙河蜿蜒而过，错落的乡村民俗小屋，清雅的"中国盘锦河蟹博物馆"，面对得天独厚的自然条件和特色优势，冯大庆把目光投向远方，他和胡家镇党委一班人积极谋划着小镇的未来，借助国家好政策，先后争取到几个项目、2000万元配套资金，规范建设两个园区，一个是在河滩上建设河蟹标准化冬储园，一个是建设河蟹深加工集聚区，依托这两个园区，形成河蟹生态养殖、储存交易、深加工处理、综合服务物流、稻蟹文化休闲旅游，五位一体，功能齐全，做到1加1等于5。

## 遍地开花

在胡家镇政府斜对面，305国道路边，赫然屹立着一座牌楼，上面是某书法家撰写的匾额：胡家天下第一河蟹市场。每到河蟹销售旺季，这里会聚着来自天南海北的"蟹客"，操着各种家乡方言土语在市场上批发河蟹。胡家市场除了销售本地蟹，南方蟹也到此中转，再卖到北方，这里每天都有亿元销售额，成为中国北方最大的河蟹集散地。

就在人们陶然在"天下第一河蟹市场"时，冯大庆一边积极协调，争取项目资金，改造扩建完善河蟹市场，一边却在思考着物联网、大数据、云计算和互联互通，思考着如何通过互联网平台，把生产者、贸易商、消费者直接联通起来。

冯大庆积极与各类电商企业联系，鉴于盘锦河蟹的知名度，电商十分愿意合作，可谓一拍即合。冯大庆又着手联系快递公司，快递也非常给力，万事俱备，他去找河蟹养殖合作社。这些年他已经习惯了，一有好的想法，或者是争取到好的项目，他从不等人上门来求他，都是他主动登门去找养殖户和合作社。可是，这一次合作社那边却出了问题，养殖户心存顾虑，不敢做平台。几百上千万元资金，电商平台一月一结账，他们不放心，害怕钱被骗走。冯大庆苦口婆心地劝说，还是没有效果。冯大庆情急，说："你们只管做平台，出事我兜着。"有敢负责任的第一书记兜底，养殖户心里有了底气，很快在乐麦、天猫、京东、拼多多等做平台，做线上连锁。河蟹销售额出现海量增长，创造一分钟卖1万多份的佳绩。

蟹农感激地说，以前我们只有一张网，用于捞蟹的网，这张网捞出来的河蟹，销售不出东三省。现在冯书记带领大家做线上销售，利用电商平台、河蟹专机，盘锦河蟹二十四小时能卖到全中国。

如今，镇域内有销售业户500多家，河蟹协会、河蟹养殖销售专业合作社等各类组织45家，以出口为主的大型专业河蟹销售加工企业两家，河蟹及加工产品销往全国各地和海外，年交易量1.5亿公斤。做到线下线上，互联互通，四面八方，四通八达，遍地开花！

前不久，秀玲河蟹专业合作社接到阿里巴巴的邀请，社长孙秀玲被评为"中国十佳新农人"，组委会邀请她参加"全球盛典"，马云要为她颁奖。匆匆起身的孙秀玲，在机场接到组委会电话，邀请她这个唯一获奖的女代表在颁奖台上发表获奖感言。这些年的历练，讲话对于孙秀玲来说早已不是问题，可是怎么讲，讲什么，还是要做一番斟酌。孙秀玲拿起电话，迅速拨出一个号码，这个号码太熟悉、太亲切了，这是大庆兄弟的电话号码，每当孙秀玲心中有事敲不定，她都会给冯大庆打电话。冯大庆在电话里指点孙秀玲，怎样提炼语言，从哪个角度去讲，在舞台上和讲台上，怎样抑扬顿挫才有感染力……

这样的情形不记得有多少次了，还有一次，孙秀玲要去省里跟主管农业的副省长汇报盘锦河蟹养殖，冯大庆利用晚上的时间，也是在电话里给孙秀玲修改讲稿，一条一条捋思路，一件一件事做总结，给孙秀玲打气鼓劲。孙秀玲的汇报非常成功，省领导夸奖她：你给农民争了光。孙秀玲打心眼里感谢大庆书记这个幕后英雄。

冯大庆对孙秀玲说："大姐，你不光要在盘锦做河蟹，还要把养殖技术推广到省外去。"在冯大庆的帮助下，孙秀玲去黑龙江、吉林、新疆、内蒙古等地推广技术。2018年春天，孙秀玲来到内蒙古某地，看到一马平川的高粱茬。当地县委书记用怀疑的眼光看着孙秀玲，问："在这满地高粱茬上能种水稻、养螃蟹？"孙秀玲说："你给我找来10个村书记，我给他们讲一课，讲完课就知道能不能种水稻养螃蟹。"讲完课，10个村书记每人拿出100亩高粱地，孙秀玲指导，每40亩打一眼井，环沟做壕，栽种水稻，放进蟹苗，当年稻蟹丰收。2019年，这个县从秀玲河蟹合作社购买1.5万公斤蟹苗。孙秀玲喜欢豫剧《朝阳沟》，她在电话里不无自豪地对冯大庆说："大庆兄弟，你把一个农村妇女培养成了农业科学家！"

冯大庆在抓经济的同时，时刻不忘抓党建促发展这个关键，他深入村党支部调研，发现农村党员队伍老化、党内组织生活不规范、党内规章制度不落实、两委班子不健全、支部战斗堡垒作用和党员先锋模范作用发挥不明显，针对这些短板，他到各村讲党课，组织开展系列多彩党日活动，带领十几个驻村第一书记学习，安排党员参观辽沈战役纪念馆。他协调筹集资金，新建党员活动阵地200余平方米，开设新时代农民讲习所，邀请宣讲团成员、致富能手等为党员群众开班授课，申请10万元资金在社区建设综合性党建文化广场。他和驻村第一书记积极协调相关部门，争取到30万元扶持资金，清理上下斗线和棚区边沟，便捷村民们行走耕种，多次带队走访慰问孤寡贫困高龄老人，组织党员与生活困难群众对接，送去了价值3000余元的慰问品，积极和派出单位沟通，为村党支部捐赠图书200余册……

一串串数字，多像一滴滴闪亮的汗珠，一行行坚忍的脚印，一朵朵靓丽的鲜花，一个个美妙的音符，在这个稻蟹小镇，留下一个个温暖有爱的故事，奏响一曲曲华美的乐章！

## 此后余生,那儿将是我的"娘家"
### ——记盘锦市盘山县陈家镇第一书记吕春玲

杨春风

2018年4月和5月,盘锦市分两批从市、县(区)两级选派了316名干部到基层,实现了第一书记全覆盖。第一批选派的161人里,有31人为驻镇干部,市产业技术创新和研发基地建设工程中心副主任吕春玲,就是其中之一。

### 惴惴地,我来了

尽管已过去了一年多,吕春玲仍对自己到陈家镇履职的第一天记忆犹新。

那是寻常的早春里的一天,天空净明,云朵舒展,虽乍暖还寒,却也春意正浓。吕春玲的上午也是过得热热闹闹,原单位的领导驱车来送,陈家镇的干部出门相迎,迎进屋去,一杯热茶递到手里,一串串热乎乎的话语也随之传至耳畔。

吕春玲笑说,她还是觉出了尴尬,位置尴尬呀。

实际上还有内心的不安。

吕春玲在古城子出生,古城子与陈家同属盘山县所辖镇,还相距不远,不过她长到4岁就随父母进了城,而那一年距今已有40多年。

也就是说，即使她好歹也算是农村生人，脑海里却并无丝毫对于农村的原生记忆。

在接下来的岁月里，吕春玲的生活也几乎再未与农村产生过交集。她在辽宁大学学的是应用化学，毕业后就分配到了盘锦市高新技术开发办公室，也就是后来的市科技局。这些年她的主要工作，就是负责科技成果的推广和转化，对口单位很少是乡镇，即使偶尔到了村子，对接的也都是技术人员，几乎从未与村民有过直接的接触。

这样的一份人生履历，也就意味着一个事实，那就是对吕春玲而言，农村是一个陌生的领域，村民也是一个陌生的群体。这样的事实对大多数人来说称不上缺憾，对于此前的吕春玲而言也未必就算得上，然而从她得知自己将被选派到陈家镇的那一天起，她就确定那绝对是一种缺憾了，在悄悄为此惋惜的同时，也隐隐感到了内心的不安，且不可抑制。

那天上午，双方还开了个会，各自在会议桌旁纷纷落座，原单位就表现出了"娘家"的风范，似乎把闺女送进了别人家的门，还眼见着指望这闺女能在此做出点贡献，以便让人家挑大拇指头称赞。这户人家也没让"娘家"失望，对这送上门来的闺女表现出了足够的热情。

然而，吕春玲在那热情之外，仍感到了人家对她的不抱期望。

这或许也是很多驻镇以及驻村第一书记的通感了，虽说不清依据，却好像人人都已认定这些派驻干部就是到下边镀金来了，镀完了，也就风光地回去了。一走一过的事，谁还跟你动真格的不成？不过是来了也就来了吧，权当多了个摆设。

其实这种情绪并没有谁流露，连含沙射影都没有，吕春玲却还是感觉到了，或许凭借了女性特有的直觉，也或许仅仅是自己内心的不安所致。

更令人尴尬的是，就在当天下午，镇里还开了一个班子会，研究了一些具体事情的推动与落实。吕春玲也应邀与会，且被安排在了显著位置上，可叹对那会议的内容她完全不知所云，除了尴尬地微笑，

267

假装着做些笔记,她不知还能如何安顿自己。

相伴多年的工作上的自信,就这么突兀地失掉了。

这让吕春玲深感不适,她是早已习惯了从容的一个人。

回到那间同样陌生的第一书记办公室,吕春玲望向窗外。窗外是宽绰的镇政府大院,院里错落着几棵大树,树上的叶子刚刚抽芽,虽还个个含苞待绽,却也令那整棵树都绿意萌动了。在这萌动的绿意中,吕春玲一错眼珠,无意中瞧见了自己那映在窗玻璃上的"干部头",她就不由得苦笑了。

那是两天前刚剪的发型。此前她一直梳一头披肩长发来着,还是有着优雅大卷的那种,已悉心养护了十几年。直到最近,也不知她是打哪条道上听来的,听说村民对长鬈发的女性不大肯接受,而她当然是满心希望自己能够被尽快接受的,毕竟那样才有利于工作的开展,于是狠着心把那头长发给剪了。朋友们见了,个个都吃了一惊,说你怎么还剪了个干部头哇?

那时这"干部头"也同样让吕春玲觉得陌生,她就下意识地捋了捋那短短的发丝,捋着捋着好像还忽然开了窍:哪怕咱对农村工作不懂,却也可以先捋捋呀,或许捋着捋着就有眉目了呢。无论如何,那摆设我是绝对不做的,对不起组织,自己也挂不住脸!

不过,直到一年后的今天,即使吕春玲早已被陈家镇上上下下视为了"自己人",她也仍然不能确定这跟自己的"干部头"究竟有没有瓜葛。她相当确定的是,陈家镇的干部和老乡都是认真的人,认实干,更认实干的人。而她,恰恰就是这样的人。

### 静静地,我走,我看,我聆听

也许吕春玲的尴尬与无措,被镇党委书记王玉才瞧出来了,并搁在了心里。

到任的第二天一早,王玉才就找上门来,说他马上到县里参加个会,回来就带她走走,熟悉熟悉情况。吕春玲忐忑的心,顿觉踏实了不少,还生出了很多感激。

后来了解到,王玉才是个很好的人,敦厚实在,虽说才调到陈家一年左右,却已将这个镇子的情况摸得相当透彻,颇有想法。实际上吕春玲在陈家镇办的头一件惠及大众又广受赞誉的事,就是得了王玉才的指点,而且就是在那一天。

那天下午,吕春玲随王玉才跑了王家、小刘家等几个村子。一路上,吕春玲静静地跟着,静静地边走边看,看路况,看民宅,也看路遇村民的衣着和神态,借此揣摩他们的实际生活。当王玉才跟村民打唠的时候,她也在旁静静地聆听。这几乎是她生平第一次这么近距离又这么长时间地听村民说话,听着他们朴素的话语,朴实的诉求,她的心里漾起了涟漪,觉得自己与他们的距离似乎并没有想象的那么遥远。这样的发现令她大为振奋。

接下来的事实表明,陌生的群体未必就不好沟通,相互的陌生也未必就意味着彼此无法理解。后来,当吕春玲为韩家村高位截瘫十余年的村民黄秀娟送去一辆电动轮椅时,黄秀娟紧攥着她的手,一时说不出话来,半晌才拍着自己的腿说:"吕书记,你送我的不是椅子,而是一双腿呀!"话音落地的那一刻,吕春玲的眼睛瞬间就湿润了。

说起这事,吕春玲至今仍深觉感动,说那轮椅还不是她自己买的,是了解到她的情况,找一家单位赞助。这家单位当时也在场,听了这话同样感动得不行,回头说这几千元钱花得太值了。村民哪,就是这么朴实,往往一下子就能让你跟他感同身受。

从那之后,吕春玲就对村民生出了一种莫名的亲熟感来,这种感觉是她到来之前不敢期望的,此时却自然而然地就来了。这使她可以跟老乡畅快地交流了,且是随时随地的那种,个人家的炕沿上,村委会的院子里,稻田的埝埂地头,到处都留下了她和村民聊天打唠的身影。随之而来的,是她对这方土地的认识越来越清晰,尤为关键的,是她渐渐摸清了村民的想法,知道了他们的需求和盼头。她把这种种需求和盼头当作自己的工作方向，她借此有了奔头，有了更加饱满的干劲。

当那天的夕阳绚烂了半边天的时候，吕春玲随王玉才赶回了镇政府，以为要就此别过了，他却又带她拐进了南边的陈家中学。车子在一阵颠簸中停下来，王玉才钻出车子，还让她注意脚下的路面。随后她了解到，这是陈家镇唯一的学校，汇聚着11个建制村、34个自然屯的几乎所有小学和初中学苗，教学质量很不错，升学率向来无须镇里犯愁，愁的只是如何改善学校的路况，尤其是停车场。那处停车场是沙土路面，遍地坑洼，且排泄不畅，每遇雨天都是泥泥水水一片，弄得全校师生在上下校车之际，鞋子和裤脚子总难得干爽。村民对此颇为不满，学校也曾屡屡反映，镇里的心情虽同样迫切，奈何没钱没力，一直没能解决。

这是对自己的一个考验吗？

吕春玲不得而知，她只记得自己当时很兴奋，欣然接受了这一点拨。她说，其实她到这儿之后的"头三脚"，都是陈家镇的领导班子帮着踢开的。

随后，吕春玲积极联系市县两级交通部门，并参与方案设计，以期符合对方精准扶贫的政策要求，最终不仅是停车场得到了免费修建，且还加修了一条通往校门的柏油路，使学校彻底实现了人车分流。修建之时学生和村民屡到现场围观，每个人的眼里都闪烁着惊喜和期待。建妥之后，校长也拉着吕春玲的手，感慨地说："吕书记帮我稳定了军心哪！"

这事过后，再度踏进陈家镇的地界，吕春玲才觉得心里踏实了，敞亮了。

## 默默地，我倾尽了全力

就这样，吕春玲迅速进入了新的角色。

在接下来的日子里，她又相继走访了陈家镇所辖的几乎所有村屯，陆续看见并看清了各处群众的需求，亟须自己所做的事情也就接二连三地浮现，并被她争分夺秒地落到了实处。

到任之初，正值备耕的关键时期，而陈家几乎全是稻田，对各排灌站变压器的运行试验、检查维护，也就成了重中之重。当时几个村书记便纷纷赶来，寻求镇里的资金支持。然而镇里无力拿出这笔款来。咋办？耽误了群众插秧可就麻烦大了。吕春玲便出头揽下了这档子事，经与电力部门的多次协调沟通，终于及时为全镇进行了义务巡检维护。

电力的事情就这样进入了吕春玲的视野，并让她发现事情还远远没有结束。

很快她就了解到，镇里有26栋早已建妥的设施农业大棚，却因电路问题一直没有解决而始终不曾启用。镇域里那些始建于20世纪80年代的供电线路也已十分老旧，每遇大雨、风雪等恶劣天气就会断电，给居民的日常生活带来很多麻烦。支撑着陈家镇域经济的几家防水建材企业，也因这种频繁的断电而使生产受到严重影响。

这些问题存在已久，以往的陈家镇历届领导班子也并非不清楚，更非不急迫，差只差在镇财政始终吃紧，实在没法拿出这笔不小的款项来。通过与王玉才及镇长于海超等人的初步预算，吕春玲也觉得这么大的工程单靠部门扶持是难以完成的，于是她就多方打探，很快了解到电力系统正在实施农网改造工程。然而这是一项全市范围的浩大工程，按照目前的进度，估计排到陈家镇也得五年八年了。

吕春玲便又主动出击了，向电力部门提交了预案，最终率先申请到了这一项目。结果是在陈家镇新建了两个供电台区，对57家商户和生产用户、1700多户居民的用电线路进行了改造，并更换了新电表，同时新建线路5公里，那26栋闲置大棚也就此通上了电。

吕春玲说，陈家镇的经济是落后的，在全县排在后头，基础条件也不好，道路交通、水电设施都不完善。想改变这个状况，就到处都要用资金，而镇里处处都缺钱。咋办？就只能用资源来弥补。就像这电路问题，咱就得主动找去，不找人家不了解你的情况，了解了，认为你确实更加亟待改造，也就先给解决了，企业、百姓都受益，群众的幸福指数就攀升了。

实际上电路问题的圆满解决，也是吕春玲深以为傲的事项之一，相较于她在陈家所做的其他事情，诸如为镇文化站募集电脑、科技类图书，邀请农业技术专家对棚菜种植进行现场指导，组织由市中心医院各科室主任组成的高级医疗团队来此义诊，联络国内大型药企为贫困户捐赠各种常用药，以及招商引资、帮助困难企业解决资金问题，电网改造显然具有历时更长久、受益面也更广泛的性质，不说一劳永逸，也足够陈家百姓和企业获益多年了。

另一件具有同样性质的事情，是对府前路的维修。

府前路是陈家镇的主街，既是外来者及镇域各村通往镇政府的必经之路，也是陈家中学师生每天都得往返的重要线路，然而这条路多年未修了，路面已是各种坑洼破损，人人经过那里都止不住叹息，可谓既有伤陈家镇的颜面，也影响着陈家人的日常实际生活。

吕春玲初来时也曾对这条路微蹙了眉头，于是在争取对陈家中学停车场的修建之际，索性趁热打铁，也开始筹措起这条路的维修来。几经辗转，事情也到底办妥了，交通部门免费为这条900米长、16米宽的道路铺设了新路面。与此同时，一直令人犯愁的陈郎线，也就是从陈家村到郎家村长达4200米的村道，也得到了升级改造，令两村村民欢呼不已。

府前路的维修，还得了预期之外的两大收获。一是拯救了陈家大集，此前外地商户都打怵那条路而不愿来，此后就都纷纷赶来了，使集市重现了久违的生机；其二是见了那平整的宽阔路面，吕春玲灵机一动，就与陈家镇党建中心主任张伟民商量，在道路两侧有序布置了两排展板，做了个党的一大到十九大的集中展示，使之成为一处室外的党建宣传场域，过往车辆行人对此一目了然，无形中把党员的党建意识提高了。市党建中心副主任苏洋对此表示了赞赏,认为"党建大街"之举颇有创意。

吕春玲觉得电、路之事显然都是更为紧要的民生大事,她为自己能在驻镇期间为陈家群众办妥这两件事而分外高兴。不过话音未落,她也轻叹了一口气,笑说这些说起来很轻松,就是一件事,跑起来却很麻烦,既要及时了解国家出台的相关政策,又需要个人去努力地多方协调,而这主要就靠个人人脉和渠道了。到陈家这一年多时间,她几乎把过去的人情都用得差不多了,把能拜托的老朋友老同学也几乎全麻烦遍了。

轻轻抚抚自己的"干部头",吕春玲再度将视线投向窗外。窗外是一派盛夏的景色,生机勃勃。吕春玲又轻轻说:"不过呢,值!"

## 当我走了,也仍会深记

2018年年末,组织上对派驻干部进行了年度考核,吕春玲获评"优秀第一书记"荣誉,全市只有8人。吕春玲以自己的实际行动,证明了自己绝非"摆设",也非镀金者。

不过后来,她说:"其实从某种角度来讲,我还真是'镀金'来了,因为来与不来,我是不一样的。我觉得正因为我来了,我才有机会尝试着角色转换。此前20多年,我始终在技术部门从事行政管理工作,其性质是点和线。而镇里工作则是面的性质,是全方位全口径的,工业、农业、民生、党建等多管齐下,无所不包。不仅涉及了很多我原来不曾接触过的东西,而且使我考虑问题的出发点都与原来不同了。原来只需考虑业务就妥,现在则得考虑自己提出的举措是否符合老百姓的意愿和福祉,是否能够长远,需要考虑的太多了,需要负责的也太多了。倘若不是组织上把我派到这里来,使我接受实际的锤炼,我想我是不会相信自己能挑得起这份重任的……"

如果说有机会挖掘自己的潜力,并成功实现自身的角色转换也算一种"镀金"的话,那么吕春玲确实是在陈家"镀"上了一层厚重的金,因为眼前的她尽管体态轻盈,却看起来很有力量感,尤其拥有着一眼可识的可贵的自信。

这份自信的得来,在陈家镇党委副书记王兴看来是颇为不易的,他说那全是吕书记拼来的,吕书记尽管是女同志,干起工作来却异常拼,而且桩桩件件都干得大刀阔斧,扎实圆满,不仅给他们班子减轻了很大压力,更使他们十分借力。他们都鼓动她留下来呢。

陈家镇党委组织委员刘起东,是个憨厚的小伙子,也是吕春玲在陈家镇的得力帮手,他憨厚地笑着说,在他随吕书记跑东跑西这一年多里,不仅跟吕书记学到了很多工作的方式方法,而且还学会了担当,并洞悉了"责任"的深刻内涵。

吕春玲这批第一书记,工作期限是两年。

也就是说,到2020年4月,她就要离开陈家了。

人人都相信她会带着荣誉离开,甚至还料定在2019年的年度考核中,她仍会是"优秀"中的一员。依据是吕春玲仍在马不停蹄地为陈家跑事情,且将主攻方向锁定在了村集体经济的发展与壮大。陈家镇11个村,只有3个有集体经济,吕春玲的目标则是在年底实现集体经济全覆盖,且每一个都要扎实长远,令村与村民实际获益。那也就意味着,尽管在2019年上半年已经打开了令人乐观的局面,这个目标的圆满实现却也仍然艰巨,仍需吕春玲大刀阔斧地拼下去,直到离开。

哪能不拼呢?吕春玲笑说:"毕竟我是组织上选派来的,我的工作成绩已不仅仅是我个人的荣辱,它还关乎组织的声誉。其实我们这些第一书记都是这样的态度,差只差在个人在压力面前的表现。当你不再只代表你个人,你的内心就有了压力,当你被这压力所压迫,你才会发挥出超常的能力。我时刻都在要求自己不要趴下,我想以我的努力,提升组织在群众中的信服力,至少不能拖组织的后腿。况且,我也很想再多为陈家做点事情……"

虽说距离开还有七八个月呢,吕春玲却已流露出恋恋不舍。

或许一个人对一个地方投入了太多的感情和精力，这份眷恋就会油然而生。付出与眷恋，其实并说不准哪个在先，哪个在后。就像吕春玲，尽管2018年是被原单位像嫁闺女一样地送来的，到2020年走的时候，估计她也会像离娘的闺女般泪水涟涟的。在接下来的日子里，相信她也仍会常常回到陈家来，宛如远嫁的闺女回娘家。

# 警徽映亮乡村振兴路
## ——记葫芦岛市南票区石灰窑村第一书记张剑夷

郭宏文

> 当村民给我送写有"干实事，得民心；真拥护，好干部"的锦旗时，我告诉自己，我要用我全部的青春和热情，让石灰窑村变个样，让这里的天更蓝，水更清，村更美，乡亲们更幸福……
>
> ——摘自张剑夷的驻村日记

## 引 子

"问渠那得清如许？为有源头活水来。"盛夏时节，在葫芦岛市南票区大兴乡石灰窑村采访时，南宋著名思想家、哲学家、教育家朱熹的这句诗，时不时就会浮现在我的脑海中，让我对一位刚刚步入不惑之年的年轻干部充满了无限的敬意。我隐隐约约地感觉到，我所走进的石灰窑村，似乎已经进入了一个"半亩方塘一鉴开，天光云影共徘徊"的境界，而我所采访的这位充满激情而又成熟稳重的年轻干部，就是为这个境界引来"源头活水"的人。

这位年轻干部，就是石灰窑村第一书记张剑夷，此前，他是辽宁省公安厅环保总队副处长、一级警督。在与他的接触和交谈中，我实实在在地感受到了人民警察的那种庄重威严和不卑不亢。他在公安战线上摸爬滚打了整整19年，以"该出手时就出手"的担当精神，先后侦破了跨国杀人案、系列抢劫杀人案、居民楼爆炸案、"602"涉黑团伙等大要案，先后荣立个人二等功2次、三等功7次，获得嘉奖5次。2014年5月，他调入辽宁省公安厅环保总队后，领导侦破了辽宁省第一起污染环境案和第一起公安部督办的严重污染环境案。2017年，被中共辽宁省环境保护厅直属机关委员会授予"优秀共产党员奖章"。

"长风破浪会有时，直挂云帆济沧海。"胸怀大志的张剑夷，于2018年5月8日进驻石灰窑村担任第一书记后，全身心地投入乡村振兴的主战场。他虽是一名第一书记，但仍是一名人民警察，他用自己的实际行动，让警徽在乡村振兴的道路上熠熠生辉。

## 筑牢战斗堡垒，让党旗更鲜红、组织更强大

好男儿志在四方。2018年4月，当张剑夷得知省公安厅要向偏僻山区派驻村第一书记时，他实在按捺不住内心的激动，毅然决然地提出派驻申请。

他实在太想深入山乡担任驻村第一书记。当被问及为什么做出这样的抉择时，他说，1979年1月，他出生在建昌县巴什罕乡洞子沟村这个地地道道的小山村，从小就感受到了家乡的贫穷与落后。步入不惑之年，他强烈期望自己能为家乡那样的贫穷落后的山村实现脱贫致富、振兴发展做出应有的贡献。

拳拳之心，殷殷之情，得到了辽宁省公安厅和省委组织部的认可。于是，张剑夷来到了以"基层组织软弱涣散"出名的石灰窑村，成为该村历史上第一位第一书记。让人感到意外的是，在他驻村的不久前和不久后，村党支部书记和村委会主任先后被撤职或停职。为此，大兴乡领导说，你来得太及时了，你这第一书记，还要挑起村党支部书记和村委会主任这两副重担。

张剑夷深知，没有调查研究，就没有发言权。驻村后，他安下心来，扎下根来，以主人翁的姿态走进田间地头，不当匆匆的过客。石灰窑村地处南票区大兴乡西南部，2003年，在合并行政村的改革中由原来的石灰窑村及杨河沟村、荀家沟村合并而成，总面积16.6平方公里。全村有9个自然屯，711户，2058口人，土地6448亩。两个月的调研，他全面掌握了村情，决策有了底气。

走访中，他充分认识到，精准扶贫，精准脱贫，必须筑牢党的战斗堡垒，夯实党建基础，以党建带动精准脱贫，以党建助推乡村振兴。

"尽小者大，慎微者著。"为加强支部阵地建设，密切两委班子与村民的联系，提供更快捷、更准确、更周到的为民服务，张剑夷动用个人关系争取4000多元，为村部安装一个电子显示屏，循环展示为民服务信息、扫黑除恶标语、自己的联系电话。他还整合村部现有的房屋资源，设立综合活动室、为民服务代办室、警务和矛盾纠纷调解室、"两代表一委员"工作室和办公室，统一安装了新门牌。他自己出资更换新国旗，鲜红的五星红旗在村部高高飘扬。

"不以规矩，不能成方圆。"在充分征求意见的基础上，他完善了《党支部议事规则》《党员联系群众制度》等12项规章制度，规范了村级组织的议事规则和决策程序。他带领全村党员扎实开展"两学一做"学习教育，带头讲党课，坚持开展"主题党日+"活动，全面落实组织生活会制度等相关制度。74岁的老党员刘福臣说，以前，一些党员参加组织活动是"请都不来"，现在是"不请自来"，积极性越来越高，村级组织生活越来越规范，村两委班子的工作也越来越规范化、制度化。

"天地有正气，杂然赋流行。"张剑夷全力推进石灰窑村党建工作之时，正是扫黑除恶专项斗争向纵深发展之际。他没有忘记自己是一名第一书记，更是一名人民警察。为了助力扫黑除恶，让群众更有安全感，他积极争取市公安局刑侦支队支持，逐屯张贴公告，讲解相关政策。当接到有人偷偷种植罂粟的举报时，他立即联系公安机关禁毒部门赶赴现场，依法铲除罂粟954株。他利用职业优势，发现污染环境线索，上报组建专案组，带队打掉黑窝点，刑事拘留2人，不仅推进了生态环境保护工作向基层延伸，更有效地保护了当地农民的生产生活环境，广大农民拍手称快。

## 兴办产业项目，让脱贫更精准、发展更快速

思路决定出路，观念决定方向。在石灰窑村的50亩食用菌培植基地的交谈中，展示了他头脑冷静、思路清晰、志向远大、心胸宽广的特质。站在新建的食用菌标准化暖棚的弓形支架下，望着170米长的暖棚空间，他难掩兴奋之情。他非常庄重地说，想来想去，他这个驻村第一书记，主要肩负着三大重任：一是筑牢党的战斗堡垒，夯实党建基础，强化两委班子建设；二是全力完成打赢脱贫攻坚战，实现精准扶贫、精准脱贫的目标；三是扎实推进乡村振兴战略，实现"产业兴旺、生态宜居、乡风文明、治理有效、生活富裕"的发展目标。

采访张剑夷，给我最突出的印象就是他始终绷紧"兴办产业，引进项目"这根弦。他说，无论是强化党建，还是脱贫攻坚、乡村振兴，兴办产业都是核心所在，重中之重。没有项目支撑，精准脱贫和乡村振兴将是无源之水、无本之木。

从驻村的那天起，他就牢牢记住了39人、19户建档立卡贫困户，记住了19人、16户五保户，记住了63人、56户低保户。

言之易，行之难。要打赢脱贫攻坚战，就要兴办产业；要兴办产业，就要因地制宜。他根据本村林木秸秆多和部分村民有种植经验的实情，经反复商讨，与村两委班子达成了"树特色、建基地、创品牌"的发展共识，两委班子成员的思想为之一振。自2003年组建新的行政村以来，两委班子还从来没提出过具体的发展思路。

"士虽有学，而行为本焉。"经张剑夷不懈努力，筹资350万元，

完成了50亩食用菌培植基地立项审批。他走家串户一个月，如期完成了50亩土地使用权流转。2019年4月10日，基地正式动工，许许多多的村民像办喜事一样奔走相告。

随后，他多次到辽宁省农科院食用菌研究所咨询，争取专家技术支持。在他的力主下，采取"合作社+基地+农户"模式，集中建成了7个标准化温室大棚。按设计，每个温室大棚放置5万个菌棒，年经济效益可达175万元。项目投产后，村集体经济一次性获利80万元，利润作为资本金投入项目的生产经营中，按股份分红盈利。采访时，张剑夷充满希望地说，2019年年底项目正式投产后，石灰窑村不仅摘掉了经济"空壳村"的帽子，安排就业的100多名村民脱贫致富，石灰窑村的振兴也有了坚实的产业基础。

在他的身上，体现了诸葛亮"志当存高远"的境界。担任驻村第一书记，他不仅把兴办村集体产业放在心里，还不忘大兴乡和南票区的招商引资工作。他联系中海油集团和辽宁省环保产业集团，促成了投资1.2亿元的危废处置产业园项目落户南票区。2019年5月14日，双方签订了合作协议。项目运营后，年利税将超过1000万元。更为重要的是，该项目建成后，将依托自身的产业园形成再生资源产业链，促进本地循环经济发展。按照协议，园区在用工上将优先选聘辖区贫困户劳动力，每年至少安置200人就业。由此，张剑夷非常自豪地说，这是一个助力精准扶贫、精准脱贫和乡村振兴的好项目，实现经济效益、社会效益和环境效益的三丰收。

他在走访中，发现了一个面积近7000平方米的院子，里面有两趟平房，建筑面积700多平方米，闲置多年。这对他来说，简直就像发现了新大陆。他随即与相关单位联系，获得了院落的使用权。他协调资金10万元，成立了可养上千只羊的大型养殖场。养殖场采取集体养殖方式，具备一定规模后，年产值将超过100万元，不仅可以带动全村39人、19户建档立卡贫困户实现脱贫，每年村集体还可获得可观的经济效益，成为村集体的一棵摇钱树。

他还多角度研究扶贫工作，推动在村上成立南票区首家劳务派遣公司，以"派出一人脱贫一户"为目标，培训扶志就业，为石灰窑村乃至全区的脱贫攻坚创辟新路。

## 关注民生需求，让百姓更满意、生活更幸福

"日日行不怕千万里，常常做不怕千万事。"从驻村的第一天起，张剑夷就以不让一日闲过的精神投身于乡村，为百姓办实事，解难题，得到了百姓的拥护和称赞。

他送来了水。水泉屯村民向他反映，屯里自来水水泵坏了两个多月没解决，都自己到邻屯拉水。他当即自掏腰包4000元购买了新水泵。水泵有了，但水井年久失修井壁坏损严重，他又二话没说自掏腰包重新挖井。挖井期间，他协调了一辆专用拉水车拉水，解村民的燃眉之急。挖井之时，他在现场六天六夜指挥，井深由110米增加到130米，38户90口人结束了两个多月没水吃的日子。工程结束一算账，买水泵和挖井总共花了近3万元。相当于月工资5000多元的张剑夷半年的收入。为了感谢他，全屯党员给他送了锦旗，写道"自筹资金引来泉水，不忘初心造福百姓"。全村村民也送了锦旗，写道"干实事，得民心；真拥护，好干部"。张剑夷在驻村日记中写道："虽然这几天在工地上很累，但是看见大家雀跃欢呼着'张书记，有水了，有水了'时，我的心里也是非常激动，感觉到很充实，很有意义。今后的工作中，我依然要把全心全意为人民服务的宗旨贯彻下去，多为大家办好事、办实事。"好人做到底。他协调资金7万元，为三家子屯36户村民安装了自来水，彻底解决了该屯的吃水难。

他修好了路。2018年秋收时节，由于部分村路损毁严重，村民收秋极为不便。他想百姓之所想，争取南煤煤电有限公司支持，为全村9个自然屯共平垫路面3.2公里，石灰窑秋收运粮畅通无阻。

他解决了贫。杨河沟屯建档立卡贫困户38岁的光棍儿齐丰与62

岁二级伤残的母亲潘中秀一起生活。张剑夷得知齐丰有家传的酿酒手艺，总想开办作坊，就帮助他办理"秀丰白酒作坊"的执照。"秀丰"是张剑夷选取了齐丰和他母亲名字中的各一个字组合而成，意在鼓励母子二人共同勤劳致富。2019年1月9日，齐丰的白酒作坊投入生产，前四个月出酒2000多公斤，销售出300多公斤，收入1.2万多元。目前，母子二人从建档立卡贫困户销户，朝着小康生活迈进。

他救助了困。他的办公室，有一面水泉屯村民送来的"心忧弱群，胸装民生"的锦旗。水泉屯挖井送水后，他了解到离婚后与15岁的儿子一起生活的建档立卡贫困户残疾人齐兴，没能评定伤残等级，影响了他的生活和情绪。张剑夷联系相关部门，为齐兴评定了肢体四级伤残，争取了每月70元残疾人生活补贴和每月214元的低保户补贴，齐兴重新树立了对生活的信心。他先后11次到贫困户杨永和家中走访，送去米面油；多次看望身患大病行动不便的五保户杨世力老人和患病住院期间无力负担餐费的贫困户李玉春，争取生活困难救济款；多次看望电线短路失火的建档立卡贫困户于凤忠，协调包保单位解决救济款和米面油等生活物资。

他化解了难。春耕时节，他多方协调为19户建档立卡贫困户和3户低保户提供了116袋复合肥；春季防火，他为村扑火队争取了风力灭火器和防火服等各种防火装备；汛期来临时，他联系相关部门，争取了1300个沙袋，化解了荀家沟屯道路险情。

他帮扶了学。他为石灰窑子小学捐助图书500余册，协调市青联赞助体育器材篮球足球40余个、跳绳100条、乒乓球案台3个，联系团市委为1名大学生、5名小学生争取希望工程助学款直到大学毕业……

他维护了稳。他化解群众矛盾，多次到田间地头为村民量地，化解了多起邻里土地纠纷；他积极联系住建部门到村里讲解农村宅基地建设规定，化解了邻里盖房挡光纠纷；他还积极协调大唐风力发电有限公司，解决了占地历史遗留问题。驻村一年多来，张剑夷共协调化解矛盾纠纷42件，解决了13件信访顽疾，有力地维护了地区稳定。

## 讲求无私奉献，让品格更高尚、境界更高远

采访张剑夷，那种"先天下之忧而忧，后天下之乐而乐"的情怀无时不在体现着。他离开省城，远离妻女，来到辽西小山村，以"不干出个样子来誓不罢休"的精神，带领当地百姓脱贫致富，共奔小康，所表现出来的思想境界令人赞叹。

张剑夷家在沈阳，是一个温馨幸福的三口之家。妻子张娟在省直部门工作，女儿是一名七年级学生。由于人民公安工作的特殊性，他一年有三分之二的时间要外出，很少有精力照顾家庭。驻村后，他更是很少回家。采访时，张娟说："我每天在妈妈、厨师、搬运工、修理工、课后辅导员、接送员、采购员等各种角色里穿梭，但我竭尽全力。因为我的丈夫是一名驻村书记。我能为他做的，就是做好家里的事情，让他没有后顾之忧。说句实话，我最害怕的就是自己生病，没人管孩子。"

在女儿张雨宁的心中，父亲就是学习的榜样。2019年暑假前夕，张雨宁在自己的日记中写道："我的爸爸是一名驻村书记，自打他上任以来，就一直很忙很忙。我不知道他什么时候能够回家。我很想他，想他时只能给他打个电话。可是，电话一接通，听到的大多都是'爸爸在开会，有空打给你''爸爸在走访，你要乖，听妈妈的话''爸爸在种植基地，你要好好学习'……我这次考了全校年组的第三十名，还被评为了学校'优秀班干部'，这个好消息，他是最后一个知道的。爸爸为了贫困山村的村民们能早日脱贫，过上好的生活，不分白天黑夜地在工作，他在我心里，形象越来越高大。"

2019年7月24日，气温高达36℃，但丝毫没有影响张剑夷的驻村工作。一大早，他就赶往市交通运输局，为村里争取新建1.4公里水泥巷道。回来后，到养殖场查看工程进展。之后，安排召开村民代表

座谈会。接近11点时，又陪同乡党委书记王洪岩、乡长周文力到食用菌培植基地现场查看工程进展情况。那天，王洪岩在接受采访时，对张剑夷的赞许之情溢于言表。他说："张剑夷是一位非常优秀、不可多得的驻村第一书记，在石灰窑村党的建设、脱贫攻坚和乡村振兴等各项工作中，发挥了非常宝贵的作用，改变了这个村基层组织软弱涣散的状况。他一门心思地驻村，深入农户，与贫困户打成一片，动员亲戚、同学和朋友，帮助村民解决了许多难题。"王洪岩一口气列举了十多件张剑夷所做的大事，越讲越兴奋。周文力不时在一边插话，讲他为村里、乡里和区里做的诸多贡献。

8月16日，大兴乡党委组织委员高原在接受采访时说："张剑夷自2018年5月任职至今，通过座谈、走访、排查等多种方式，找准源头，精准发力，很快扭转了石灰窑村'村内矛盾重重、财务管理松散、遗留问题积压、经济发展停滞'的落后局面，赢得了广泛赞誉。'利奇马'来袭之时，转移采矿沉陷区水泉屯村民的工作异常艰难，他又放弃周末与家人团聚的机会，二十四小时在村上值守，入户动员，奋战五昼夜，确保了群众的生命财产安全。"

8月17日，南票区区委书记郭毅在接受采访时说："'剑'握在手，'夷'保平安，张剑夷人如其名。因为责任在肩，所以他知难而进，不仅是村里脱贫攻坚不可多得的带头人，也成为全区党员干部学习的榜样。这样的干部，党组织需要，群众更需要。"

## 尾　声

张剑夷驻村一年多来，通过一件件实事，让石灰窑村百姓真切地感受到了党的扶贫政策，百姓亲切地称他为群众的贴心人、脱贫的领路人和党建的明白人。正如他在日记中写下的："不忘初心思民富，牢记使命解民忧，投身乡村终不悔，挥洒热血铸警魂。"

2019年4月，张剑夷成为41名共青团辽宁省委评选的"辽宁最美驻村第一书记"之一。8月,他的事迹被收入辽宁省委组织部编辑的《第一书记风采》一书。

"问渠那得清如许?为有源头活水来。"在张剑夷的带领下,石灰窑村的明天一定更美好!

# 让"阳光"照进大山深处
## ——记葫芦岛市建昌县蟒挡坝村第一书记张振贺

韩文鑫

2018年第10期《共产党员》杂志的封面人物，是个迎着阳光阔步走来的年轻小伙，斜挎包，灰色T恤，右臂挽着淡绿色夹克，手上捏着个皮面笔记本。他的身后，是一段丛草簇拥着的层积岩山体。阳光侧射，画面层次分明，面部轮廓清晰，极富立体感。赭色细框眼镜，斯文英气，双眼正视前方，充满希望。

封面右下角，六个红色黑体字：张振贺下乡记。

我说："挺帅！"

张振贺笑了："那天，建昌县委闫书记看了说，这是张振贺吗？比本人漂亮多了！"

张振贺是葫芦岛日报驻建昌记者站站长。2005年参加工作，一直做媒体。2014年8月，受命担任建昌县蟒挡坝村扶贫第一书记。2018年3月份，续任驻村第一书记，建昌县28个乡镇、276个村，总计下派302名第一书记，几年下来，张振贺以其扎实的成绩，不仅上了《共产党员》杂志的封面，而且获得了很多荣誉，成为全市千余名第一书记中的佼佼者。

2016年，被授予"建昌十大杰出青年"称号；

2017年，被评为"辽宁省岗位学雷锋学郭明义标兵"；

同年，荣立市级三等功；

同年，被评为"第五届葫芦岛市道德模范"；

2018年，被授予"葫芦岛好人——时代楷模"称号；

同年，被授予"辽宁好人——身边好人"称号；

同年，被授予葫芦岛市"优秀第一书记"建昌县脱贫攻坚"特殊贡献奖"；

2019年，被评为"葫芦岛市劳动模范"；

同年，被授予辽宁省"五一劳动奖章"；

同年，被评为辽宁省第八届道德模范。

这么多荣誉加于一身，不是偶然的，让我们先从第一书记说起。

## 诠释"精准"

辽宁省下派村镇第一书记，先后有两次，第一次是2014年7月，省委、省政府向贫困村派驻扶贫工作队。由对口帮扶单位派出，工作队由三人组成，其中一人任队长，一人任所在村扶贫第一书记。

葫芦岛日报社的对口帮扶单位是建昌县蟒挡坝村，为方便工作，报社责成张振贺和另外两名同志组成工作队，由他做对口村——蟒挡坝村扶贫第一书记。这一做，就是三年多。

2018年，为推进扶贫攻坚，省里再次强化脱贫领导力度，向贫困镇村派驻第一书记。扶贫第一书记，变成了第一书记，少了两个字，职责小有变化。扶贫第一书记是脱贫发展的"帮手"，而第一书记，则由"帮手"变成了当事人。第一书记下乡来，不仅要帮助群众脱贫发展，还要负起镇村的党务工作。光办事还不够，还得把"人"带起来。

张振贺在蟒挡坝村干了三年多，办了不少事。干得确实不错，报社党委决定，老手旧胳膊，振贺熟悉情况，接着干吧！

张振贺再干三年的消息，村支书裴兆飞是3月21日夜深时分知道的，兴奋够呛，当即抄起电话："兄弟，接到通知说，你留在咱村再干三年，我高兴啊，睡不着了！"

再怎么说，张振贺也不是蟒挡坝的人，仅仅待了三年，就让村支书高兴得"睡不着了"，至于吗？

知道了张振贺这三年中所做的事情，就会理解裴兆飞的想法，振贺再干三年，实在是件令人高兴的事！

三年前的7月，进村第一次走访，张振贺和村委会几个人来到张春香家。进门一看，这房子，阴暗潮湿，还漏雨，要多破有多破。咋整啊？得修房子。

修房子？不成，这房子不是张春香的。村干部向张振贺介绍，张春香是蟒挡坝村人，年轻时嫁到河北，后来，离婚了，自己带着女儿回到了蟒挡坝。没房子，也没地，一个女人家，靠跑三轮拉脚，勉强吃口饭。租住的这房，房主早就搬走了，扔下个空房壳子。张春香要住，那就住吧。

这么个身份，住着这个破房，收入低，自己修不起，村上给修，啥政策也靠不上。然而，张春香娘俩可怜巴巴的生活，却是客观存在。怎么办？

张春香的境况，生动地说明了"精准扶贫"的必要性。

张振贺和村里同志商量，这房子要修。钱咋办？去筹。

说筹就筹，张振贺拿起手机，对着屏幕连点带划拉，发起了"为贫困母女修房过暖冬"的募捐活动。倡议发出两小时，筹到善款5600元。够了！

张振贺把房主先找来，告诉他，我们要给你修房子，但是，你得明白，不是"给你"修房子，而是给她修房子。房子修好了，不许撵她走！

事情说妥了，张振贺和村支书一起，找来木瓦匠，更换了门窗，修缮了房顶。张春香的女儿上学难，一就手，张振贺为她联系了长期助学的爱心人士，进行结对子资助。

到村里没出一个月，张振贺就开始为村民办事，桩桩件件，真金白银，全来真格的！

年过花甲的贫困户郭玉庆，房子年久失修，风天漏风，雨天漏雨，檩子断了3根，房顶随时有塌落的危险。张振贺和村干部多次向有关部门申请帮扶，为他争取到了D级危房改造款名额。房子修好了，老郭给张振贺打电话："请张书记来看看哪！没有你们村干部，我这辈子也住不上新房！"

通过走访，建档立卡，面临失学孩子的信息全部搜集上来，张振贺首先为10个家庭特殊的孩子联系了爱心人士长期助学，接下来的几年里，他先后为蟒挡坝村的40多名贫困学生联系资助，与爱心人士结对子。累计下来，助学资金达到6万多元。蟒挡坝村再无适龄学生辍学。

村委会办公条件差，张振贺跑上跑下，张罗钱来，更换了办公桌椅，安装了取暖锅炉，购买了垃圾收集车。过年了，张振贺向报社领导汇报扶贫工作，报社同志又捐款3万多元，为蟒挡坝145户贫困户，每户送去两桶油和一袋大米。

蟒挡坝村集体经济空白，这是全村人一直想解决的事。2016年，张振贺征得报社领导的支持，由报社出资3万元，同时申请上级政策资金30余万元，在村里建起了养殖小区，养山羊42只。几年过去了，现在的养殖小区已经有牛35头，其中孕牛15头。

到了2018年，张振贺干了三年扶贫第一书记，全村上下没有不满意的。这回要当第一书记了，张书记成了"自己人"，还能出啥说道吗？

第一次开会，就遇上个"下马威"。张振贺做开场白："我来咱村，当第一书记，以后有事，随时找我……"

话没等说完，一个女的扬手打断他："你别整那没用的，先把我家低保办了吧。"

张振贺一愣，还遇上个横碴儿！他告诉自己，别慌，先把事情接

289

下来。他说:"你先坐下,会开完了,就说你家的低保。"

讲话完了,张振贺找来打断他的大姐,详细问询了她家的情况。第二天就上了县民政局,说清条件,问明政策,回到村里,去大姐家,一条条地把她家的条件和政策对接,告诉她为啥她的低保办不下来。说完了问她:"你满意吗?"

大姐说:"我知道了!"

看大姐不太高兴,张振贺趁热打铁:"只要符合条件,我一定帮你办。县市两级民政咱都可以找,哪个单位我都敢进,但不符合条件就不能办,咱不能提无理要求。我的话你满意,下回别找了,不满意,我陪你去民政局!"

大姐说:"我不找了,谢谢张书记!"

这件事撂下了,张振贺明白,过去当扶贫书记,解困助学,专心办事就行了,现在,要想当好这个第一书记,上级标准提高了,群众要求更具体了!眼前这活,可不轻松!

## 做好"加法"

再干三年,目标非常明确,蟒挡坝村到了脱贫摘帽的最后时刻。确保全村保质保量地摘掉贫困帽子,是第一书记的题中应有之义。扶贫助学呢?不但要做,而且要比过去好!上级要求,第一书记要抓党务,"三会一课",民主生活会,组织生活会,谈心谈话,带头模范做表率,还有呢……

张振贺明白,这三年,自己要做的只有一道加法题。但是,做加法,不是眉毛胡子一把抓。面上的工作,我在做,下派的第一书记都在做。关键是要想清楚,工作的目的是什么。

思来想去,目的只有一个,那就是凝聚人心。我党的传统就是依靠群众,依靠组织。失去了人心,失掉了群众,什么都做不起来。

过完了春节,已经是3月份,说话间春天来了。2018年4月7

日,蟒挡坝村党员活动日,张振贺和村党支部组织40余名党员,与建昌县阳光志愿团20多名成员一起,祭扫建昌烈士陵园。扫墓献花,重温入党誓词,再正常不过的一次活动,在党员心中激起巨大波澜:有年头没搞过活动了!……组织还记着咱们……不参加活动,都忘了自己是党员了。

心情很激动,回到村里,意犹未尽。干点什么?张振贺顺势号召党员,拿起扫帚,打扫村街卫生,来个义务献工。

平常的活动,唤醒了党员的组织意识。

"六一"到了,张振贺在社会上联系了56位爱心人士,每人捐150元钱,与蟒挡坝村的党员结成对子,节日这天,通过村中党员,赠给每个留守儿童一份价值150元的礼物。所有参与的党员,都体会到作为党员的存在感。接着,村党支部评选出10名党员,成立了蟒挡坝村党员志愿先锋服务队。村中有事,谁家有事,这些党员同志有责任有义务冲在前面,担起责任。

一套活动做下来,组织意识、身份意识、责任意识在党员心中全面复苏,蟒挡坝村的党员,和从前不一样了。

2018年至今,蟒挡坝村评出10名好媳妇、10名榜样村民、10名党员先锋、10名优秀少年。立榜样,树典型,这是老办法。管用吗?当选者内心的感受最有说服力。外在的变化也见出一二,村上开会,来的人多了;商量事情,发言的多了;集体有事,上前的多了;和村干部说话唠嗑的多了,相互联系多了。一句话,有生气了,有活力了。2018年年底,蟒挡坝村摘掉贫困帽子。145户贫困户,就剩14户,经过扎实工作,户户都有扶贫措施。

2018年9月5日,省长唐一军到建昌调研,来到了蟒挡坝村,张振贺的工作给他留下深刻印象。在一份张振贺的材料上,唐一军批示:张振贺同志的事迹真切感人。他心系百姓,真情为民;扎实进取,忠诚履职,踏踏实实当好村第一书记,尽力为群众排忧解难办好事。他的事迹具有一定的代表性。

不久，张振贺的事迹上了《共产党员》杂志，知道他的人越来越多了。

细心的读者不难发现，张振贺所做的事情，背后都站着一群"爱心人士"。这些年，一边做第一书记，一边做记者站工作，不仅如此，他还做着另外一项工作——爱心慈善事业。

2016年6月，碱厂乡鸽子洞村一个两岁小男孩坐进热水盆，严重烫伤，由于父母有智力障碍，家中贫困，孩子居然在家挺了七天，陷入重度昏迷。孩子的邻居给张振贺打来求助电话，张振贺一边联系医院，一边整理孩子家庭和伤情资料，在微信朋友圈发布《十万火急！救救建昌这个两岁被烫伤的"小希望"》，消息迅速传开，不到二十四小时，收到善款82万余元。孩子直送沈阳抢救。巨额医药费付清了，孩子成年之前的生活和学习也有了保障。

这只是张振贺爱心事业中的一件事。从中可以看出，他和他的爱心组织，高效而有能量，在建昌县十多年来的扶危济困事例中，时常能看见张振贺和他的团队的身影。

2008年，张振贺和建昌县5个志同道合的朋友成立了一个民间爱心组织"建昌阳光爱心志愿团"，专门扶危救难，助学济贫。到现在，会员已发展到500人左右，遍及全国20多个省市。其中，长期扶贫助学的有200多人。这个组织立足网络平台，利用"辽宁齐远微爱助学群"等微信平台联络，交流工作信息，对贫困学生进行"一对一、一对多、多对一"的直接资助，形成了"志愿服务+网络公益+精准教育扶贫"模式。十多年筹集各类资金总额达到400余万元。受资助的家庭有1000多户，资助贫困学生2000余人次。

1977年出生的张振贺，2001年参加工作，从走进社会的那天起，他就一直在给自己做加法。二十来年里，职业和内心让他的目光和情感迅速凝聚在贫困群体中间。是建昌这片热土，长出了这棵爱心之苗，十余年风雨历程，幼苗长成大树，受到了全国的瞩目，集聚了更多的能量。张振贺和他的爱心团队，正在逐步显现它的影响。

有意思的是，著名记者张振贺，还不能算是葫芦岛日报的正式员工，到目前，他只是个签约记者，多少有点临时工的味道。然而，他所做的事，却超出了一个记者和驻村第一书记的能量所及，而且这份爱心蛋糕，正在越做越大。

## 阳光"我心"

有人不理解张振贺和他所做的事情。其实，要想弄懂他的想法和做法，唯一的路径就是走进他的内心。

生在建昌县喇嘛洞镇，穷困的生活给他幼小的心灵留下深刻印象。什么是贫穷？啥都要借，咸盐都得借。有一年开学，几个姐姐心疼弟弟，凑钱买了几个汤圆。张振贺乐不颠地拿到学校去吃，吃到嘴里，面糊糊，黏咕扎的，一点也不好吃。吃过的同学笑他：汤圆煮熟了才能吃！上高中了，得去县里，振贺没有新衣裳。家里没钱，几个姐姐商量来商量去，最后，是五姐卖了心爱的长发，给振贺买了件红上衣。提起这件衣服，张振贺直到今天还美滋滋的："带兜盖儿的！"

为供振贺上学，父母思虑再三，去求一个熟人。路走了几十里，人找到了，钱没借来。咋办？老两口来到建昌县教育局，把难处说给人家。都很同情，都很无奈。最终，有一个人掏出30元钱，送到振贺父母手里。老两口走回家，母亲的脚血泡粘住了袜子。多少年后，振贺去教育局寻找那位好心人，这人已经退休了。

当年资助振贺的时候，好心人没有指望还钱，甚至没想得到一句感谢话。这件事，像一颗种子，深深扎根在张振贺的心里。

对张振贺影响最大的，是他的母亲。小时候，一天傍晚，一辆手扶拖拉机翻到沟里，车主受伤，躺在沟里直喊。围观的人们不敢救，振贺母亲见了，提着油灯，走下去，围观的人们受了感召，跟随下来，把人救起。几天后，有人来家里感谢，人们称赞振贺母亲，关键时刻比男人还爷们儿！

张振贺说:"那一刻,我觉得我妈很伟大!"

老太太一心向善,乐于助人。振贺回家,母亲就念叨,前院某某,多少天没好好吃饭,你包里有钱吗?三十二十也成!

振贺知道母亲的想法,就说:"正好有两百,咱娘俩去看看!"

母亲高兴了。

2015年,振贺的母亲不幸患上肺癌。那年的母亲节,振贺为了让母亲高兴,节省出2000元给了正在住院的母亲。可是老太太说什么也不要,振贺执意要给,最后,振贺的母亲说:"你非要给我我就捐出去。"1000元钱捐给了建昌县魏家岭乡的一位患病妇女,500元钱捐给了喀喇沁左翼蒙古族自治县一个患白血病的孩子。振贺本以为剩余的500元母亲能自己留下。谁知,一转身的工夫,母亲上了一趟楼。回来娘俩正说话,楼上人找下来:"刚才是您老人家给了我们500块钱吧?"原来那500元也捐了出去。

母亲说,楼上的病友太困难了,陪床的好几天不敢吃饭,一天一顿两顿地糊弄,咋行呢!

消息传开了,整个医院都知道这老太太心好。出院那天,走廊过道门厅里,人们都走出来,这个帮拿东西,那个帮掀门帘,腿脚快的去开车门,人们用行动向老人表达了最诚挚的敬意!

临终前,母亲把儿子叫到床边,告诉他:好好工作,多帮助些人!

母亲的影响,决定了张振贺的情感取向。当记者了,手中的笔不由自主地记录了贫困人群,记录面临失学的孩子。求借无门带给他内心的无助感,但有机会就去噬咬他的心。在建昌这个贫困县,这种情感最容易产生共鸣。正是因此,才有了张振贺和阳光志愿团的朋友们一做十余年的善举。

十余年过来,同道者越来越多,扶危济困的规模越来越大。

起初,张振贺以自己的名字发起活动,有人提醒他:有沽名钓誉之嫌。张振贺把名字改成"齐远",到今天,"辽宁齐远微爱助学群"

是微信圈中特别活跃的平台。2018年、2019年，这个爱心群体先后在沈阳、建昌、坝上草原，自费组织了三次爱心联谊会。十余年只在网上联系，却从未谋面的同道者终于坐在一起，交流畅谈。

由最初的5个人发展到今天的500多人，扶助管理也已形成完整体系，设立了微信组、助学组、后勤组、财务组、宣传组、接待组、人事组，还成立了药王庙、汤神庙两个分团。所有的人，都在干干净净地奉献着爱心，一切财务流转都公开，每一笔钱都花得清清楚楚。看不到私利，这里只有公益。一位叫郭春晖的先生，每年都以几十万元的规模助学，但是坚拒任何形式的宣传。张振贺收入不高，但也加入扶助者中，每年5名、3名。"我总倡议别人扶助，光动嘴不行动，心里不安宁！"

有所奉献，心方安宁，这是爱心人士内心情感的最大交集。爱心集聚，是一股巨大的能量，它的影响和作用，绝不止于扶危济困。他们的作为，体现了社会主义核心价值观。

张振贺来自记者队伍，但身上的能量却不仅仅来自报社这个单位和记者群体。他怀着一颗充满阳光的爱心，在第一书记的岗位上，面向大山深处，播撒深厚纯粹的人间大爱，温暖了山里的人心，也照亮了前行的大路！

走在大山深处，张振贺心情澎湃，步伐矫健！